新 潮 文 庫

嘘 ば っ か り

ジェフリー・アーチャー
戸 田 裕 之 訳

新 潮 社 版

10989

サイモン・ベインブリッジ、ヘンリー・コルサースト、ナレシュ・クマル、クリスティアン・ネフィ、アリソン・プリンス、キャサリン・リチャーズ、ルパート・コーリイ、スーザン・ワット、マリア・テレサ・ブルゴーニ、ヴィッキー・メラーの諸氏に感謝する。

はじめに

これは「クリフトン年代記」刊行後の最初の短編集である。

今回もまた、ここに収録されている作品のいくつかには、私自身がグランチェスターからコルカタ、クライストチャーチからケープタウンへの旅をしているあいだに知り得た実際の小事件を、完全にではないにしても材料にしたものが含まれている。それらには＊をつけてあるが、そうでないものは私の想像の産物である。

しかし、本作のハードカヴァー版刊行後に、ルパート・コーリイが格好の短編のアイディアを提供してくれて、それがあまりに面白かったために、十年温めてから形にするという我慢ができなかった。その結実が、このペイパーバック版に付け加えた「最後の懺悔《ざんげ》」なる短編である。

さらにそのあと、私は「最後の懺悔」と「だれが町長を殺したか？」をそれぞれ一幕ものの、二本立てとなる戯曲にした。

二〇一八年三月　　　　ジェフリー・アーチャー

目次

＊は事実に触発された作品
＊＊はルパート・コーリイに触発された作品

嘘ばっかり

ポーラに

唯《ゆい》一《いつ》無二

挑まれて

しばらく前のことになるが、ニューヨークのリーダーズ・ダイジェストの編集者が、起承転結の整った物語を百語で書けるかと挑んできた。しかも、そんなのは造作もないことでもあるかのように、九十九語であっても百一語であっても駄目だと主張して、頑《かたく》なに譲らなかった。

それでもまだ満足できないと見えて、締切りを二十四時間以内と設定した。

第一稿は百十八語、第二稿は百六語、第三稿は九十八語。最終稿で付け加えられた二語がどれか、はたしてみなさんは突き止められるだろうか。

その苦労の結果が、次のページの『唯一無二』である。

＊因《ちな》みにこの文章も百語からなっていることを、それを面白がる読者もおられるかもしれないのでお知らせしておく。
（訳者註　翻訳は二百五十字からなっています）

一九二一年三月十四日、パリ。

そのコレクターは葉巻を点《つ》け直し、喜望峰が描かれている一八七四年発行の三角形の切手を拡大鏡で検《あらた》めた。

「やはり、この切手は二枚目が存在していました」ディーラーが言った。「したがって、あなたのそれが唯一無二ではありません」

「値段は?」

「一万フランです」

コレクターが小切手を切り、葉巻を吹かした。が、火が消えていたのでまたマッチを擦り、その炎に切手をかざした。

切手が煙になるのを見て、ディーラーは仰天した。

コレクターが微笑した。「悪いな、友よ、これで私のが唯一無二になったわけだ」

(訳者註　これも原文は百語、翻訳は二百五十字です)

最後の懺悔《ざんげ》

**

1

サン・ロシェール　一九四一年六月

金曜の夜はポーカーをすると決まっていて、それを邪魔することは何をもってしても、たとえ戦争が始まっても、できなかった。

四人は三十年、短い者でもほぼ二十年来の友人――とはいえ、とても仲がいいというわけでもなかったが――で、威張るのが当然のように思っている大男のマックス・ラセールズが年代物のテーブルの上座に、当然の権利以前のこととして坐《すわ》っていた。結局のところ、彼は弁護士であり、サン・ロシェールの町長であって、ほかの三人はただの町議会議員に過ぎないというわけだった。

その向かいに坐っているのはクロード・テシエ、テシエ個人銀行《プライヴェートバンク》の会長で、その地位は自らの力で獲得したのではなく、親から受け継いだものだったが、頭が切れ、狡猾《こうかつ》で、利己的で、慈愛はわが家から始まると信じて疑っていなかった。

その右はアンドレ・パルメンティエ、サン・ロシェール高等学校の校長で、長身瘦軀《そうく》、もじゃもじゃの髭《ひげ》は赤く、禿《は》げる前の髪の毛の色を教えてくれていて、町の人々に尊敬され、慕われていた。

最後が町長の右に坐っているフィリップ・ドゥーセ博士、サン・ロシェール病院の上席医で、端整な顔立ちのはにかみ屋であり、豊かな黒髪と開けっぴろげな優しい笑顔が、何人かの看護師にドゥーセ夫人になる夢を見させていた。もっとも、それが正夢になる可能性はなかったが。

四人全員がそれぞれテーブルの中央に十フランを出し、テシエが札を配りはじめた。フィリップ・ドゥーセが自分の手札を見て口元を緩めるのを、ほかの三人は見逃さなかった。医師は自分の胸の内を隠せない性質《たち》で、長い年月、だれよりも負けつづけているのはそれが原因だった。多くのギャンブラーのご多分に漏れず、彼もまた長期の損失については考えないようにし、目先の勝ちを喜ぶことしかしなかった。その彼が手札を一枚交換すると言い、テシエはすぐさま要請に応じた。ドゥーセの顔から笑みが消えることはなかった。それはブラフではなかった。医師というのはブラフはかけないと決まっていた。

「二枚」ドゥーセ医師の左に坐っているマックス・ラセールズ町長が手札の交換を要求したが、新たな手札を見る顔に本心が表われることはなかった。

「三枚」アンドレ・パルメンティエ校長が言った。勝ち目があると思っているとき、必ず豊かな口髭を撫《な》でる癖があった。彼は三枚の札を新たにテシエから渡されると、それを検《あらた》め、手札をテーブルに伏せて置いた。勝てる見込みがなければ、ブラフをかける意味はなかった。

「私も三枚だ」クロード・テシエが言ったが、町長と同様、新たな手札を見る顔には何も表われなかった。

「どうする、町長？」テシエがテーブル越しにちらりとラセールズを見た。

町長はさらに十フランをテーブルに出し、まだゲームにとどまっていることを示した。

「フィリップ、きみは？」テシエが訊《き》いた。

医師はしばらく自分の手札を見て考えていたが、やがて自信ありげに言った。「町長の十フランを受けて、さらに十フラン乗せよう」そして、積み上がっている賭《か》け金の上に最後の二枚の紙幣を置いた。

「私は下りる」パルメンティエが首を振りながら言った。

「私もだ」テシエが手札をテーブルに伏せた。

「では、フィリップ、私ときみの勝負だ」医師がこれ以上の賭けに乗ってくる可能性があるだろうかと考えながら、ラセールズは言った。

フィリップ・ドゥーセ医師は自分の手札を見つめたまま、町長の出方を待った。

「受けた」ラセールズがさらに二十フラン、平然とテーブルの中央に置いた。

医師は笑みを浮かべたまま、カードを表にしてテーブルに並べていった。エースが二枚、クイーンが二枚、十が一枚。笑みが消える気配はまるでなかった。

町長がもったいをつけ、わざわざ一枚ずつカードを表にしはじめた。九、七、九、七。医師の笑みが消えることはなく、町長は最後の一枚を見せた。またもや九。

「フルハウス」テシエが宣言した。「町長の勝ちだ」医師のしかめ面《つら》を尻目《しりめ》に勝ち金を掻《か》き集める町長の顔には、いまも何も表われていなかった。

「あんたは運のいいろくでなしだな、マックス」ドゥーセが言った。

ことポーカーに関しては運なんてまったくと言っていいぐらい関係ないことを、町長は医師に説明してやりたかった。十回のうち九回は、統計的確率とブラフの能力が最終結果を決めるのだ、と。

パルメンティエ校長が新たな勝負を始めるためにカードをシャッフルし、札を配りはじめようとしたまさにそのとき、ドアの鍵《かぎ》が回される音が四人の耳に聞こえた。町長が金の懐中時計を見て午前零時を数分過ぎているのを確認し、咎《とが》める口調で言った。

「こんな真夜中に一体だれだ?」

ゲームを邪魔されたことに腹を立てながら、全員がドアのほうへ目をやった。

ドアが押し開けられ、刑務所長のミュラー大佐が意気揚々と入ってきた。四人はすぐさま立ち上がった。大佐は監房の真ん中までくると、手を腰に当てて立ち止まった。ホフマン大尉《たいい》と副官のディーター中尉がつづいていて、監房は満員《フルハウス》になった。全員がナチ親衛隊の黒ずくめの制服を着ていて、光っているのは彼らの靴だけだった。

「ハイル・ヒトラー!」所長が怒鳴ったが、四人は誰一人応《こた》えず、彼らがやってきた理由がわかるのを不安に駆られながら待った。頭には最悪のことしかなかった。

「坐りたまえ、町長、紳士諸君」所長が言い、ホフマン大尉がワインのボトルをテーブルの中央に置いた。副官が手慣れたソムリエのように、それぞれの前にグラスを並べた。

今度もまた医師は驚きを隠せず、仲間の三人はポーカーフェイスを崩さなかった。

「いい知らせだ」所長がつづけた。「諸君は刑期を満了し、明朝六時に釈放される」

八つの疑わしげな目が所長から離れることはなかった。「ホフマン大尉と駅まで行って、そこから列車でサン・ロシェールへ帰る。帰り着いたら、町議会議員としての仕事を再開してもらってかまわない。頭を低くしている限り、流れ弾に当たることはないと断言してもいいだろう」

大尉と中尉は忠順に笑ったが、四人の囚人は沈黙したままだった。

「しかしながら、紳士諸君、一応念を押しておくが」所長はつづけた。「軍法は依然として効力を持っていて、階級と地位の如何《いかん》にかかわらず全員に適用されることを忘れないように。わかったか？」

「はい、大佐」町長が四人を代表して答えた。

「よろしい」所長が言った。「ゲームに戻りたまえ。では、明朝」それ以上は何も言わずに踵《きびす》を返して出ていき、すぐ後ろにホフマン大尉とディーター中尉がつづいた。

頑丈なドアが音を立てて閉まり、鍵が回ってふたたび施錠《せじょう》されるのを、四人の囚人はそこに立ったまま聞いた。

「気づいたか」町長が巨軀を椅子《いす》に戻すや訊いた。「これまで、所長が私たちを紳士と呼んだことがあったか？」

「それに、きみを町長と呼んだぞ。しかし、この変わりようの理由は何だろうな？」

校長が神経質に髭を触りながら訝《いぶか》った。

「たぶん、われわれがいないと町の運営がスムーズにいかないからだ」町長は言った。

「まさか、われわれがサン・ロシェールに帰るのを見たいだけだなどということはないだろうからな。きっと、町を運営するに充分なスタッフがいないんだ」

「そうかもしれないが」銀行家が言った。「それはわれわれがやつらのいいなりになるってことじゃないからな」

「当然だ」町長は応えた。「大佐がもはやエースを持っていないとしたら尚更《なおさら》だ」

「そう考える根拠は何なのかな?」ドゥーセ医師が訊いた。

「まずはこのワインだ」町長はラベルを見て、今日初めて笑みを浮かべた。「ヴィンテージではないが、上物であるのは間違いない」そして、自分のグラスを満たすと、ボトルを銀行家に渡した。

「所長の態度もそうだが」クロード・テシエが付け加えた。「支配者民族が全ヨーロッパを征服するのは時間の問題だという、いつもの大言壮語もなかったぞ」

「そうだな」アンドレ・パルメンティエがクロード・テシエに同調した。「罰を受けるとわかって、それでも軽い罰ですませられるんじゃないかと、一縷《いちる》の望みにすがっている生徒のようだった」

「フランスが自由を取り戻した暁《あかつき》には、だれだろうと軽い罰ですませてやるつもりは、私にはない」マックス・ラセールズは言った。「野蛮なドイツ兵どもが本来いるべき父祖の地《ファーターラント》とやらへ撤退したら、すぐさま売国奴や利敵協力者を一人残らず引っ捕らえ、私独自の軍法で裁いてやる」

「どんなことを考えているんだ、町長？」パルメンティエ校長が訊いた。

「軍服を着ている連中ならだれだろうと相手にしてきた娼婦《しょうふ》どもを町じゅう引き回して顔をさらさせ、敵軍に協力した連中はマーケット広場で公開絞首刑《こうしゅけい》にしてやるのさ」

「法律家として考えるなら、マックス、裁きを下す前に公平な公開裁判をすべきだろう」ドゥーセ医師が忠告した。「結局のところ、われわれの同胞は間違いなく圧力下にあったわけで、その事情がどういうものだったかを知らなくては始まらないんじゃないのか。医師としての経験から言わせてもらうが、和姦《わかん》か強姦かは微妙な場合がままあるんだ」

「それには同意できないな、フィリップ、きみは昔から疑わしきは罰せずの人だが」町長は言った。「いまの私はその寛大さを持ち得ない。裏切り者と私が見なした者はだれであろうと全員が罰せられなくてはならないし、わが身を顧みることなく敵に立ち向かった、われわれのような勇敢なレジスタンスの闘士は名誉と尊敬を与えられなくてはならない」

医師が俯《うつむ》いた。

「私の場合、常にあいつらに立ち向かったとは到底言えないし」校長が認めた。「私を含めて町議会議員がたびたび優遇されてきたこともよくわかっている」

「それはわれわれを選んでくれた町民の利益になるよう、町をスムーズに運営するために他ならない。それがわれわれの義務なんだから」

「同僚議員のなかには、敵に協力するぐらいなら辞任するほうがましだと矜持《きょうじ》を示した者が何人もいる、それを忘れてはならない」

「私は利敵協力者ではないし、フィリップ、そうであったこともない」ラセールズが拳《こぶし》でテーブルを叩《たた》いた。「その逆だ。いつだってあいつらの獅子《しし》身中の虫たらんとしてきたし、何度も自らの血を流したと言い切ってもいいと、いまも思っている。これからだって、僅《わず》かな隙《すき》を見つけて同じことをするつもりだ」

「鉤十字《スワスティカ》が町役場の上で翻《ひるがえ》っているあいだは、そんなに簡単ではないんじゃないか？」テシエは懐疑的だった。

「断言してもいいが、クロード」ラセールズがつづけた。「ドイツがいなくなった瞬間に、あの悪のシンボルを私自らが燃やしてやる」

「それにはまだしばらくかかるかもしれないぞ」パルメンティエがつぶやいた。

「そうかもしれないが、それはわれわれがフランス人であることを忘れる理由にはならない」ラセールルズ町長がグラスを挙げながら言った。「フランス万歳《ヴィヴ・ラ・フランス》！」

「ヴィヴ・ラ・フランス！」全員が同時に声を上げ、グラスを掲げた。

「帰ったら、まず何をする、アンドレ？」ドゥーセ医師が雰囲気を軽くしようとして訊いた。

「風呂《ふろ》に入る」パルメンティエ校長が答え、全員が笑った。「それから教室へ戻り、戦争なんて勝っても負けても何の役にも立たないし意味もないことを、次の世代に教えようと思う。きみはどうするんだ、フィリップ？」

「病院へ復帰するよ。われわれが想像できないようなさまざまな傷を負って前線から戻ってきた若者で溢《あふ》れているからね。彼らを助けてやらなくちゃ。それに、引退後の果実を愉《たの》しみにしていたのに外国に蹂躙《じゅうりん》されて何もできないでいる、年老いた病人もいるからな」

「どれをとっても素晴らしい考えだ」テシエが言った。「だが、私が自宅へ直行し、妻とベッドに飛び込むのをやめさせるほどではないな。その前に風呂なんて手間をかけていられるか。絶対に後回しだ」

　全員が高らかに声を上げて笑った。

「いいじゃないか」校長がにやりと笑みを浮かべて言った。「私も妻が二十歳年下なら同じことをするだろうがな」

「しかし、アンドレはクロードと違って」町長は言った。「サン・ロシェールの処女の半分をものにしたりはしていないよな。何しろ、クロードには借越しを大目に見るという切り札があるんだから」

「いや、それは少なくとも私が興味を持った娘に限っての話だ」町長が笑いやんだ瞬間に銀行家が付け加えた。

「ところで、テシエ」町長が真面目《まじめ》な口調に変わった。「銀行へ戻ったらわれわれの口座がきちんと維持されているかどうかを確認してくれるか？　われわれが逮捕された日の残高がいくらだったか、私は正確に覚えているんだが」

「いまも一フラン残らずそのままのはずだ」テシエが正面からラセールズを見て答えた。

「六カ月分の利子も加えられているかな？」

「で、きみはどうなんだ、マックス」銀行家が町長と同じぐらい真面目な口調で言った。「サン・ロシェールの人口の半分を縛り首にしたあとはどうするんだ？　残りの半分の髪を剃《そ》り上げるか？」

「弁護士としての仕事をつづけるさ」ラセールズは友人の棘《とげ》のある言葉を無視して答えた。「私の助けを必要としている者たちが事務所の前に長い列を作っているんじゃないかな」そして、みんなにワインを注ぎ直した。

「そのなかには私も含まれているよ」ドゥーセが言った。「ギャンブルの負けを払えなくなったときに力を貸してくれるだれかが必要だ」自己憐憫《れんびん》など微塵《みじん》も感じられなかった。

「休戦状態だったことにしたらどうだろう」パルメンティエが提案した。「この半年は勝負しなかった、だから勝ち金も負け金も発生していないことにしたら？」

「それは駄目だ」ラセールズが言った。「ここにいるあいだも、外にいるときと同じルールを採用することにみんな同意したじゃないか。きみの言葉をそのまま借りるなら、アンドレ、紳士たる者、いつであろうとギャンブルの負けを軽んじてはならないんだ」

「しかし、それだと私は一文無しになってしまう」医師が銀行家の黒い手帳の最下段を見た。そして、それ以上は言わなかったが、投獄されてからは毎晩が金曜の夜になっていたことに、これまでの年月、町長がどれだけの金額をせしめていたかということに、初めて気がついた。

「そろそろ過去ではなくて未来を考えるべきではないかな」町長は話題を変えようとした。「サン・ロシェールへ戻ったらすぐに町議会を招集するから、きみたちにも出席してもらいたい」

「そのときの最初の議題は何だろう、町長？」銀行家が訊いた。

「ペタン元帥《げんすい》とヴィシー政権を告発する決議を成立させ、彼らが利敵協力者に過ぎないと考えていること、将来においては次のフランス大統領としてシャルル・ド・ゴール将軍を支持することを明確にする」

「きみがこれまでの町議会でそういう見解を明らかにしたことがあったかな、私には記憶がないんだがね」銀行家は皮肉を隠そうともしなかった。

「私がナチスのプレッシャーを受けながらも何とか道を過《あやま》たないように努力してきたことは、だれよりもきみがよく知っているはずだろう、クロード」町長が反論した。

「だから、あいつらにとっての利敵協力者として逮捕され、ここへ投獄されることになったんじゃないか」

「予告なしの内々の集まりに呼び出されたにすぎないわれわれ三人も同罪と見なされ

てな」銀行家が言った。「まさか忘れてはいないよな」

「きみたちの罪も私が引き受けると言ったんだ」町長は弁明した。「だが、所長が聞き入れてくれなかった」

「それは耳にたこができるほど聞かせてもらっているよ」ドゥーセ医師が言った。

「私は自分の決めたことを後悔しないんだ」町長が尊大な口調で言った。「だから、ここを出たら、可能な限り敵を困らせつづけてやるさ」

「私の記憶では、過去にそういうことは滅多になかったと思うがね」テシエが言った。

「二人とも、子供じみた言い合いはいい加減にしたらどうだ」同じ監房に半年一緒にいても関係が改善されていないと知って、校長が割って入った。「私たちは全員が同じ側にいるんだぞ、それを忘れないようにしようじゃないか」

「ドイツ人が例外なくわれわれをひどい目にあわせているわけではないだろう」ドゥーセ医師が言った。「実を言うと、私は彼らのうちの何人かを好ましく思いはじめているぐらいだ。たとえばホフマン大尉もその一人だ」

「きみは馬鹿《ばか》か、フィリップ」町長は言った。「ホフマンなんてやつは、それがファーターラントのためになると思ったら、一も二もなくわれわれ全員を吊《つ》るし首にするに決まっている。ドイツ兵というのは、ひざまずくか、襲いかかるか、どっちかしかないんだ」

「それに、勇敢なレジスタンスの闘士のこととなったら、〝目には目を〟なんて考え方はしないからな」テシエが言った。「きみがやつらを一人殺したら、やつらはその復讐《ふくしゅう》として、喜んでわれわれを二人吊るすだろう」

「そのとおりだ」町長は同意した。「この戦争が終わってもファーターラントへ引き上げ損ねてこのあたりに居残っているやつらがいたら、私が真っ先にギロチンの刃を研いでやる。神よ、私に力をお貸しください」

全能者の名前が出たとたんに全員が口を閉ざし、校長と医師は十字を切った。

「まあ、半年もこの地獄に閉じ込められていたわけだから、少なくともわれわれが懺《ざん》悔《げ》すべきことは多くないな」パルメンティエが居心地の悪い沈黙を破った。

「そうだとしても、ピエール神父はわれわれがギャンブルをしていたことをよしとしないだろう」フィリップ・ドゥーセ医師が言った。「私の記憶では、主は金貸しを教会から追放されたはずだ」

「ポーカーのことは黙っていればすむさ。私は口をつぐむから、きみが話さなければ、だれにも知られる心配はあるまい」町長はボトルに残っているものを自分のグラスに注いだ。

「それはわれわれが戻ったときに彼がまだ元気でいればの話だ」医師が言った。「最後に病院で見かけたとき、彼は常人なら身体《からだ》をこわしてしまうぐらい、ぶっとおしで勤めを果たしつづけていた。少し休んでくださいと懇願したんだが、まったく聞き入れてもらえなかったよ」

遠くで、時計が一時を知らせた。

「寝る前にもう一勝負どうだ?」テシエが提案し、ラセールズにカードを渡した。

「私は数に入れないでくれ」ドゥーセが言った。「さもないと破産を宣言するはめになりそうだ」

「今度はきみが勝つ番かもしれんし」ラセールズ町長がカードをシャッフルしながら誘った。「その一勝負ですべてを取り戻せないともかぎらんぞ」

「そんなことは絶対にあり得ないし、それはきみもわかっているはずだろう、マックス。だから、もうやめておくよ。まあ、そんなには眠れそうにないがね。家に帰るのを待ちきれない、終業式の日の生徒のような気分なんだ」

「私の学校がここほどひどくなければいいんだがね」パルメンティエ校長が早くも自分の手札を睨《にら》みながら言った。

ドゥーセ医師は立ち上がると、部屋の奥の二段寝台へゆっくり歩いていき、上段へ上った。横になろうとしたそのとき、その人物が部屋の真ん中に立っていることに気がついた。医師は少しのあいだ彼を見つめたあとで挨拶《あいさつ》をした。「こんばんは、神父。入ってこられたのが聞こえませんでした」

「あなたに神の祝福がありますように、わが子よ」ピエール神父が応え、十字を切った。

耳に馴染《なじ》んだ声を聞いた瞬間、パルメンティエ校長がカードをいじるのをやめ、全員が振り返って神父を見つめた。

ピエール神父は天窓から流れ込むかすかな光のなかで、いつもの裾《すそ》の長い黒の僧衣に白い襟《カラー》、絹の帯という服装だった。首にかかっている質素な銀の十字架は、聖職受任の日から変わることがなかった。

四人は一言も発しないまま神父を見つめつづけた。テシエがビスケットの箱に手を突っ込んでいるのを見つかった子供のように、カードをテーブルの下に隠そうとした。

「神の祝福あれ、息子たちよ。みな、元気ならいいのですが」神父が言い、もう一度十字を切った。「哀《かな》しいことに悪い知らせを伝えなくてはなりません」四人ともヘッドライトを浴びてすくんでしまった兎《うさぎ》のように身じろぎもできず、明朝の釈放が取り消されたのだと覚悟した。

「今日の夕刻」神父がつづけた。「サン・ロシェールへ向かう列車が地元のレジスタンスによって爆破され、三人のドイツ軍将校が死んで、わが同胞三人が同じ運命をたどりました」そして、ややためらったあとで付け加えた。「みなさんも特に驚かれはしないでしょうが、ドイツ軍司令部が復仇《ふっきゅう》を要求してきているのです」

「しかし、われらの同胞も三人死んでいるんでしょう」テシエが言った。「それで充分ではないんですか？」

「残念ながら、そうはいかないのです」神父は言った。「過去においてもそうであったように、ドイツ人の死者一人に対して、フランス人二人を処刑しろと言ってきているのですよ」

「しかし、それがわれわれとどういう関係があるんでしょう」ラセールルズ町長が問い返した。「その爆破が行なわれたとき、われわれはここに閉じ込められていたんです。関わることなどできるはずがないじゃありませんか」

「それは私も所長に指摘しました。ですが、この町で主導的な役割を果たしている三人を見せしめにすれば、将来において同じようなことを企てようと考えている者への明白なメッセージとなると言って、彼は断固として譲らないのです。それから、これははっきり申し上げておかなくてはなりませんが、どれほどの命乞《いのちご》いをしようとも、彼の心が動かされることはありません。ミュラー大佐はすでに、あなた方のうちの三人の絞首刑を、明朝六時に町の広場で執行することを命じているのです」

四人が一斉に口を開き、町長が手で制してようやく静かになった。「われわれ四人とも知りたいと思っているはずですが、神父、その三人はどういう方法で選ばれるのでしょう?」監房は冷え切っていたが、彼の額には汗が滲《にじ》んでいた。

「ミュラー大佐は三つの提案をしていますが、最終的にどれを選ぶかはあなた方に任せるとのことです」

「ずいぶんと思《おも》い遣《や》り深いことだな」テシエが言った。「それで、その三つの提案とはどんなものなんです?」

「一番簡単なのは籤引《くじび》きだろうと」

「私は運を信じないんだ」マックス・ラセールズが言った。「二つ目は何です?」

「ポーカーの最後の一勝負です。大佐の正確な言葉を私がきちんと憶《おぼ》えていれば、賭け金が吊り上がる恐れがない限りにおいて、という条件付きですが」

「私はそれがいいな」と、ラセールズ。

「そりゃ、きみはそうだろうよ、マックス」クロード・テシエが言った。「だって、自分に有利になるよう細工するんだろうからな。三つ目は何ですか?」

「これを明らかにするのはためらわれるのですよ」神父が言った。「というのは、私が一番避けたい方法なのです」

「いいから教えてください、神父」ラセールズが促した。もはや気持ちを隠そうともしていなかった。

「あなた方全員の同意の下、あなた方をお造りになった主と対面する前に最後の懺悔をしてもらって、あなた方のだれの命を残すかを私が決めるというものです。やりたい仕事ではありません」

「私はそれがいいですね」アンドレ・パルメンティエ校長が即答した。

「しかしながら、その方法を採るとなると」神父がつづけた。「私にも譲れない条件があります」

「何でしょう？」町長が訊いた。

「自分が犯した最悪の罪を懺悔してもらうということです。もちろんお忘れではないでしょうが、私は長年にわたってあなた方の懺悔をすべて聴いてきています。ですから、あなた方について知らないことは多くありません。それから、もしかしてもっと重要かもしれないのですが、私は千人を超える教会区民の懺悔を聴いて、それを胸のうちにしまっています。そのなかには、自分の最も深い部分にある秘密を私と共有するのが聖なる義務だと考える人々がいます。そういう彼らの秘密のなかには、あなた方をよく言っていないものも存在します。一人など──非の打ち所のない情報提供者なのですが──あなた方を利敵協力者だと言っています。ですから、警告しておかなくてはなりませんが、みなさん、嘘《うそ》をついているとわかったら、私は躊躇《ちゅうちょ》なくその人物を助命リストから外します。というわけですから、もう一度お尋ねします。三つの方法のうち、どれを選びますか？」

「私は籤引きがいい」と、テシエ。

「ポーカーの最後の一勝負をやらせてもらいたい」と、ラセールズ。「札を配るのは神に任せるから」

「私は自分の犯した最悪の罪を懺悔して」パルメンティエがつづいた。「その結果に向かい合うにやぶさかでないな」

三人はフィリップを見た。彼はまだ思案していた。

「ポーカーで決めることに同意してもらえるなら、フィリップ」町長が誘いをかけた。「これまでのきみの負け分をなかったことにしてもいい」

「そんな誘いに耳を貸すな、フィリップ」銀行家が戒めた。「私の助言を聞き入れて籤引きにするんだ。少なくともそれなら、きみにもまだチャンスがある」

「そうかもしれないが、クロード、私の場合、運に関してはポーカーと似たり寄ったりだ。だから、わが友のアンドレとともに自分が犯した最悪の罪を懺悔し、最終判断は、神父、あなたにお任せします」

「では、決まりだな」テシエが椅子のなかで落ち着かなげに身じろぎした。「で、次はどうすればいいんです？」

「あとは」ピエール神父は答えた。「懺悔の順番を決めてもらうだけです」

「カードで決めようか」町長が全員の前に表にしたままのカードを一枚ずつ配り、自分のそれがハートのクイーンだとわかったあとで付け加えた。「数が一番少ない者が一番手だ」

校長が席を立ち、ピエール神父のところへ行った。

アンドレ・パルメンティエ　校長

神父は自分の前にひざまずいた校長に祝福を与えた。

「慈悲深い人は幸せである、なぜなら、彼らは慈悲を受けるのだから。あなたが最後の懺悔をするとき、すべての慈悲の父である神があなたに力をお貸しくださらんことを」ピエール神父は自分がずいぶん昔から敬愛している人物にほほえみかけた。アンドレの経歴を調べてかなりの喜びと満足を感じていた。〝教科書〟という形容がふさわしいかもしれないが、若きパルメンティエは学生としての生活をサン・ロシェール高校で始め――そこの校長として人生を終えることになるのだろう――、まさに運命であるかのごとくにパリのソルボンヌ大学へ行き、そこを卒業すると、大学の教員や宣教師に与えられる一年の有給休暇《サバティカル・イヤー》を使って、アルジェで代替教員として過ごした。

サン・ロシェールへ戻るや、下級教員として歴史を教え、それ以降については〝みなさんご承知のとおり〟という決まり文句ですませられる。昇進の階段をあっという間に駆け上がり、理事会が彼を校長に推輓《すいばん》したときも、意外に思う者はいなかった。

同僚の大半が驚いたとすれば、もっと名のある学校からひっきりなしに誘いがあるにもかかわらず、彼がサン・ロシェールを見捨てようとしないことだった。どれほど魅力的な条件を提示されても、首を縦に振らなかった。家族の問題があるからだという者もいたが、多くは、これが自分の天職であってサン・ロシェールにとどまるのが幸せなのだという説明を受け容《い》れていた。

戦争が始まったとき、サン・ロシェールはすでにフランスで最も評価の高い学校の一つになっていて、野心のある若い教員が全国から集まっていた。アンドレの退職を二年後に控え、この敬愛される校長のあとをだれに襲わせればいいか、理事会は最近になって検討を始めていた。

ドイツ軍がサン・ロシェールに進軍してくると、アンドレは新たな困難を強いられたが、過去にそうであったのと変わることなく、断固としてそれに立ち向かった。彼にとって、他国による占領は不都合でありこそすれ、それを理由に自らの基準を下げるなどあり得なかった。

アンドレ・パルメンティエは結婚したことがなく、預かった生徒全員を初めてのわが子のように待遇した。学業成績のよくない子の大半が戦場で優秀だと知っても驚きはしなかった。野蛮で無意味な戦争の甘受を余儀なくされたのはこれが初めてではなかったからだ。

哀しいことにそういう教え子の多くが戦いの最中に命を失うことになり、アンドレもまた、悲しみに暮れる父親のように彼らを思って泣いた。それでも、心を強く持ちつづけ、この野蛮な戦争も過去のそれと同じくいずれは終わることを決して疑わなかった。その暁には、父祖の過ちを繰り返してはならないことを次の世代に教える機会が訪れるはずだった。だが、そうなる前に、彼を含めた四人のうちの三人を明朝六時に縛り首にするよう、ドイツ軍が命じてきた。生き延びる確率が低いことは、数学の教師でなくてもわかった。

「神父、お願いします」アンドレ・パルメンティエが口を開いた。「私は罪を犯しました。どうぞお赦《ゆる》しください。私が最後に懺悔をしたのは、逮捕されてこの刑務所へ送られる直前でした」

アンドレ・パルメンティエがこれまでの人生で何であれ不届きなことをしでかしたとは、ピエール神父には信じ難かった。

「あなたの悔悟を受け容れましょう、息子よ。あなたがサン・ロシェールのために長年尽くしてこられたことはわかっています」神父は応えた。「ですが、これはあなたの最後の懺悔になるわけですから、これまでに犯した最も大きな罪を明らかにしてもらわなくてはなりません。そうでないと、あなたを助命すべきか、それとも、刑務所長が死を強要している三人の一人に含めるべきか、私は判定できませんからね」

「この懺悔を聴いたら、神父、あなたは私を赦すことなどできないはずです。何しろ、私が犯したのは七つの大罪の一つで、私自身、天国へ召される望みはとうの昔に諦《あきら》めているのですから」

「息子よ」神父は訊いた。「まさか、利敵協力者だったなどとは言わないでしょうね」

「それよりはるかに重い罪です」パルメンティエがつづけた。「実はこれまでに何度となく、この秘密をあなたに打ち明けようと思いました。しかし、戦場での臆病者《おくびょうもの》のように、いつも最初の銃声を聞いたとたんに後ずさってしまうのです。ですが、ありがたいことにいま、贖罪《しょくざい》の機会を与えられました。これで造物主に会うことができます。断言しますが、私にとっての死には、福音書の言葉を借りるなら、棘もなく、墓に勝利もないのです」校長がうなだれ、こらえきれずにすすり泣いた。

神父はいま聞いていることを信じられなかったが、さえぎることはしなかった。

「ご承知のとおり、神父」アンドレがつづけた。「私には弟がいます」

「ギロームですね」神父は応えた。「若いときに悲劇的な過ちを犯し、いま、それを心から償っていて、あなたはその彼を長年にわたって誠実に支えてきている」

「あれは弟の過ちではなくて、神父、私の過ちなのです。心から償わなくてはならないのは私なのです」

「何を言っているんですか、息子よ？　あなたの弟は重大な過ちをなし、正当に裁かれて服役している。だれもが知っていることではありませんか」

「重大な過ちを犯したのは私なのです、神父。服役すべきは私です」

「わかりませんね」

「もちろん、そうでしょう」パルメンティエが言った。「あなたは自分の目の前にあるものを見ただけで、それ以上先を見る必要がなかったのですから」

「しかし、ギロームがあの若い女性を殺したとき、あなたはそこに一緒にいなかったんでしょう」

「いや、実はいたのです」パルメンティエは言った。「説明させてください。あの日の夕刻、私は弟の二十一歳の誕生日を外で一緒に祝い、少し飲み過ぎてしまいました。最後の店をようやく出たところで弟が酔いつぶれて、私が車で送るはめになったのです」

「しかし、警察が到着したとき、運転席にいたのはギロームだったはずです」

「私が車を舗道へ飛び出させたのですよ。そして、若い女性にぶつかった。教え子で、そのあと死んでしまいました。私が逃げないで車を止め、救急車を呼んでいたら、あの子はいまも生きていたかもしれない。でも、私はそうしなかった。パニックになり、すぐさまアクセルを踏み込んで、ギロームの自宅からそう遠くない立木にわざと車をぶつけたのです。最終的に警察がやってきたとき、運転席には弟がいて、車内にはほかにだれもいなかったというわけです」

「警察の発表と同じではないですか」ピエール神父は言った。

「私がそう仕組んだのです」パルメンティエが答えた。「しかし、そうであることを警察は知るよしもありませんでした。私は車を降りると、弟を助手席から運転席へ移し、頭をハンドルに載せて、あたりにクラクションが響き渡るにまかせて、自分はそのまま逃げ出したのです」

神父が十字を切った。

「暗がりをたどってだれにも見られないよう用心しながら、大急ぎで町の反対側にある私のアパートを目指しました。もっとも、真夜中のあの時間ですから、人気《ひとけ》はほとんどありませんでした。ついにアパートにたどり着くと、裏口から入って静かに階段を上がり、ベッドに潜り込みました。でも、眠れませんでした。実を言うと、あれ以来、よく眠れないのです」

パルメンティエは頭を抱えて黙っていたが、ややあってふたたび口を開いた。

「真夜中に警察がやってきて逮捕拘束されるのを覚悟していたのですが、彼らはきませんでした。それで、逃げ切れたと思いました。結局のところ、立木にぶつかったのはギロームの自宅までほんの百メートルのところで、運転席にいたのは彼だったのですから。翌日になって、昨夜のギロームは車をちゃんと運転できる状態ではまったくなかったと証言する者が何人も出てきましたし」

「しかし、最終的にはあなたも事情聴取をされたんでしょう?」

「ええ、翌朝、学校へやってきました」アンドレが認めた。

「そのときに、運転していたのはギロームではなくて自分だったと告白できたのではありませんか?」

「少し飲み過ぎていたから、弟と別れて歩いて帰ったと、そのときはそう話しました」

「では、警察はその話を信じたんですね?」

「あなたもそうだったでしょう、神父」

神父がうなだれた。

「地元の新聞は大騒ぎでした。かわいらしい若い女性の写真を椀飯振舞《おうばんぶるま》いし、彼女の前に開けていたはずの人生をこれでもかと書き立てました。ある見出しなど、いまでも私の記憶に刻みつけられています。壊れた車の写真、夜中の二時に運転席から引きずり出されている若い男の写真もです。私については、気の毒で運の悪い兄、地元校出身の、人気があって尊敬されている若い教師として言及されているだけでした。しかも、私は彼女の葬儀に参列までして、罪の上にさらに罪を重ねてしまいました。裁判になるころには、判事が言い渡すまでもなく、弟はすでに有罪と決まっていたも同然だったのです」

「しかし、裁判は何カ月もあとのことなのだから、陪審員に真実を伝えることがまだできたはずでしょう」

「彼らには新聞に書いてあったとおりの話をしました」パルメンティエが俯いた。

「そして、あなたの弟は六年の刑を宣告された?」

「でも、終身刑と同じですよ、神父。なぜなら、刑期を終えて出所した弟が得られた仕事は、学校の用務員しかなかったんです。そこなら、私がなんとかできますからね。憶えている人はほとんどいないでしょうが、当時の弟は建築家になろうとしていて、前途は洋々だったのです。それを私が断ち切ってしまいました。しかし、ここへきてようやく過ちを正す最後の機会を与えられたのです」アンドレが初めて正面から僧侶《そうりょ》を見た。「約束してほしいのですが、神父、私が明日の朝処刑されたら、あの晩、本当は何があったのかを、葬儀にきてくれた全員に明らかにしてもらえませんか。そうすれば、弟は少なくとも残りの人生を平穏に生きられるし、犯してもいない罪を責めつづけられずにすむわけですから」

「主はあなたを助命されるかもしれませんよ、息子よ」ピエール神父は言った。「そうなったら、あなた自身が真実を世界につまびらかにできるし、弟さんも初めて、自分が長い年月、何に苦しまなくてはならなかったかがわかるでしょう」

「私は死ぬほうがいいんですが」

「その決定は万能の神に委《ゆだ》ねるべきかもしれませんね」神父は腰を屈《かが》めて手を差し出し、校長を立たせてやった。パルメンティエは踵を返してのろのろと引き返したが、依然としてうなだれたままだった。

「彼は神父に一体何を懺悔したんだ？　われわれがまだ知らないどんなことがあったんだろう？」重傷を負ってもう助かる見込みはないと覚悟している兵士のように寝台に倒れ込み、自分たちに背を向けている校長を見て、町長が訝った。

神父がまだテーブルに着いたままの三人を見た。

「次はどなたですか？」彼は訊いた。

町長がカードを配った。

クロード・テシエ　銀行家

「お赦しください、神父、私は罪を犯しました」クロードは懺悔を始めた。「神の理解と赦しを乞うものです」

「心貧しき者は幸いなるかな、天国は彼らのものである」テシエが最後に教会にきたのがいつだったか、ピエール神父は思い出せなかった。まして懺悔など論外だったが、この人物についても知らないことは多くなかった。とはいえ、いまだ説明してもらわなくてはならない謎《なぞ》が一つ残っていて、死を前にして永遠の断罪を恐れたら、この銀行家もついには真実を認める気になるのではないかと期待してもいた。

クロード・テシエが一族の経営する銀行の会長になったのは、父親が死んだ一九四〇年、ドイツ軍がシャンゼリゼを行進するほんの何日か前のことだった。ルシアン・テシエは地元で尊敬され、慕われていた。町で一番大きな銀行ではなかったが、ルシアンは信頼されていて、自分たちの蓄えが安全に護《まも》られていることを疑う顧客はいなかった。が、息子が同じであり得るとは必ずしも言えなかった。

いまは亡《な》きルシアンは妻に不安を打ち明けていた——果たしてクロードが自分のあとを襲う会長としてふさわしいかどうか自信がない。〝無能で無鉄砲〟と死の床でつぶやき、自分がすべての取引を監督できなくなったら貧者の一灯が心配だと僧侶にささやいた。

ルシアン・テシエの悩みを倍加させたのが、クロードより聡明《そうめい》なだけでなく、当惑するほど正直な娘がいることだった。だが、サン・ロシェールには銀行の会長として女性を受け容れる準備がまだできていないこともわかっていた。

クロードにとって、この町で仕事の上での唯一《ゆいいつ》の競争相手はブシャール銀行で、ルシアンが一目置いていたぐらい業績も経営状態もしっかりしていた。会長のジャック・ブシャールにもトマスという息子がいて、彼はすでに父親のあとを継ぐに充分な資質があることを証明して見せていた。

クロード・テシエとトマス・ブシャールはともに――当然のことながらその足取りは異なってはいたが――人生において運命づけられている道を進んだ。二人とも学校、兵役、そして大学へ行き、サン・ロシェールへ帰って、銀行家としての歩みを始めたのである。

互いの息子に互いの銀行で下積みを経験させたらどうだろうと提案したのは――すぐに後悔したのだが――ジャック・ブシャールだった。ルシアン・テシエは一も二もなく賛成し、その結果、得をした。二年後、ジャックは若きクロードの顔も見たくなくなり、一方、ルシアンはトマスを自分の銀行の重役にできないのが残念と思うまでになっていた。以降さしたる変化もなく、クロードもトマスも自分の銀行の会長になるべく進んでいたが、それもドイツ軍の戦車が町の中央広場に姿を現わすまでのことだった。

「あなたが最後の懺悔をするとき、すべての慈悲の父である神があなたに力をお貸しくださらんことを」ピエール神父はテシエに祝福を与えた。

「私としては、神父、これが最後の懺悔にならないことを願っているのですがね」クロードが本心を口にした。

「その願いが聞き入れられることを、あなたのために祈りましょう、息子よ。それでも、これがあなたが犯した最も重い罪を認める最後のチャンスになる可能性はあります」

「それについては信じてください、神父、私が犯した最も重い罪を明らかにするつもりです」

「それを聞いて嬉《うれ》しく思います、息子よ」神父は応え、背筋を伸ばすと腕組みをして待ち受けた。

「躊躇なく認めるのですが、神父」テシエが口を開いた。「私は一番の旧友に最も必要とされているとき、彼を助けてやることができませんでした。この過ちについて主に赦しを乞うものであり、心ならずもの愚行であると思っていただけることを願うものです」

「あなたがおっしゃっているのは、親友であり仕事上の競争相手でもある人物、トマス・ブシャールに降りかかった運命のことでしょうか?」神父は訊《き》いた。

「そのとおりです、神父。トマスとは大昔からの友人であり、知らなかったのがいつだったかを思い出すことができないほどなのです。学校も一緒に通い、陸軍でも同じく中尉《ちゅうい》に任じられて、大学も同じでした。彼がエステルと結婚したときは新郎付添い役もし、アルベールが生まれたときは名親になりました。ですが、彼が友人の助けを最も必要としていたとき、私は聖ペテロのように彼を拒絶したのです」

「しかし、それほど長い友情なのに、どうしてそんなことができたのでしょう?」

「それをわかってもらうためには、神父」テシエが言った。「私たちが大学生だったときまで戻ってもらわなくてはなりません。私たちは同じ娘を愛してしまったのです。エステルは美しいだけでなく、私たち二人より聡明でもありました。公平を期すなら、彼女は私に微塵も興味を示しませんでしたが、私はそれでも一縷《いちる》の希望にすがっていたのです。というわけですから、彼女にプロポーズし、妻になることに同意してもらったとトマスから聞かされたときは、したたかに打ちのめされました」

「それでも、嫉妬《しっと》の罪を犯しながらも新郎付添い役を務めることに同意した?」

「ええ。二人は卒業して何日も経《た》たないうちにパリ近郊の町役場で結婚し、夫婦としてサン・ロシェールへ帰ったんです」

「いまでもよく憶えているのですが」神父は言った。「実は、当時の私は結婚式を司《つかさど》る依頼がなかったのでがっかりしたのです。もっとも、それができなかった理由がつい最近わかり、友人の秘密を守り通しているあなたを尊敬している次第なのですよ」

そして、クロードが岐路にさしかかり、どちらの道を選ぶかまだ決めかねていることに気づいて口をつぐんだ。

「断言しますが、神父、私はそうでありつづけていたし、エステルがユダヤ人で、ナチスを弾劾《だんがい》している高名な学者の娘であることをドイツ軍に知られるのを恐れてもいました」

「それについては私も同じです」神父は言った。「しかし、あなたは約束を守り、エステルがユダヤ人であること、反ナチの教授の娘であることを黙っていましたか？」

「それ以上のことをしましたよ、神父。エステルがコーエン教授の娘だとドイツ軍が知ったことをトマスに知らせ、一刻も早く彼女と子供たちをアメリカへ逃がして、戦争が終わるまで帰らせるなと勧めたんです」

「その逆ではなかったと確言できますか？」神父は小さな声で訊いた。

「何をおっしゃろうとしているんですか？」テシエが訊き返した。声が一言ごとに高くなり、町長たち三人が彼のほうを見た。

「ドイツ軍がエステルのことを知る前にフランスを脱出するつもりでいるのをこっそりあなたに打ち明けたのが実はトマスだったこと、そのあと、あなたが彼を裏切ったこと、です」

「そんな裏切りを私が働くわけがない。だれにも責められるいわれはないし、実際、責める人もいないでしょう。いいですか、私はトマスにこう申し出たほどなのですよ？ 彼の一家がサン・ロシェールから姿を消しているあいだは私が彼の銀行の留守番をし、戻ってきたらすぐに返すというのはどうだろう、とね」

「しかし、エステルがユダヤ人だと知っているのがサン・ロシェールであなただけだとしたら、あなたが密告しない限り、ドイツ軍はその事実を知りようがないのではないですか？」

「新聞によれば、コーエン教授は逮捕され、一夜にして消えてしまったとのことです。彼女がユダヤ人であることをどうしてドイツ軍が知ったかは、それで説明がつくでしょう」

「娘と孫がサン・ロシェールに住んでいることを教授がナチスに教えたとは、私は思いませんね」

「聖なるすべてに誓いますが、神父、私はトマスの秘密をドイツ軍に密告したりはしていません。彼は私の最愛の友なんです」

「それはホフマン大尉の話と違っていますね」神父は言った。

神父を見上げたテシエの顔は生気を失って真っ青で、全身が震えていた。「しかし、あの男はドイツ人ですよ、神父、信用できるはずがない。まさか、私の言葉よりあいつの言葉を信じるなんてことはないでしょうね？」

「もちろん、普通の状況であればそんなことはありません。しかし、私が彼の話を聞いたのは、主の御前《みまえ》なのです。しかも、彼が聖書に手を置いて誓った後でね」

「さっぱりわかりませんね」テシエは言った。

「あなたはご存じないでしょうが、カール・ホフマンは敬虔《けいけん》なローマ・カトリックなのです。まあ、ドイツ人の大半はそうですがね」

「しかし、あの男はまず何をおいてもナチですよ」

「毎週木曜にこっそり教会へ足を運んでミサに連なり、そして懺悔するあの人物は、私が保証しますが、ナチではありません。事実、ミュラー大佐がエステルを逮捕してポーランドの強制収容所へ送るつもりでいることを最初に私に教えてくれたのはホフマンなのです」

「あいつは嘘をついています、神父。神よ、お助けください。私はできるかぎりのことをして友人を逃がそうとしたのです」

「しかし、ホフマンが私に知らせてくれたのは、エステルが逮捕される一週間前です」神父は言った。「それによって、一家がアメリカへ逃げる安全なルートをパルチザンが作る時間を与えてくれたのですよ。エステルの荷造りが終わって準備が整った日の真夜中、ゲシュタポがやってきて彼女を逮捕し、駅へ連行して、切符を必要としない列車に放り込んだのです」

テシエが尻餅《しりもち》をつくようにして坐《すわ》り込み、頭を抱えた。

「あなたが知り得なかっただろうことがもう一つあります。あなたの友人のトマスも妻と一緒にその列車に乗ろうとしたのですが、ドイツ軍のライフルの台尻がそれをさせませんでした」

「しかし――」

「あなたが裏切ったせいで、あなたの友人は生涯、自分の妻が人間としてどんなに惨《みじ》めで辛《つら》くて恐ろしい目にあわなくてはならないか、それを想像することしかできなくなったのです」

「しかし、これはわかってもらわなくてはなりません、神父。ドイツ軍は私に圧力をかけつづけていたのです」テシエが懇願した。「地獄のような日々だったんです」

「そうは言っても、いまトマスが経験している地獄とは較《くら》べものにならないでしょう。彼は全人生が崩壊するのを目の当《ま》たり《あ》にしているのです。あなたはそれを黙って見ているだけだ。彼の顧客のなかには、通りを渡って、テシエ銀行へ口座を移す者が出はじめているではありませんか。ドイツ軍の報復を恐れてね」

「口座をうちへ移させるなんて意図があったはずがないでしょう、神父。もしチャンスを与えてもらえれば、誓って彼に埋め合わせをします」

「それには少し遅すぎると思いますがね」ピエール神父は言った。

「そんなことはありません。もし生きてここを出られたら、二つの銀行を一つにして、トマスにはシニア・パートナーになってもらいます。さらに、十万フランを教会に寄付します」

「あなたが助命されるされないにかかわらず、それを実行する旨《むね》の遺言書を作ってもらえますか？」

「もちろんです」テシエが答えた。「約束します」

「全能の神に約束できますか？」神父は言った。

「全能の神にも約束します」テシエが繰り返した。

「あなたはとても寛大な人だ、息子よ」神父は言った。「その約束を守れば、主は慈悲を深くあられるに違いないと思いますよ」

「ありがとうございます、神父」テシエが言った。「もしかして私の申し出を所長に伝えてもらえるようなことはないでしょうか」そして、顔を上げるとまっすぐに神父を見た。

「あなたは主に約束なさった」神父は言った。「それで間違いなく十分以上でしょう」

クロード・テシエは立ち上がり、完全に納得した様子ではなかったが神父にお辞儀をして、町長と医師のところへ戻っていった。

「どうだった?」町長が訊いた。

「真実を話しただけだ」銀行家は表情を消して答えた。「安んじて全能の神の決断を受け容れるつもりだよ」

「決断するのは全能の神ではないと思うがね」町長は自分とフィリップ・ドゥーセ医師の前にカードを一枚ずつ置いた。

その数字の〝5〟を見つめて、医師が言った。「次は私のようだな」

「忠告しておいてやるが、フィリップ」テシエが言った。「ブラフはあの神父には通用しないぞ」

「私がブラフを得意でないことはみんな知ってるだろう」

しかし、ピエール神父に何を話すかははっきりしていた。

フィリップ・ドゥーセ　医師

フィリップ・ドゥーセが自分の前にひざまずいたとき、ピエール神父はその顔がこれまでに見たことがないほど落ち着いていることに気がついた。それは彼がしばしば目にしてきた、老人がついに死を受け容れ、ほとんど従容《しょうよう》としてそれに従おうとするときの、満ち足りた落ち着きと同じだった。

ピエール神父は十字を切ると、医師の額に手を置いて告げた。「嘆き悲しむ者は幸いである、なぜなら、慰めを得られるからである。すべての慈悲の父である全能の神があなたの最後の懺悔に力を貸してくださいますよう」

フィリップ・ドゥーセについて知らないことは、神父にはほとんどなかった。なぜなら、教会へ通うのを疎《おろそ》かにすることがなく、少なくとも月に一度は懺悔をするのを常としていたのだから。ドゥーセ医師が罪と見なしているのは、神父にすればせいぜいアヴェ・マリアを六回唱えればすむ程度のものでしかなかった。

フィリップ・ドゥーセは開けっぴろげ《オープン・ブック》な人物で、ピエール神父が読んでいないのは最初の一章だけだった。彼がどうしてサン・ロシェールのような片田舎に流れ着くことになったのかを知る者はいなかった。町長や銀行家、校長と違ってこの町の生まれではなかったし、一つしかない学校に通ったわけでもなかったが、いまはだれもが彼をこの土地の者として認めていた。

彼がパリ南医科大学を優等で卒業したことを知らない者はなく、壁に掛かっているいくつもの免状や証書が彼の医師資格を証明していた。それでも、大病院のシニア・パートになる運命だったに違いない人物がどうしてサン・ロシェールの診療所の医者風情《ふぜい》に甘んじることになったのか、その理由は謎のままだった。

いま、フィリップ・ドゥーセは最初の章の最初のページを開こうとしているのか？

「お赦しください、神父、私は罪を犯しました。私が最後に懺悔をしたのは、逮捕される前の金曜でした」

「たぶんそんなに長くはならないはずですよね、息子よ。なぜと言って、私があなたを知って以来のことは、ほとんどすべてを明らかにしてくださっているわけですから」

「ですが、あなたが読んでおられない一章がまだあるのですよ、神父。私がサン・ロシェールへくる前に書かれた章です」

「若さゆえの無分別は、主は必ずお赦しになると思いますよ」神父は言った。「利敵協力者であることとはほとんど比較になりません」

「私がしたのは利敵協力者になるよりはるかに悪いことなのです、神父」ドゥーセが目に見えて取り乱しはじめた。「私は第六戒、すなわち、〝殺してはならない〟を破ったのです。ですから、永遠の断罪を受けなくてはなりません」

「あなたが……人を殺したのですか、息子よ？」神父は愕然《がくぜん》とした。「それを信じるわけにはいきません。医師であればだれであろうと、過《あやま》って……」

「ですが、私の場合は過失ではないのです、神父。それをいまから説明します。大学を卒業すると」ドゥーセがつづけた。「私はリヨンの生まれ故郷の町に戻り、名のある大規模病院の下級医師になりました。六十人を超える新卒応募者のなかから選ばれたのは運がよかったからでしょう。勤務していないときは最新の医学雑誌を読んでいたこともあって、同期の者より一歩前にいつづけられました。一年経たないうちに昇進したときも、医学界という階段の次の一段に足をかける準備ができていたのです」

「それなら、サン・ロシェール病院の下級医師になるなどあり得なかったのではないですか？」

「そうなんですが、神父」ドゥーセは認めた。「あのときは、仕事の申し出をしてくれた病院がサン・ロシェールしかなかったのですよ」

「それはどうしてですか？」神父は訊いた。「そのときには、同期の医師のなかでも飛び抜けた存在であることがすでに証明されていたわけでしょう？」

「一九二一年十一月の木曜日に、私は出世の階段を転げ落ちたのです」医師が言った。「件《くだん》の病院に勤務して一年と少しが経ったころでした、私よりほんの少し年上の同僚のヴィクトル・ボナールに、自分の患者の一人を往診してくれないかと頼まれたのです。患者は年配の婦人で、金持ちゆえの病気を患《わずら》っていて、週に一度、一時間か二時間、暇を潰《つぶ》したがるのだが、今日ははるかに切迫した患者がサン・ジョセフ病院に出たので、そちらに対応しなくてはならない、というのが彼の説明でした。

「私は一も二もなく同意しました。あの時期の彼は新人の研修に時間を取られていましたから尚更《なおさら》です。私は往診鞄《かばん》をつかんでベルジュ大通りを目指しました。普通は上級医師しか往診しない界隈《かいわい》です。パラディオ様式の大きな屋敷の前に着くと、しばらくそこに立って息を整えました。そのあと、またもや息を整えなくてはならない事態になりました。正面玄関を開けてくれたのが若い美人で、私には女優かモデルに違いないとしか思えなかったのです。髪は長いブロンドで、目は深い青、顔にはまるで昔ながらの友人だと思わせる、人を魅了せずにはおかない笑みが浮かんでいました。

「『いらっしゃい、セレステ・ピカールです』と名乗って、彼女は握手の手を差し出しました。

「『フィリップ・ドゥーセです』と応《こた》えて、私はこう説明しました。『残念ですが、ボナール医師は病院によんどころない仕事ができてうかがえなくなりました』。もっとも、実を言うと、私のほうは全然残念ではなかったのですがね。

「『それはどうでもいいんです』セレステが二階への階段を上がりながら請け合ってくれました。『大叔母のマノンが病気だなんて、だれも思っていませんから。でも、週に一度の往診を楽しみにしているんです。とりわけ、若いお医者さまの往診をね』

そして、にやりと笑って見せたのです。

「彼女が寝室のドアを開けると、年配の女性がベッドに坐って私を待っているのが見えました。マノン大叔母の具合が特に悪くないことはしっかり診察をしなくてもわかったし、彼女の手を取って、延々と話を聞きつづけるのもさして苦ではありませんでした。病院があんなにうまくいっているのも、こういう患者がいるんだから不思議はないと納得しましたよ」

神父は微笑したが、さえぎることはしなかった。

「一時間後に辞去するとき、セレステは着いたときと同じ抗《あらが》いがたい笑みを浮かべて報いてくれました。私がこんなにはにかむ性質《たち》でなかったら、会話の糸口でも見つけようとしたかもしれません。でも、結局は『さよなら』と言うのがやっとで、彼女はそのままドアを閉めてしまいましたがね。

「それから一週間ほどして、あの老婦人が私にもう一度会いたいと言っているとヴィクトルが伝えてきました。

「『きっとおまえさんのほうがよくなったんだ』と、彼はからかいました。しかし、私はまたセレステに会えるかもしれないと、それしか頭にありませんでした。老婦人を再診したあとセレステにお茶に誘われ、一時間後に辞去しようとすると、彼女が言ったのです。『来週もあなたにきていただけるといいんですけど、ドゥーセ先生』。

「私は天にも昇る心地で病院へ戻りました。あんな女神のような女性がもう一度会いたいと申し出てくれるとは、ほとんど信じられませんでした。でも、驚いたことに、お茶のあとはテット・ドール公園を散歩し、夜はリヨン歌劇場、ディナーは〈ル・カフェ・ドゥ・パントル〉とつづきました。もちろん、私にそんな贅沢《ぜいたく》をする余裕はなく、かかりは彼女が持ってくれましたが。そのあと、二人は恋人同士になったのです。私は最高に幸せでした。だって、これからの一生をともに過ごしたい女性を見つけたと確信できたのですから。

「それからほぼ一年待ってプロポーズし、悲しいことに断わられてしまいました。しかし、彼女はその理由を、私と結婚したくないからではなく、自分が大叔母の遺言のたった一人の受益者であるために、彼女が死ぬまでは一人にすることなど考えられないからだと説明してくれたのです。私はひどく悲観しました。マノン大叔母は八十二歳かもしれないけれども、百まで生きない理由を見つけられなかったのです。

「それでも、二人で暮らしてお釣りがくるだけのものを稼ぐからと、私はセレステを説得しようとしました。その結果、そんなことは無理だとお互いにわかっていたにもかかわらず、セレステは婚約に同意してくれたのです。ただし、婚約指輪はしないという条件が付いていました。大叔母に見られたら、私をかかりつけ医のままにしておいてくれないかもしれないし、セレステ自身も追い出される恐れがあるというのがその理由でした」

「そして、あなたはマノン大叔母を騙《だま》しつづけようという彼女の考えに同調した？」

神父は訊いた。

「はい。しかし、それはセレステがこう言うまででした――『心配しないで、ダーリン、大叔母さまだって永久に生きているわけじゃないんだから』。そのとき初めて、私の医師としての技術を命を長らえさせるためでなく縮めるために使うという、あの考えが頭をよぎったのです。もとより、そんな企《たくら》みをセレステに打ち明けることはしませんでしたが」

「その企みはどのような形で実行されたのですか？」神父は訊いた。

「確か、私たちが婚約してから二週間かそこらだったと思いますが、マノン大叔母が夜眠れないと訴えたのです。私は睡眠剤を使うことを薦め、実際に効果があったようでした。ところが、彼女が不眠を訴えるたびに、私は意識的にではないにせよ、薬量を増やしていって、ついに彼女は目を覚まさないままになってしまったのです」

フィリップ・ドゥーセ医師は頭を垂《こうべ》れたが、神父は何も言わなかった。話の続きがあることはわかっていた。

「死亡証明書を作成するとき、私は死因を自然死としました。それを疑う者はいませんでした。だって、八十を超えていたのですから。

「それなりの服喪期間が過ぎたら結婚しよう、と私は考えていました。ところが、マノン大叔母の葬儀のとき、セレステに無視されたのです。彼女が用心しただけだ、と私は自分を納得させようとしました。不必要な噂《うわさ》の種をまきたくないのだろう、と。

「数週間後、私が自分の机で仕事をしていると、外で笑い声がし、大きな声が聞こえました。廊下へ顔をのぞかせると、ヴィクトルが医師や看護師に囲まれて、温かく祝福されているところでした。

「『何の祝福なのかな?』私は受付係に尋ねました。

「『ボナール先生が婚約なさったんです』

「『私の知っている人かな?』

「『セレステ・ピカール嬢ですよ』受付係が教えてくれて、自分がどんなに残酷なことを言っているか気づかないままに付け加えました。『先生も彼女の大叔母上を診にいらしたとき、顔ぐらいは合わせていらっしゃいますよね』

「私がどんなに世間知らずの間抜けだったか、神父、恋人として自分の演じた役回りが見えてくるにつれてわかってきました。それで、酒に溺《おぼ》れ、たびたび遅刻をし、小さな間違いをするようになりました。最初のうちはそれですんでいたのですが、やがて、私の職業では赦されない、もっと大きな間違いもしでかすようになったのです。というわけで、試用期間が終わったとき、当然のことながら雇用契約は更新されませんでした。

「ヴィクトルとセレステの結婚式の日、私は自殺することまで考えたのですが、辛うじて信仰が思いとどまらせてくれました。しかし、正常な人生を送ろうと望むなら、できる限りセレステから遠くへ離れていなくてはならなかったのです」

「それで、サン・ロシェールへやってきて、定住することにした？」

「そういうことです、神父。下級医師募集の広告を医学雑誌で見て、すぐさま応募しました。これほど高度の資格を持った医師が下級医師という地位でもいいと考えたことに驚きを禁じ得ないと病院長は認めて、以前の雇用者の評価はそう高くなかったにもかかわらず、躊躇《ちゅうちょ》なく採用してくれました。

「私は二十年近く、この町で医療に従事してきました」ドゥーセがつづけた。「その間、罪のない老婦人の命を縮めてしまったことを全能の神にひざまずき、赦しを乞《こ》わない日は一日もありませんでした」

「ですが、この町の病院でのあなたの仕事ぶりは立派なものです、息子よ。あなたはもう罪を償い終えたと主が見なされているかもしれないとは考えられませんか？」

「本当のところは、神父、私は医師免許を剝奪《はくだつ》され、刑務所へ送られるべきだったのです」

「イエスはゴルゴタで自分とともに磔《はりつけ》にされる罪人の一人に、あなたは今夜天国にいるだろう、とおっしゃっているのですよ」

「私が望み得るのは、主がそれと同じ慈悲を私に垂れてくださることだけです」

「この戦争がつづくかぎり、サン・ロシェールは神があなたに与えたもうた技術を、かつてないほど必要とすると、そう考えたことはありませんか？」

「戦争は何も解決しないことを将来の世代に教える責任を担《にな》うのは、神父」ドゥーセが言った。「校長先生こそふさわしいのではないでしょうか」

「あなたに幸いがありますように、息子よ」神父は医師に向かって十字を切った。「私はあなたの罪を赦し、あなたが天国へ召されるよう祈りましょう」

フィリップ・ドゥーセが立ち上がり、もはや造物主との対面を恐れない穏やかな顔で一礼すると、黙って僧侶の前を離れて仲間のところへ戻っていった。

「ずいぶん満足げな顔じゃないか、フィリップ」マックス・ラセールズ町長が言った。「ピエール神父が何か約束してくれたのか」

「約束なんか何もしてもらっていないよ」医師は答えた。「だが、これ以上は望むべくもない」

町長がカードをテーブルに置いて銀行家を見た。「こいつをシャッフルしておいてくれ、クロード。私の懺悔《ざんげ》は長くはかからないだろうから、最後の一勝負をする時間はまだあるはずだ」そしてゆっくりと神父のほうへ、この前懺悔をしたのがいつだったかを思い出そうとしながら歩き出した。

ピエール神父は町長を迎える準備を十分に整え、これまでの三人のような謙虚さは見せないのではないかと睨《にら》んでいた。だが、主が彼に期待しているのは、この弁護士が自分が最悪と見なす罪を認めたあと、判決を下すことのはずだった。どこから始めるべきか、と神父は思案した。

マックス・ラセールズ　町長

「柔和な者は幸いである、なぜなら彼らは地を受け継ぐからである」ピエール神父は十字を切った。「最後の懺悔をする用意はできていますか、息子よ?」

「いえ、神父、できていません」町長が答えた。「これが最後の懺悔にはならないはずですから、尚更です」

「全能の神が助命なさるのがあなただと、そこまで確信できる理由は何でしょう」

「それを決めるのが全能の神ではなくて所長のミュラー大佐だからですよ」町長が答えた。「神父、断言しますが、大佐はいまこの瞬間、ひざまずいて神の導きを求めてはいないはずです。なぜなら、彼は私を助命するとすでに決めているのですから」

「しかし、あなたは煽動《せんどう》の罪で逮捕され、ご自身も会合を主催したこと、三人のお仲間がいかなる容疑についても無実であることを認めてさえおられるではないですか」

「確かに。しかし、そもそも会合を持つよう私に提案したのが大佐なんです。その話をしているとき、私は六カ月の収監と、ひどい扱いを受けているという報告を定期的にすることに同意しているんですよ」

「ですが、それは校長や医師や銀行家よりもあなたの命が大事だとミュラー大佐が見なす説明になっていません」ピエール神父は言った。

「どうして私のほうが重要かというと、三人の誰一人として、テシエでさえ、大佐が考えている長期計画に同調しないことを、彼が知っているからですよ」

神父は一瞬言葉を失った。「では、あなたは利敵協力者なのですね」

「私はリアリストなんです。それが明日の朝を生き延びるのがあの三人ではなくて私である理由です。しかし、これは保証しますが、神父、私は町の指導的役割を担う者として、三人の葬儀に参列します。そして、頌徳《しょうとく》の辞で彼らを褒めちぎり、彼らがいかにこの町に奉仕したか、彼らを失ってどんなに無念であるかを強調するつもりです」

「しかし、ドイツが戦争に負けたら、パルチザンはあなたを手近にある街灯に吊《つ》るすのを躊躇しないでしょう」神父はいまにも冷静さを失いそうだった。

「そのぐらいの危険は引き受けますよ。しかし、私は常に賭《か》け率が間違いなく自分に有利になるようにしているんです。この戦争に勝つのがドイツかイギリスか、どちらか賭けるとしたら、いまでもぶっちぎりでドイツではないんですかね」

「それに関しては、チャーチル首相にも言い分があるかもしれませんよ」

「チャーチルなんてせいぜいが沈みかけている船の霧笛にすぎません。彼が首相の座を失ったとたんに、ヒトラーはすぐさま大陸ヨーロッパを手中に収めますよ。そのころには、私はもうサン・ロシェールの町長ではなく、彼が新しく定めた州の知事になっているでしょうね」

「あなたは一つ、お忘れのようですね、息子よ」

「それは何でしょう、神父？」町長が訝《いぶか》しげに片眉《かたまゆ》を上げた。

「全能の神の介入です」

「その危険も引き受けるにやぶさかではありません」ラセールルズ町長が応えた。「主はいまごろ、降臨節でお忙しいでしょうからね」

「あなたの不死の魂に神の慈悲がありますように」

「私は死に興味はないんです、神父。あるのは、われわれ四人のだれが明日の朝、列車でサン・ロシェールへ帰ることになるかだけです。そして、保証しますが、神父、それは私です」

「パルチザンが真実を知らなかったらね」神父は言った。

「いまさら念を押す必要はないと思いますが、神父、私の懺悔の言葉を一言でもだれかに漏らしたら、永遠に地獄に堕《お》ちるのはあなたですよ」

「あなたは邪悪な人だ」神父は言った。

「お互いが同意できることがようやく見つかりましたね、神父」町長が言い、神父は膝《ひざ》を突いて祈りはじめた。

町長が十字を切り、大きな声で言った。「あなたに神の祝福がありますように、神父」そして、笑みを浮かべてテーブルの上座に戻った。

「確かにそんなに長くはかからなかったな」クロード・テシエが言った。

「まあな。しかし、私はかなり潔白な人生を送ってきたから、懺悔すべきこともほとんどない。あるとすれば、造物主に奉仕しつづけたいという欲を持っていることぐらいだ」

「それはご立派なことだ」フィリップ・ドゥーセが神父を見た。「神父もきっと心を動かされたことだろう」

「たぶんな。だが、私としては」町長はつづけた。「四人のうちのだれを助命するかは安んじて神の判断に委ねると、よき神父に言明しただけだ。きみたち三人のほうが私よりもはるかに神の恩恵に値すると強調しておいた」

テシエが信じられないというように天を仰いだ。

「だれにするか、ピエール神父はもう決めたかな?」ドゥーセが訊いた。

「わからん」町長が答え、神父のほうを見た。彼はいまもひざまずいて祈りつづけていた。

ラセールズはグラスを挙げた。「主があなたの熟慮に導きを与えられんことを、神父」

三人もグラスを挙げ、一斉に口を開いた。「主があなたの熟慮に――」しかし、言い終わるより早く、ラセールズは真っ青になって震えだした。手から落ちたグラスがテーブルにぶつかって砕けるのもかまわず、彼は正面を見つめつづけた。

三人も同じ方向を見たが、神父の姿はもはやそこになかった。

2

鳴りだしたチャイムを全員が数えた――一、二、三、四。自分の運命が決まるまであと二時間。

「何をしているんだ、クロード?」もう一度腰を下ろしながら町長は訊いた。

「遺言書を書いてるのさ」

「私が代わりに書いてやろうか? だって、死んだ後で争いの種にされたり誤解されたりする恐れのあるようなものにはしたくないだろう」

「そりゃいい考えだ」テシエが言った。「弁護士に作ってもらったものだと言うことができるからな、ここから生きて出られればだがね」

「そりゃそうだ」弁護士でもあるラセールルズが応じた。

テシエが小振りの黒いノートから六ページほどをちぎり取ってラセールズに渡した。ラセールズは銀行家が作ろうとしていた遺言書の文面に目を通し、それを参照しながらペンを走らせはじめた。

「それにしても、妹と友人のトマス・ブシャールにはずいぶん気前がいいんだな」ラセールズは二ページ目を読んだあとで言った。

「昔からそのつもりでいたんだよ」テシエが答えた。

「きみの若い奥さんはどうなんだ?」ラセールズが訝しげに片眉を上げて訊いた。

「何も遺《のこ》してもらえないのか?」

「彼女は若いんだ、次の亭主が見つかるさ」

ラセールズはページをめくった。

「教会へかなりの金額の寄付をすることになっているが、それも昔から考えていたことなのか？」

「何年も前からピエール神父に約束していただけだ」テシエが身構えるような口調で答えた。

「私もよき神父に約束していることは一つならずあるし、その約束は守るつもりだよ」ラセールズが言ってから付け加えた。「ここを生きて出られれば、だがね」

彼はそれからしばらく遺言書の作成をつづけ、完成した文面を依頼人に提示した。

テシエはそれを二度読み返すとすぐに訊いた。「サインはどこにすればいいんだ？」

ラセールズが点線の部分を人差し指で示した。「証人が二人必要なんだが、幸いなことに打ってつけの二人がここにいて、しかも手数料を取らないときてる」

テシエはドゥーセを見て、心ここにあらずの状態で何かを考えている様子の彼に頼んだ。「フィリップ、私の遺言書の証人になってくれないか」

ドゥーセが瞬《まばた》きをし、ペンを取って、最後のページに署名をした。

「まだ起きてるか、アンドレ？」ラセールズがパルメンティエの背中に声をかけた。

「まどろみもしていないよ」力のない声が返ってきた。

「クロードの遺言書の証人がもう一人必要なんだ、引き受けてくれないか」

下段寝台に横になっていたパルメンティエがのろのろと起き上がり、冷たい石の床に足を下ろしてテーブルへとやってきた。

「サインする前に目を通す必要があるのか？」彼は訊いた。

「いや、その必要はない」ラセールズは答えた。「クロードの署名であることを裏付けるだけだから」そして、アンドレ・パルメンティエがフィリップ・ドゥーセの名前の下に自分の名前を書き記したのを確認すると、遺言書を自分のくたびれたブリーフケースにしまった。

テシエが勢いよく立ち上がり、監房のなかを歩きまわりはじめた。たったいまサインした書類のことを考えているのだった。自分が死んだら、トマス・ブシャールが二つの銀行を一つにして妹にも役を振り当ててくれるはずであり、それは道理に適《かな》っている。あの二人ならおれよりはるかにうまくやるに決まっているのだから。ずいぶん前にルイーズを重役にしろと父親が助言してくれていたのに、それに従わなかったことがひどく悔やまれた。

ラセールズが驚いたことに、パルメンティエは寝台に戻ろうとしないでこう言った。

「私も遺言書を作りたいんだが、マックス」

「喜んで力になるとも」ラセールズはテシエの小さな黒い表紙のノートのページをちぎり取ると、ペンを取った。「第一受益者はだれだ？」

「弟のギロームにすべてを譲りたい」

「もう彼には十分以上のことをしてやっていると思わないのか？」

「残念ながら、十分にはほど遠い」パルメンティエが答え、ちぎられたページの一枚を取ると、弟に宛《あ》てて手紙を書きはじめた。

　最愛のギローム……

　依頼人と議論している時間はなかったから、ラセールズはパルメンティエの遺言書の作成に取りかかった。数分しかかからない簡単な作業で、各段落を二度読み返してから、一枚しかない文書を校長に差し出した。

「ありがとう」パルメンティエがゆっくりとそれに目を通し、最下段にサインをして、テシエとドゥーセに署名を頼んでから付け加えた。「それから、この手紙を遺言書に添付してほしいんだ」そして、折りたたんだ紙をラセールズに渡して寝台へ戻っていった。

　ふたたび目をつむったが、眠れないことはわかっていた。自分が処刑される三人の一人になれば、少なくともギロームと家族は比較的平穏な人生を送ることができるだろう。ギロームがあの手紙を読んでくれれば、彼女を殺したのが自分ではないとようやくわかるはずだ。自分はいまでも有罪だと信じているのだから、とりわけそうであってほしい。チャイムが五回鳴って思いを破られたときには、あと一時間しか生きていられないことが苦ではなくなっていた。

パルメンティエの遺言書とギロームへの手紙をくたびれたブリーフケースにしまうや、ラセールズは笑みを浮かべてフィリップ・ドゥーセに言った。「きみはどうする、友よ？　遺言書を作ろうと思ったことはないか？」

「そんなものを作って何の意味がある？」ドゥーセが答えた。「ギャンブルの負けの清算で一切合財をきみに持っていかれるんだぞ。第一、きみに払う手数料もないよ」

「刑務所での弁護士活動は無料なんだがね」ラセールズがにやりと笑って言った。

彼が三通目の遺言書を作成する間、フィリップ・ドゥーセはテーブルに身を乗り出すようにして頭を抱えていた。思いはセレステへ戻っていった。独りでいるとき、よくあることだった。もう中年だが、いまもヴィクトル・ボナールとの結婚生活はつづいているだろうか？　子供はいるのか？　ドイツ軍がシャンゼリゼを行進してからは、どこか田舎へ移り住んで家庭を築いているのだろうか？　あのパラディオ様式の屋敷はドイツ軍司令部に接収されてしまったのか？　セレステを思わずに終わる日は一日もなかった。

ラセールズは受益者が自分一人しかいない文書を完成させるや——厳密には合法でなかったが、そんなことはだれにもわからないはずだった——、それをくるりと回転させ、ドゥーセの前に滑らせてサインをさせた。クロード・テシエとアンドレ・パルメンティエが何も言わずにそれぞれの署名をそこに加えた。

「きみは遺言書を作るのか、マックス?」テシエが訊いた。

「その必要がないんだ」ラセールズは答え、それ以上説明しなかった。

監房に不気味で馴染《なじ》みのない沈黙が落ちた。四人はそれぞれの思いに耽《ふけ》りながら、一秒また一秒と時が過ぎていくなかで、自分の運命がわかるときを待った。

ラセールズはときどき時計を見たが、時間は自分にどうにもできないものだと思い知らされるだけだった。それは最後の一周を走る走者のように、あらかじめ決められたコースを進みつづけていた。最初のチャイムが監房に谺《こだま》したときも、だれも口を開かなかった。六つ目のチャイムが鳴るよりずいぶん早く、監房のドアの鍵《かぎ》が回る音が聞こえた。

「ドイツ人というのは時間に几帳面《きちょうめん》なところだけは信用できるな」ラセールズが言った。

「絞首刑《こうしゅけい》の執行とくれば尚更か？」テシエが歩き回っていた足を止めてドアを見つめた。ラセールズはカードをきちんと重ねてテーブルに置いた。パルメンティエは寝台の上で背筋を伸ばし、ドゥーセはセレステのことを考えつづけていた。ようやくその呪縛《じゅばく》から解放されるのだろうか？

四人が不安のなかで見守っていると、頑丈なドアが勢いよく開き、ホフマン大尉《たいい》が満面に笑みを浮かべて大股《おおまた》で監房へ入ってきた。

「おはよう、紳士のみなさん」彼は言った。「よく眠れましたか？」

四人は答えず、だれが刑の執行を免れるかがわかるのを待った。

「これを渡しておきます」ホフマン大尉が小さな緑色の切符をそれぞれに差し出した。「では、行きましょう。サン・ロシェール行きの列車が三十分ほどで出ます。それを逃すと、今日はもうありません」

四人はそれでも動かずに訝っていた――まさか死を茶化したユーモア劇の、よくできたゲルマン版に参加させられていたなんてことではあるまいな？

「一つ、教えてもらいたいのだが」四人全員が知りたいと思っていることを唯一《ゆいいつ》声にする勇気のあったドゥーセが訊《き》いた。「昨夜の列車事故で死んだのは何人だったんだろう？」

「何の列車事故です？」ホフマンが訊き返した。

「昨日の夕刻に起こった事故のことだよ。線路上に仕掛けられた爆弾でドイツ軍将校が三人、フランス人が三人死んだと聞いているが」

「何の話だかさっぱりわかりませんね」ホフマンが答えた。「サン・ロシェール線に爆弾が仕掛けられたのは何カ月も前のことで、それ以降は一件もありません。司令官がとりわけ誇りにしておられることです。あなたは悪い夢でも見られたのではないですか、博士。さあ、行きましょう。列車が待っていてくれるとは思えませんからね」

ホフマンが踵《きびす》を返して監房を出ていき、四人は気が進まないながらもあとにつづいた。

自分は本当に目が覚めているんだろうか、とアンドレ・パルメンティエは半信半疑だった。

ホフマンが小グループを率いて暗くて長い廊下を進み、傾斜のきつい擦り減った石の階段を上って、目を射るほど眩《まばゆ》い朝の光のなかに出た。四人にとって半年ぶりの経験だった。中庭を横断しながら、目は絞首台から離れることがなかった。

ミュラー大佐と副官が駅に入ってきて、プラットフォームの中央で足を止めた。それに気づいた地元住民がとたんに両端へ移動した。まるで大佐がモーゼで、紅海が二つに割れたかのようだった。

「町長と三人の議員が一等車でサン・ロシェールへ帰ることを認める」刑務所長が告げた。「物事がスムーズに運びつづけることを期待するなら、ときに譲歩するとしても害はない」

「町長はいまもわれわれの側にいるのですか?」ディーターが訊いた。

「いまのところはな」所長は答えた。「だが、あいつは自分の目的に適うと考えたら、一も二もなく寝返る男だ」

ディーターがうなずいた。「残念ながら、あのろくでもない男の対応をあなたにお任せしなくてはならなくなりました、所長。というのは、ついさっきベルリンから私に命令が届き、連隊を率いて東プロイセンへ移動しなくてはならなくなったのです。総統はイギリス侵攻を中止し、ロシアを攻撃すると決定されました」

「それは残念な知らせだな、ディーター」所長が言った。「おそらくそう遠くないうちに、私もきみに合流することになるような気がするよ。サン・ロシェールのことをあの町長に任せてな」

「そんな、滅相もない」ディーターは打ち消そうとした。

「私としてはあいつに死んでもらいたかったんだがな」所長がそう言ったとき、ホフマン大尉が四人の囚人を引き連れてプラットフォームへ上がってきた。

大尉はそのまま列車のなかほどの一等車の脇《わき》に立っている所長たちの前へ進み、町長たち四人は彼らとは離れたところで足を止めた。ホフマンは踵《かかと》を打ちつけ、大佐にナチ式の敬礼をした。「書類上の手続きは完了しています、所長。ご指示のとおり、彼らには一等車の切符を渡しました」

「あの四人のことはだれにも知られるな」所長が町長に背を向けて言った。「われわれへの内通者がいるのではないかと疑う理由をパルチザンに与える必要はないからな」

「率直に申し上げるなら、あの町長を東部戦線送りにしてやれないのが残念でなりません」ホフマンは言った。

「まったくです」ディーターが同調し、所長、ホフマン大尉とともに一等車の一番前のコンパートメントに入った。

「いまはしゃべるなよ」ラセールズが三人に釘《くぎ》を刺した。「口を開いていいのは、われわれが列車に乗って、だれにも声を聞かれる心配がなくなってからだ」

四人はほかの乗客がみな二等車に乗り終えるのを待って、一等車の一番後ろのコンパートメントに入った。彼らと所長たち三人のあいだのコンパートメントは空のままだった。

ラセールズは頭上の棚にブリーフケースを置き、隅の席に腰を落ち着けた。

「マックス、私の遺言書のことなんだが」ラセールズの向かいに腰を下ろしたテシエが言った。「いくつか変更したいところがあるんだ」

「どうして?」ラセールズは正面のテシエを無邪気に見つめて訊いた。

「状況が変わったからだ」

「しかし、きみはピエール神父に約束しただろう――」と言いかけて、ラセールズは口をつぐんだ。四人のだれもが持ち出したくない、ある話題に触れたことに気づいたのだった。

3

一つしか浮かんでいない雲の向こうに太陽が消えた瞬間、二人のレジスタンスの闘士が爆弾を手に取った。二人はこっそり森を出ると、草の生えた傾斜地をだれにも見つからないよう下って、線路の中央に爆弾を仕掛けた。

年上のほうが導火線を伸ばしながら引き返しはじめ、だれにも見られないところまでふたたび無事にたどり着いた。あらかじめ決めた長さのところで導火線を切断して起爆装置につなぐと、また傾斜地を滑り下り、二十分かけて、露出している導火線を羊歯《しだ》や石ころ、草で覆《おお》って見えなくした。

「万に一つでも、注意深い機関士が太陽に照り返している導火線に気づくとまずいからな」マルセルはパルチザンになったばかりの新人に説明した。

マルセルが満足のいく形で仕事を終えると、二人はふたたび傾斜地を上り、隠れ家に潜んで待った。

「おまえ、年はいくつだ、アルベール？」マルセルは煙草《たばこ》をつけながら訊いた。

「十六です」若者が答えた。

「まだ学校があるだろう、いいのか？」マルセルはからかった。

「ドイツ兵の最後の一人が棺桶《かんおけ》に入ってフランスを出ていくまではね」

「そこまでの思いでおれたちの闘いに加わろうとする理由は何なんだ？」

「真夜中にドイツ兵が押し入ってきて、母を逮捕したんです。二度と母を見ることはないだろうと父は言っています」

「お母さんの罪状は？」

「ユダヤ人であることです」

「そういうことなら、今日のおまえは運がいいぞ。どうしてかというと、サン・ロシエールのおれの連絡員が保証してくれているんだが、今朝の列車にはドイツ軍将校が、刑務所長も含めて三人乗っているんだ」

「どの車両を爆破すればいいか、どうやってわかるんです？」

「簡単だよ。ドイツ軍将校は必ず一等車を使う。だから、真ん中の車両だけを狙《ねら》えばいいんだ」

「爆発でフランス人が傷ついたり、さらには死んだりすることはないんですか？」アルベールが訊いた。

「まずないな。ドイツ軍将校が乗っているとわかったら、一等車の前後の二等車は空になるんだ」

アルベールが爆破装置のピストンを見つめた。両手が震えていた。

「焦《あせ》るんじゃないぞ、小僧」列車が透き通った青空へ黒煙を立ち昇らせながらカーヴを曲がって視界に入ってくると、マルセルは言った。「もう少しだ」

アルベールが両手をピストンに置いた。

「まだだぞ」と、マルセル。「そのときはおれが指示する」

列車が徐々に近づくにつれて、新米の若い闘士の頬を目に見えるほどの汗が流れていった。

「そろそろだ」機関車が爆弾の上を通過しはじめるのを見て、マルセルは言った。

「準備しろ」ほんの数秒だったが、アルベールには恐ろしく長く感じられた。そのとき、マルセルが命じた。「いまだ！」

アルベール・ブシャールはしっかりとピストンを押し下げ、目の前で爆弾が爆発するのを見た。その威力で客車が引き裂かれ、紫と青の火の玉がガラスや鉄の破片とともに宙を切り裂いた。車両はぶざまに吹き飛ばされて脱線し、奥の土手にぶつかって、捻《ねじ》れたり溶けたりした金属が大量に草に突き刺さった。それを目の当《ま》たりにして、アルベールは茫然《ぼうぜん》と坐《すわ》り込んでいた。あれではだれも生き延びられないだろうと、それしか考えられなかった。横倒しになった前後の二両は見捨てられた子供のようで、ドアは蝶番《ちょうつがい》が外れてぶらぶら揺れ、窓は粉々に割れていた。

「行くぞ、アルベール！」マルセルが立ち上がって怒鳴った。が、若者は惨劇から目を離せなかった。

マルセルは襟をつかんでアルベールを引きずり起こし、素速く森へ姿を消した。若きブシャールもそのあとにつづいた。もう子供ではなかった。

　最初に現場に立ったのは、最後尾の車両にいた車掌だった。ミュラー大佐を含む三人のドイツ軍将校の遺体に出くわし、十字を切った。さらに進んでいくと、三人が肩を並べるようにして倒れていた。それが同胞であることに気づいて、車掌は意外に思って訝った。一等車に乗っていたに違いないが、なぜだろう？　レジスタンスの隊長からの直近の指示を知らない者はいないはずなのに。

　次に現場にやってきたのは、爆発から最も離れたところにいた機関士だった。

「死者の数は？」彼が訊いた。

「六人だ」車掌は答えた。「ドイツ軍将校が三人、悲しいことに同胞が三人」

「それから、ここへくるまでの線路の脇に何人か倒れていたな」機関士が言った。「だが、重傷者はいないようだ。彼らは運がよかったよ、地元の医者が乗っていて、手当をしてくれているんだ」

オーヴェルーシュルーオワーズの風景 *

「初めてのセックスと同じで」警部が言った。「警察官にとって最初の逮捕は絶対に忘れられないものだからな」

同級生がみなハン・ソロやジェイムズ・ボンドになりたがっていても、ガイ・スタンフォードは自分をむしろシャーロック・ホームズだと考えていた。だから、何をしたいかと卒業前に進路指導主任に訊《き》かれて「警察官になります」と答えたときも、意外に思う者は一人もいなかった。

唯一《ゆいいつ》の問題が父親だった。自分と同じく法廷弁護士になる勉強をして後を継いでくれるものと思っていたのである。父子《おやこ》はイングランド人らしく譲り合い、その職業が息子に本当に適しているか心配する両親には、試行期間を設けることを息子が提案して同意を得た。つまり、三年経《た》ってもやはり考えが変わらなかったら、警察官になることに父親も異議を唱えないということである。

ガイはさらに三年、エクセター大学で美術史――警察官に次いで人生で二番目の恋人――を学んだ。卒業時の成績は優秀で、大学に残ってスペイン印象派のソローリャに関する博士論文を仕上げたらどうかと教官が勧めるほどだった。ガイはそれをありがたく受け止めたものの、次の列車でコヴェントリーへ帰り、二週間休んだあと、現地で警察官になった。

大学卒業資格を利用すれば早く昇任できる制度があったが、それは使わず、父の教えを守って、戦場で名を上げる道を選んだ。順調に歩みを進めて刑事になったのだが、振り返ってみると、それまでの四年は挑戦の連続でもあった。たとえば……いや、やめておこう。これは最近警部に昇任したガイ・スタンフォードではなく、巡査だったころのガイ・スタンフォードの最初の逮捕劇の話なのだから。

その週はガイにとってとりわけ過酷で、ようやく週末を迎えられたのは、土曜の午後に３－０の負け試合を見るためにコヴェントリーまでやってきた、カーディフ・シティのサポーターたちを駅まで連れ戻したあとだった。

最終列車が出るや、今夜は仲間とパブへ繰り出すのはやめて、いい本をお供に大人しくベッドに入ることにした。しかし、疲労困憊《こんぱい》していたせいで、Ｓ・Ｎ・ベアマンが著したデュヴィーンというアート・ディーラーの伝記の二章を何とか読んだだけで、深い眠りに落ちてしまった。

二十分後、夢は執拗《しつよう》に鳴りつづける電話の音に破られたが、受話器を取るにはまだしばらく時間がかかった。

「スタンフォード」不服従という言葉は自分の辞書にないと言わんばかりの声が命じた。「いますぐ署へ出てこい。〃いますぐ〃というのは、すでにおまえは遅刻しているということだからな」

「はい、巡査部長」眠気はとたんに吹き飛び、ベッドを飛び出して二分でシャワーを浴びると、髭剃《ひげそ》りを省いて制服を着た。階段を駆け下りて通りへ出ると、急いで自転車にまたがってペダルを踏みつづけた。

署に着くと自転車を放り出し、同じく慌《あわ》ててやってきた数人の同僚とともに階段を駆け上がった。

「階下《した》だ、急げ」受付の巡査部長に指示を飛ばされ、ガイは足を止めることなくその声に従った。

地下のシチュエーションルームに入ると、三十人から四十人の同僚が、例外なく緊急に呼出しを受けた様子で集まっていた。何が始まるのか、だれも見当すらついていなかったが、それがわかるまでにさしたる時間はかからなかった。

姿を現わした刑事部長のデクスター警視正を見て、何であれ重大な案件に違いないとガイは気づき、すぐ後ろに署長の姿があるのがわかった。部屋全体が静まり返った。

「いいか、諸君、これから話すことをしっかりと聞いてもらいたい」警視正が両手を腰に当てて口を開いた。「なぜなら、同じ話を繰り返す時間がないからだ。数週間前から、選抜されたごく内輪の上級警察官が、とりわけ注意を要する案件の捜査をつづけていた。ジグソー・パズルのピースがすべて嵌《はま》るところに嵌ってからゴー・サインを出すつもりでいたのだが、一時間前、信頼できる筋から情報が届いた。それによって、バーニー・マナーズ以下、名の知れた悪党を何人かまとめてお縄にするには、今夜をおいてほかにないとわかった」

何人かが手を叩《たた》いて歓声を上げはじめた。ガイはマナーズと直接出くわしたことはなかったが、何者かはよく知っていた。刑事部屋では、ガイが警察官になるはるか前から、その男の写真がダーツボードの代わりだった。このあたりの麻薬王で、ワトフォードからバーミンガムを縄張りに支配し、そこへ迷い込んで商売をした者はだれであれ二度と姿を見られなくなっていた。もっとよくないのは、マナーズ配下のディーラー軍団がヘロインや純度の高いコカインを供給して、大勢の若者の人生を破壊していることだった。しかも、高額な報酬に目の眩《くら》んだ遣《や》り手《て》弁護士を何人も抱えているおかげで、マナーズ自身は有罪判決を受けたことも、刑務所に入ったことも、一度もなかった。メルセデスのトランクからショットガンが出てきたときでさえ、雉撃《きじう》ちに行く途中であること、銃も登録されていることを証明してみせた。陪審はショットガンとライフルの違いもわからないようだった。

「情報源によると」警視正はつづけた。「今夜、マナーズは自宅で五十回目の誕生パーティを開くことになっていて、招待客のなかにはクリステンダムの悪党のなかでも大物中の大物が何人か含まれている。だとしたら、やっこさんに思いがけないバースデイ・プレゼントをくれてやる絶好の機会だ。これを逃すと二度目はないかもしれないぞ」

歓声がさらに大きくなった。

「諸君を三つの班に分け、それぞれの班に指揮官として上級警察官を配置する。第一班は私が指揮を執り、本隊として動いてもらう。第二班は二十一名で構成され、ウォリス警部が指揮を執る。マナーズの自宅の周囲に目を光らせ、慌てて逃げようとする連中が吸いさしのマリファナを所持していたら例外なく逮捕し、署へ連行して留置場にぶち込むのが任務だ。第三班はヘンドリー警部が指揮を執る。任務は家宅捜索だ。私が合図したらすぐさま屋敷に踏み込み、各個に割り当てられた部屋をそれこそ隅から隅まで、徹底的に探してもらいたい。発見した薬物は何であろうと記録し、袋に入れて、ヘンドリー警部に渡すこと」

ガイは周囲の仲間を見回した。大半が出動を待ちきれないという顔をしていた。それこそが彼らが警察官になった理由だった。

「いいか、諸君が見つけ出すヘロインやコカインの一グラムが、マナーズの服役期間を一年また一年と長くしていき、やつがディーラーであると証明できれば終身刑に処してやることができるんだからな、それを忘れるな。では、自分の所属する班を確認し、指揮官から詳しい説明を聞くように」

全員が大きな告知板へ殺到し、アルファベット順に並んでいる名前を見て、所属すべき班を確認した。

ガイは自分のキャリアからして本隊に入れないことをわかっていたが、それでも家宅捜索班の一員にはなれるのではないかと期待した。だれかが逃走を図ってくれることを願いながら、屋敷の外で手を束《つか》ねていたくはなかった。

自分の名前の横の3という数字を見て「よし！」と声には出さずに喜び、急いで階段を引き返して外へ出た。そして、3と数字が記してあるだけの黒いパトロール・ヴァンに乗り込むと、最前列近くに席を占めた。ドアが閉まるや、ヘンドリー警部の説明が始まった。

「よし、全員注目。おれも警視正と同じく、同じことを二度言うつもりはないからな。われわれの任務はあいつの屋敷を上から下までくまなく捜索して、何一つ見逃さないことだ。いいか、何一つとしてだぞ。何であれ薬物に出くわしたら、それがたとえマリファナやラッシュであっても、袋に入れてすぐにおれのところへ持ってこい。ラベルを貼《は》られてきちんと棚に並んでいるなんて思うなよ。マナーズのことだ、おまえたちが思いもつかないところに隠しているに違いない。だから、どんなところも見過ごすことなく、徹底的かつ完璧《かんぺき》に探せ。二度目のチャンスはないんだ」

ガイが窓の外を見ると、各班の覆面パトロール・ヴァンが動き出していた。彼が乗っているのは最後尾の三台目で、二台のパトカーが車列を先導し、二台が殿《しんがり》を務めていた。明らかに上層部は盛大なパーティを予想していた。

警察車両の列は静かに町を出た。それを見た酔っぱらいや浮浪者がとたんに暗い路地に逃げ込んでいったがお構いなしだった。町の境を越えて隣接する村々を走り抜けはじめると、明かりがついている家がほとんどないことにガイは気がついた。まっとうな人々はもうベッドに入って深い眠りについているということだった。

目的地まで一・五キロほどになったところでヘンドリーが立ち上がり、部下に向かって言った。「抜かるなよ、野郎ども、そろそろ試合開始だ」

幹線道路を下りると、先導している二台のパトカーがヘッドライトを消し、細い小径《こみち》に入って駐《と》まった。ガイが窓の外へ目をやると、ジョージ王朝様式の壮大な屋敷が見えた。そこを明るくしているのは満月だけで、事実――ガイは真っ先に気づいたのだが――屋敷自体には一つも明かりがともっていなかった。バーニー・マナーズが自分の五十歳の誕生日を祝うパーティを催しているのであれば、客がもう引き上げてしまったとは信じにくかった。

車列が停まり、ガイも同僚もじりじりしながら指示を待った。だけどどっちの指示だろう、とガイは考えた。いま、上層部は一台目のヴァンで相談しているんじゃないだろうか――このまま作戦を進めるか、それとも、ガセネタに振り回されただけだったと認め、尻尾《しっぽ》をまいてすごすごと署へ戻るか。確かにとても判断の難しいところではあるだろう、とガイは認めた。しかし、デクスター警視正はわずか数カ月後に定年退職が待っている。そのことが、つまり、どんな手柄を置き土産にしてキャリアを終えるかがその際の判断材料の一つになることは、おそらく間違いない。

そのとき、どんな決断が下されたかが明らかになった。先導の二台のパトカーがふたたびヘッドライトをつけ、屋敷へ向かってゆっくりと私道《ドライヴ》を上りはじめたのだ。ガイが見ていると、仲間がぞくぞくとヴァンから姿を現わして建物を包囲していった。

ヘンドリーも自分が率いる第三班を降車させ、自ら先頭に立って芝生へと向かうと、玄関までわずか数メートルに迫ったところで手を上げて合図し、部下を停止させた。警視正が拳《こぶし》を固めて玄関を叩くのを、全員が身じろぎもせずに見守った。ややあって三階の窓の一つが明るくなったと思うと、つづいて階段に一つ、最後に廊下に一つ、灯がともった。そしてついにドアが開き、紫のシルクのドレッシングガウンで身を飾ったバーニー・マナーズの巨躯《きょく》が、入口を塞《ふさ》がんばかりにして現われた。

「断わりもなくここへ押し入ってくるとは一体どういうことだ、警視正？」マナーズが詰め寄った。

その瞬間、ガイの頭に一つの疑問が浮かんだ。自宅玄関の階段にデクスターが立っているのを見て、なぜマナーズは驚かなかったのか？　怒鳴るでもなく、罵倒《ばとう》するでもなかったのはどうしてなのか？　もしかしてデクスターの信頼できる情報源とやらはこれまでもマナーズの手先だったのではないか？　しかし、そうだとしても引き返すには手後れだ。

「この屋敷の内外の捜索令状だ」警視正が裁判所が発行した文書をマナーズに渡して目を通させ、そのあいだに、許可も得ないままなかへ入った。あの令状は今日の夕方に判事が発行したのだろうが、とガイは考えた。熟練の弁護士でさえ快楽用と主張し得ない量の薬物を発見できなかった場合にどうなるか、それについてもあらかじめ警告されているに違いない。

数分後、警視正がふたたび玄関口に現われて手招きした。自分と一緒に屋敷内へ入れという、捜索班への合図だった。

「よし、行くぞ、野郎ども」ヘンドリーが言い、第三班は砂利敷きの中庭を横切って屋敷のなかへ入った。

ガイは二人の同僚と一緒に客間を捜索するよう命じられた。まずは引き出しの裏側を調べ、ソファと椅子《いす》のクッションを剝《は》がし、ワイドスクリーン・テレビの上の棚に並んでいる本、CD、DVDを取り出すことにした。ヘンドリー警部は部屋から部屋へ移動しながら、薬物発見の最初の報告を待ちつづけた。それを尻目《しりめ》に、マナーズは酒を口にしていた。最初の一時間が過ぎたとき、警視正は自らがさらに徹底的な捜索と呼ぶやり方へレヴェルを上げるよう命じた。

「何を探しているんだか知らないが」マナーズが言った。「何も見つからんと思うがね」そして、またなみなみとウィスキーを注いだ。

何を探しているか知らないわけはあるまいが、何も見つからないというのは本当かもしれないぞ。ガイは不安を覚えながらも、目の前の任務に気持ちを切り替えた。一人の巡査部長がソファをナイフで深々と切り裂き、詰め物の羽根を四方八方に舞い上がらせているところだった。ガイは棚の本を何冊か手に取り、一ページずつめくっていったが、出てきたのは栞《しおり》として使われていた五十ポンド札一枚で、紙幣を栞代わりにするのは犯罪ではなかった。

次の一時間も何らの実りなく過ぎてしまい、階下のすべての部屋をごみの集積所もかくやと言わんばかりにしただけだった。マナーズがまるで心配している様子がないことがガイは気になったし、実際、こんな作戦を何カ月もかけて考えたのは一体だれなのかと不審に思いはじめていた。

マナーズがグラスを置き、時計を見てから受話器を取った。夜のこんな時間に連絡するとしたらだれなのか、それはガイにも見当がついたが、意外なのは、その相手がすぐに電話に出たことだった。

警視正は必死の面持ちで、全員が捜索階を替え、仲間が何か見落としていないかダブルチェックするよう命じた。

ガイはバスルームを割り当てられ、ゆっくりと二階への階段を上がった。途中、壁に掛かっている絵にちらりと目が行った。一つの例外を除けば二級品で、ピカディリーの通りのガードレールに立てかけて売られていたものを、おそらく一日でかもとわかる内装業者がまんまと買わされてしまったのだろうと思われた。

バスルームに入ってみると、そこは激闘のあとのラグビーの更衣室を思わせ、同僚が徹底した仕事をしたとわかるのに時間はかからなかった。何しろ、浴槽のサイド・パネルまで剝がされ、イギリス最大の薬局チェーン〈ブーツ〉の製品で一杯の薬用戸棚の奥まで調べてあったのだ。ガイも同じく徹底的に調べたが、アスピリンより強い薬物を見つけることはできなかった。

ホイッスルが鳴った。捜索終了の合図だった。ガイがゆっくりと階段を下りていって警視正を見ると、その顔はそもそもの予定より早い退職に追い込まれるかもしれないと覚悟しているかのようだった。しかし、これはすべてマナーズが企《たくら》んだことではないかと、ガイはいまや疑っていた。そのとき、まるでタイミングを計ったかのように黒いBMWがドライヴを上がってきて、玄関の前に二重駐車した。

直後、上品な服装の長身の男が車から姿を現わし、颯爽《さっそう》と屋敷へ入ってきた。まるでベッドに入りもせずに待ちかまえていたかのようだった。

「マイケル」マナーズが言った。「ここにいるろくでなしどもが何をしてくれたか、見てもらいたいんだ」そして、その弁護士をともない、惨劇のありさまを目の当《ま》たりにさせるべく屋敷内を巡回した。戻ってくると、弁護士はまっすぐ警視正に歩み寄った。「私はマイケル・カーステアーズだ」

「あなたのことはよく存じ上げていますよ、ミスター・カーステアーズ」

「そして、名誉なことにミスター・マナーズの代理人を務めてもいる」弁護士が警視正の言葉などなかったかのようにつづけた。「そのミスター・マナーズの自宅が明白な理由もなく荒らされた。しかも、きみもよく知っているはずだが、私の依頼人はこの地で尊敬されている実業家であり、この地に長年居住しておられる。だから、私が依頼人に代わって正式に苦情申し立てをするつもりでいるとしても、きみは驚かないはずだな。ただし、その前に署長と話はするがね」

警視正がどう応《こた》えるか、ガイは注意深く見守った。デクスターは弁護士か彼の依頼人か、二人のうちのどちらを先に殴ってやろうか思案しているように見えた。実際にそれをやったら、面倒ごとにもう一つ面倒ごとを付け加えることに、少なくともなるはずだった。

「私の依頼人の罪を問うべき何らの理由がないのであれば」カーステアーズがつづけた。「きみもきみの手下どもも、そろそろこの屋敷内から退去してはどうだ?」

警視正が引き上げを命じようとしたそのとき、ガイが前に進み出た。

「今度は一体何なんだ?」カーステアーズが依頼人の前に出てきた、いかにも初々《ういうい》しい若い巡査を睨《にら》んだ。「まさか逮捕するとでも言うのか？」

「そのまさかです」ガイは答えた。

マナーズが声を上げて笑い出し、弁護士がさも馬鹿《ばか》にした口調で付け加えた。「敢《あ》えて訊くが、罪状は？」

「盗品の所持です」

「では、乱暴極まりないその主張を立証できるんだろうな、巡査」弁護士は皮肉を隠そうともしなかった。

「もちろんです」ガイは答えると、不安げに見守る同僚をよそにふたたび階段を上っていき、途中で足を止めると、壁の油彩画を外して玄関ホールへ引き返した。

「これがだれの、どんな作品か知っておられますか、ミスター・マナーズ？」ガイは相手の目の前に絵をかざした。

マナーズはそこに立ち尽くして弁護士を見た。

「セザンヌです」ガイは言った。「二十世紀初頭に最も影響力のあった画家の一人です」そして、その絵に見とれて一拍置いた。「これには署名も日付もありませんが、それはこの『オーヴェル－シュル－オワーズの風景』はまだ完成していないと彼が考えたからです。しかし、それ以上に興味深いのは、この絵がミレニアムの前夜、オックスフォード大学のアシュモリアン博物館から盗まれたという事実です」ガイは弁護士に向き直った。「この絵の価値をご存じですか、ミスター・カーステアーズ」

弁護士は答えなかった。

「三百万を少し越えるとサザビーズは評価していましたが、それはおそらく控えめな推測です。テイト・ギャラリーの館長のサー・ニコラス・セロータによれば、この絵は国宝に値するかけがえのない作品です」

警視正がうなずくと、彼の部下の二人の上級警察官が前に出てマナーズに手錠を掛け、被疑者の権利を読み上げてから、待機している車へ連行した。ガイはその名画を渋々警視正に渡した。

ヴァンへ戻ろうとするガイにヘンドリー警部が追いついてきて言った。「初めてのセックスと同じで、警察官にとって最初の逮捕は絶対に忘れられないものだからな」

立派な教育を受けた育ちのいい人

*

ここにくるのも今日が最後という日、講堂に入った彼女を迎えたのは総立ちの拍手と歓呼だった。彼女はその温かい歓迎にも平静を装《よそお》いながら階段を上がって講壇に向かい、彼らがふたたび着席するまで最終講義を始めるのを待った。

波立とうとする思いを抑え、そこに集《つど》っている受講者に向かって初めて顔を上げた。三百人を収容する講堂のすべての席が埋まることは滅多になかったが、今日はこの四十年のあいだに彼女が教え、いまは教授、講師、研究者になっている教え子たちで立《りっ》錐《すい》の余地もなく、両側の階段に腰を下ろしている者がいるかと思えば、後方には思い思いに立っている者までいた。

そのほとんどが彼女の足下にひれ伏し、その輝かしいキャリアの幕が下ろされるのを自分の目に焼きつけようと、この国のあちこちからはるばるやってきたのだった。

だが、いま講壇に立ってそういう彼らを見ているバーベッジ教授の脳裏には、昔はこうではなかった記憶が否応《いやおう》なくよみがえった。

マーガレット・アリス・バーベッジはマサチューセッツ州のラドクリフ・カレッジで英文学を学び、船で海を渡ってもう一つのケンブリッジで二年を過ごして、シェイクスピアの初期ソネットの研究で博士号を取得した。

博士になったマーガレットに教育助手《ティーチング・フェロー》、つまり、授業料免除や奨学金を受けながら教えたり教員の補佐をする大学院生としてケンブリッジにとどまらないかという申し出があったが、彼女はそれを断わり、そもそも願っていたとおりに生まれ故郷へ帰って、エイヴォンの歌人すなわちシェイクスピアの素晴らしさを、福音を説いて回った使徒のように伝えるほうを選んだ。

アメリカはすでにその大半が古い縛りから解き放たれていたが、女が男に何かを——何であろうと——教えることができると考える準備がまったくできていない大学が、数は少ないにしても依然として残っていた。とりわけひどかったのがイェール大学とプリンストン大学で、その二校は一九六九年まで女性に門戸を開こうとしなかった。

一九七〇年、イェール大学の准《じゅん》教授職に応募して面接を受けたときのことを、マーガレットは母親にこう語った——面接官はみな男性で、採用される望みはなさそうだ。

だから、実はアマーシャムへ戻ろうかと考えている。自分が教育を受けたその女子校で地元の生徒に英語を教えるのも悪くないかもしれない、と。ところが、面接委員会はもちろん、ほかのだれもが例外なく驚いたことに、彼女は准教授として採用された。しかし、給料は男性の同僚の三分の二という条件がついていた。

いくつもの疑問が陰でささやかれた――どこのトイレを使うのか？　生理のときはだれが代講するのか？　果てはだれが食堂で隣りに坐《すわ》るかまで訝《いぶか》られるありさまだった。

自分たちの気持ちを学長にはっきり口にする卒業生まで現われ、そのなかには悪い影響を受ける恐れがあるという理由で子弟を転学させた者までいたし、もっと強硬なグループは早くも彼女を失脚させようと画策しはじめていた。

四十二年前、最初の講義のためにこの講堂に入ったマーガレットは、戦いの準備を整えて整列している軍団に迎えられた。講壇に上がっても不気味な静寂が返ってくるばかりで、そこにいる百九人の学生へと目を上げると、彼らは闘技場に迷い込んだキリスト教徒を見つけたライオンのように彼女を取り巻いていた。

マーガレットはノートを開いて講義を始めた。

「みなさん《ジェントルメン》」彼女は呼びかけた。女子学生《レディ》は一人もいなかったからだ。「わたしはマーガレット・バーベッジです。今学期は十二回の講義をして、ウィリアム・シェイクスピアの真作と認められている作品群を学んでいきます」

「しかし、そもそも彼は戯曲を書いているんでしょうか？」名乗ろうとも起立しようともせずに、だれかが訊《き》いた。

マーガレットは階段状のベンチを見渡したが、質問した学生を特定することができなかった。

「彼以外のだれかが書いていたという確証はありません」マーガレットは準備してきたノートを諦《あきら》めた。「事実――」

「マーロウはどうなんです？」別の声が詰め寄った。「クリストファー・マーロウがあの時代の主要な劇作家の一人であることは確かです。しかし、彼は一五九三年に居酒屋での喧嘩《けんか》に巻き込まれて殺されています、ですから――」

「それが何を証明するんですか？」またもや別の声が訊いた。

「彼が『リチャード二世』、『ロミオとジュリエット』、『ハムレット』、さらには『十二夜』を書き得なかったことをです。これらの作品はみな、マーロウの死後に筆を執られていますからね」

「マーロウは殺されてはいなくて、法を逃れるためにフランスへ逃げて生き延び、そこでそれらの戯曲を書いてイギリスへ送り返して、友人だったシェイクスピアに功績を譲ったのだという説もありますが？」

「それは陰謀説を喜ぶ人たちが、月面着陸はネブラスカのテレビ・スタジオのセットで撮影されたと信じるのと同じです」

「オックスフォード伯爵《はくしゃく》に関しては、それは当てはまりませんが？」また別の声が言った。

「第十七代オックスフォード伯エドワード・ド・ヴィアーが教養のある立派な学者だったことに疑いの余地はありませんが、残念ながら一六〇四年に他界しています。したがって、『オセロ』、『マクベス』、『コリオレーナス』、あるいは、シェイクスピアの最高傑作であることに議論の余地のない『リア王』も書くことができなかったはずです」

「死ぬ前にそれらの作品を書いていれば、話は別でしょう」同じ声が食い下がった。

「九つもの傑作を書き上げていながら、それを机の一番下の引き出しに放置し、それを言い忘れる劇作家はまずいません。当時のプロデューサーや劇場の所有者にも黙っていることはあり得ないでしょう。たとえばエドワード・パーソンズがその一人ですが、彼がシェイクスピアから『ハムレット』を六ポンドで買ったことをわたしたちは知っています。大英博物館がその領収書を持っていて、それが事実であることも証明されています」

「ヘンリー・ジェイムズ、マーク・トウェイン、ジグムント・フロイトは、あなたに異を唱えるんじゃありませんか？」別の声が訊いた。

「オーソン・ウェルズも、チャーリー・チャップリンも、マリリン・モンローも同様でしょうね」バーベッジ博士は応《こた》えた。「もしかするとこっちのほうが興味深いかもしれないけれど、彼らはお互いに異を唱え合うことしかできなかったんです」

一人の男子学生が潔《いさぎよ》く笑った。

「フランシス・ベーコンを簡単に無視することはできないんじゃありませんか？　だって、彼はシェイクスピアより早く生まれて遅く死んでいて、少なくとも時期は一致しているわけですから」

「一致するのはほぼそれだけだけど」バーベッジ博士は言った。「ベーコンが真のルネッサンス人だったことに疑義を呈するつもりはありません。彼はいまで言うところの博識家で、才能ある作家であり、有能な法律家であり、優れた哲学者でした。最後にはジェイムズ一世が国王だった時代に大法官に任じられてもいます。ですが、さまざまな分野で実績を上げた彼をもってしても為《な》し得なかったらしいのが、一編の戯曲を書くことでした。まして、三十七作など論外です」

「しかし、シェイクスピアは十四歳で学校をやめ、ラテン語で韻文を書くのも完璧《かんぺき》ではありません。それに、デンマークへ行ったこともないのにどうやって『ハムレット』を書いたのか？　イタリアを舞台にした六つの作品についても、言うまでもなく同様です。何しろイングランドの外へは一歩も出ていないんですから。このことをどう説明されますか？」

「シェイクスピアの作品で、イタリアを舞台にした戯曲は五つしかありません」マーガレットは最初の一撃を放った。「それから、マーロウもオックスフォード伯爵も、ベーコンでさえデンマークを訪れていないことは、研究者も認めています」それは反抗的な生徒を後ずさりさせる効果があったらしく、彼女はその隙《すき》に付け加えた。「しかしながら、ジョナサン・スウィフト—皮肉屋としても名高く、シェイクスピアが死んでわずか五十年後に生まれた人ですが——が、わたしよりはるかに的確に、こう言葉にしてくれています。『この世界に真の天才が現われたとき、劣等生はこぞって彼を否定する。それが彼が天才であることを世に知らしめる引鉄《ひきがね》になる場合がある』とね」

ここにいる劣等生どもを黙らせることに成功し、最初の小さな戦いに勝利したらしいとバーベッジ博士は感じたが、それでも予感していたとおり、敵は態勢を立て直して総攻撃に打って出てきた。

「テキストをよく知ることはどのぐらい大事なんでしょう?」その学生は少なくとも挙手をするぐらいの礼儀はわきまえていたから、マーガレットは相手を特定することができた。

「それを疎《おろそ》かにしては絶対になりません」バーベッジ博士は答えた。「ですが、それ以上に、言葉の意味を解釈できるようになることが大事です。そうなれば、テキストをより深く理解できます」

戦いは終わったと考えて、彼女は講義用のノートに戻った。「これから半年のあいだに、全員に史劇を一作、喜劇と悲劇を一作ずつ、十四行詩《ソネット》を少なくとも十編、読んでもらいます。どの作品を選択するかはみなさんに任せますが、学期の終わりには、それぞれが選んだ戯曲とソネットのそれなりの分量を暗誦《あんしょう》できるようにしておいてください」

「われわれがそれぞれに分担する形ですべての戯曲とすべてのソネットを選択した場合、あなたにもその作品群をすべて、それなりの分量で暗誦してもらえるんですか?」最初の声が訊いた。

バーベッジ博士は自分の前に置かれた座席表を見て、それがロバート・ローウェルだと知った。祖父がイェール大学の元学長だった。

「シェイクスピアの作品のほとんどを熟知していると自分では思っていますが、ミスター・ローウェル、それでも、あなたと同じく、わたしもまだ勉強をつづけているところですからね」マーガレットはこれ以上相手がつけあがらないでくれることを願いながら答えた。

ローウェルが即座に立ち上がった。明らかにこの反乱の指揮官だった。「そういうことなら、あなたの主張を試させてもらってもかまいませんよね、バーベッジ博士」

そして、知識をひけらかすのをやめて着席するようマーガレットがたしなめる間もなく付け加えた。「簡単なところから始めましょうか?

もう余興は終わった。いま演じた役者たちは、
さきほども言ったように、みんな妖精《ようせい》であって、
大気のなかに、淡い大気のなかに、溶けていった。
だが、大地に礎《いしずえ》をもたぬいまの幻の世界と同様に、

雲に接する摩天楼も、豪奢《ごうしゃ》を誇る宮殿も、
荘厳きわまりない大寺院も、巨大な地球そのものも——」

マーガレットはこの学生が一度もテキストを見なかったことに感心し、それに報いてやろうと、そのあとを引き取った。

「そう、この地上に在るいっさいのものは、結局は
溶け去って、いま消え失《う》せた幻影と同様に、あとには
一片の浮き雲も残しはしない。われわれ人間は
夢と同じもので織りなされている、はかない一生の
仕上げをするのは眠りなのだ。」

「『テンペスト』第四幕第一場」マーガレットが付け加えると、学生の一人か二人がうなずいた。しかし、ローウェルは言葉どおり、簡単なところから始めていた。指揮官は腰を下ろして副官に任務を譲ったが、彼も指揮官に劣らず準備に抜かりはないように見えた。

「人の話には耳を傾け、自分からはめったに話すな、
他人の意見は聞き入れ、自分の判断はひかえるのだ。
財布の許すかぎり着るものには金をかけるがいい、
風変わりなのはいかんぞ、上等であって派手ではないのだ、
服装はしばしばその人柄をあらわすという、」
副官は暗誦しながらマーガレットから一瞬たりと目を離さなかったが、彼女はびくともしなかった。
「この点については、フランスの貴族たち、
あるいはえりぬきの人たちは第一人者だ。
金は借りてもいかんが貸してもいかん、
貸せば金はもとより友人まで失うことになり、
借りれば倹約する心がにぶるというものだ。
なにより肝心なのは、自己に忠実であれということだ、

そうすれば、夜が昼につづくように間違いなく
他人にたいしても忠実にならざるをえまい。

『ハムレット』第一幕第三場」

下級兵士のなかにはテキストを見て一語一語を追っているだけでなく、次の一撃がどこから放たれるかを知っていて何ページか先をめくる者がいることを、そのころにはマーガレットも見て取っていた。一人の歩兵が撃ち倒されても、次の歩兵がすぐさま立ち上がって攻撃を開始した。しかし、今度の歩兵は見るからに教場よりフットボールのピッチのほうが似合っていて、テキストをそのまま読み上げはじめた。

「いずれこのイングランドでは、三ペンス半のパンが一ペニーで買えるようになるだろう、一クォート入りの酒瓶に三クォート半の酒が入るようになるだろう。弱いビールなんか飲むやつはおれが重罪に処してやる。国じゅうすべて共有地とし、チープサイドの市場でおれの馬に草を食わしてやる。」

マーガレットは集中しなくてはならなかった。『ヘンリー六世』を読んでからずいぶん経《た》っていた。講堂のすべての目に釘付《くぎづ》けにされてためらっていると、ローウェルの顔に勝利の確信がよぎったように思われた。

「やがておれが王様になれば、王様になるのは決まりきったことだが、そのときは金なんか廃止する。だれが飲み食いしようと勘定は全部おれがもってやる。そしてみんなにおんなじ服を着せてやるから、みんな兄弟みたいに仲よくなり、おれを王様として尊敬するだろう。」

「『ヘンリー六世』第二部――」第何幕第何場かを思い出せなかったので、そこを狙《ねら》われないようすぐさま先手を打った。「でも、次の台詞《せりふ》を教えてもらえるかしら?」

若者の顔から表情が消え、明らかに着席したがっていた。

「『まず第一《でえいち》に』」マーガレット・バーベッジ博士はつづけた。「『法律家連中を皆殺しにしてえな』」

これは笑いと、まばらではあったが拍手をもって迎えられ、質問者はすごすごと席に戻った。が、反乱軍はまだ諦めたわけではなく、その証拠にすぐさま次の歩兵が立ち上がった。

「われらをおおっていた不満の冬もようやく去り――」

「簡単すぎるわね、だれか代わりはいないのかしら？」博士が言うと、その兵士の屍《しかばね》を乗り越えて次の勇者が立ち上がった。その若者を見て、彼女は苦戦を免れないのではないかと覚悟した。彼は明らかに戦場慣れしているらしく、剣をかまえて襲いかかる準備を整えていて、テキストに一度も目を落とすことなく、穏やかな声で暗誦しはじめた。

「序列を排してその針《スティング》の調子を狂わせれば、耳ざわりな不協和音を生じます。あらゆるものが……」

その台詞のある戯曲を思い出せず、したがってそれ以降の韻文を完成させることもできそうになかったが、敵は一つだけ、彼女を辛うじて救ってくれるかもしれない過《あやま》ちを犯していた。

「一語、間違っています」マーガレットはきっぱりと指摘し、彼女が次の四行を暗誦できないはずがないと全員に思わせるだけの自信に満ちた口調で付け加えた。「〝針《スティング》〟ではなくて、正しくは〝弦《ストリング》〟ですね」そして、安全地帯に戻るや顔を上げ、形勢が有利に推移していることを確認した。

後退する敵軍をそれ見たことかと睨《にら》みつけていてわかったのだが、指揮官はいまだに降伏を受け容《い》れようとしていなかった。死屍累々《ししるいるい》のなか、膝《ひざ》を屈するつもりはないと気丈にもローウェルは立ちつづけていたが、見たところ、彼の銃に残っている弾丸は一発しかないはずだった。

「百戦錬磨の名将とたたえられる武人も、

一千たび勝利を収めたあと一度でも敗れれば」

マーガレットは笑みを浮かべて立った。

「名誉の名簿からその名を完全に抹消され、

苦労して手に入れた武勲はいっさい忘れられる。

何番のソネットか答えてもらえるかしら、ミスター・ローウェル？」

ローウェルは銃殺隊の前に立たされているかのような表情で立ち尽くし、打ち倒された同志たちの顔には絶望が浮かんでいた。だが、勝利が決まった瞬間、マーガレット・アリス・バーベッジはプライドを忘れて思わず口走った。

「『あなたに知性の戦いを挑みたかったのだけれど』ミスター・ローウェル、『あなたはそのための武器を持っておられないらしい』」

学生が爆笑し、マーガレットは自分を恥じた。

バーベッジ教授は教え子たちを見回した。

「一つだけ、わたしが肝に銘じていたことをみなさんに伝えさせてください」彼女は言った。「それはこれまで時間という大波に押し流されることなく生きつづけている最も偉大な詩人であり劇作家である人物、すなわちウィリアム・シェイクスピアを、受容力豊かな若い知性に紹介することを生涯の役目とする、ということです。ですが、年を経るにつれて、彼は数多《あまた》いるなかでも最高のストーリー・テラーでもあると思い知らされることになりました。というわけで、わたしのこの最終講義は、それを証明することを企図するものになります。

「わたしたちみんなが一五九五年にロンドンを訪れていたら、わたしは娼婦《しょうふ》か女官――しばしば同じものでしたけれど――だったはずです」とたんに笑いが起こり、それが収まるのをバーベッジ教授は待たなくてはならなかった。「わたしはみなさんをチープサイドのグローブ座へ案内し、〈ロード・チェンバレンズ・マン〉という演劇集団が演じる芝居を観《み》てもらったでしょう。一ペニー払えば、大勢の大向こうの立ち見客に混じって、わたしの偉大な先祖であり、その演劇集団を率いて主役を張っていたリチャード・バーベッジ演じるロミオを楽しんでもらえたはずです。もちろん、わたしたちは詩に驚嘆し、韻文に魅了されたでしょうが、ロミオとジュリエットがどうなるかを知ろうとみなさんが座席から身を乗り出し、固唾《かたず》を呑《の》んで待ち受けたのは、あれがああいうお話だったからだとわたしは確信しています。現代の劇作家のなかに、仮死状態になる毒をジュリエットに飲ませ、後に生き返らせて、愛する女性が死んでしまったと思った恋人がはかなんで自殺したことを彼女に知らしめ、もはや生きていたくないとまで嘆かせて、自らを刺し殺させるなどという作品を敢《あ》えて書く人がいるでしょうか？　当然のことながら、わたしたちはみな『ロミオとジュリエット』をよく知っているわけですが、もしこのなかに三十七の戯曲を全部読んだことがなく、実際の舞台も観ていない人がいたら、いま、あなた方はわたしが正しいかどうかを知る、得がたい機会に遭遇していることになります。しかしながら、『二人の貴公子』には触れません。なぜなら、あの作品の作者がシェイクスピアだとは、わたし自身がまったく信じていないからです」

バーベッジ教授は心を奪われている教え子たちをみると、一瞬の間を置いただけで呪縛《じゅばく》を解いてやった。

「もう少し高度な話をするなら、もしシェイクスピアがこの時代に生きていたら、ハリウッドは『ロミオとジュリエット』をハッピーエンドにし、沈みゆく夕陽のなか、幸薄い二人の恋人をドレイクの〈ゴールデン・ハインド〉の舳先《へさき》に立たせろと主張しただろうと、わたしでも思いますけどね」

笑いと拍手喝采《かっさい》がしばらくつづき、それがようやく収まるのを待って、彼女は講義を再開した。

「それから、人権について言うなら、十四歳の少年と十三歳の少女がブロードウェイでセックスをするのを、ニューヨーク・タイムズはどう考えるでしょうね？」

またもや拍手喝采がなかなか鎮《しず》まらず、彼女はそのあいだに講義ノートの最後へとページをめくった。

「では、紳士淑女《レディース・アンド・ジェントルメン》のみなさん、これはわたしの最終講義ですが、だからといって、あなたたちのだれが真の学者かを見分けるバーベッジ魔女試験を逃れるわけにはいきません」講堂全体に大袈裟《おおげさ》な呻《うめ》きが満ちたが、彼女はそれを無視した。「これからシェイクスピアの戯曲の一つから二行連句《カプレット》を読み上げます。みなさんのなかで出来のいい人なら、それにつづく三行を暗誦できるのではないかしら」顔を上げて、かつての教え子たちに笑顔を向けると、不安げな顔ばかりが並んでいた。

「『時』ははやっている宿屋の亭主に似ている、
　去っていく客にはおざなりの握手をかわすのみだが、」

講堂は静まり返ったままで、バーベッジ教授は束《つか》の間《ま》の楽しみを自分に許した。最終講義でも、老若《ろうにゃく》を問わずすべての教え子に勝利したわね。しかし、それも講堂の最後方に近い席で長身の人品卑《いや》しからぬ紳士が立ち上がるまでだった。四十年以上会っていないにもかかわらず、だれであるかはすぐにわかった。いまや頬はそげ、髪は灰色になり、戦争のせいで片腕を失っていたが、彼が敵を前にして絶対に引くことのない学生だったことを、それが思い出させてくれた。

「新来の客となると両手をひろげて飛んでいき、
抱きかかえんばかりだ。いらっしゃいは笑みをたたえ、
さようならは溜息《ためいき》とともに消えていく。」

決して忘れることのできない声だった。

「作品名は?」彼女は訊いた。

「『トロイラスとクレシダ』です」男が自信たっぷりに答えた。

「正解です。でも、ついでと言っては何だけど、第何幕の第何場かを答えられるかしら?」

男が一瞬ためらったあとで答えた。「第三幕第二場です」

第三幕は正しかったが、第二場は間違っていた。しかし、バーベッジ教授はただ笑みを浮かべて言った。「そのとおりよ、ミスター・ローウェル」

＊訳者註　本編に登場するシェイクスピア作品の翻訳については、傍点付きの彼の言葉の部分を除いて、小田島雄志訳（白水社版シェイクスピア全集、文春文庫版『シェイクスピアのソネット』）を使わせていただきました。

恋と戦《いくさ》は手段を選ばず

ラルフ（ライフと発音した）・ダドリー・ドーソンは父親が他界したあと、ネザーコートの村の地主《エスクワイア》になった。考えてみれば、父も祖父も常に〝地主さま《スクワイア》〟と呼ばれていたのだから、四百ヘクタールの土地と一万頭の羊からなるネザーコート・ホールを相続したからには自分も同様の敬意を払ってもらえるだろうと、ほとんど確信していた。そして、それが生得の権利だと思い込んでいたので、宛名《あてな》がラルフ・ダドリー殿《エスクワイア》となっていない郵便物を開封することを拒否した。

友人は――といっても、その数は非常に少なかったが――もっと金持ちか英国貴族名鑑《ディブレッツ》に名前が載っている者ばかりで、ラルフは同じ階級の女性と結婚するのを最低限の義務と見なし、願わくはもっと上の階級の女性をめとりたいものだと、王族のような考えをしていた。

そういう彼にとって唯一《ゆいいつ》の問題があるとすれば、コーンウォールのど真ん中ではその条件を満たす若い女性と出会う機会が多くないことだった。州における王権の主席代表、サー・マイルズ・セイモアには三人の娘がいて、アラベラは美しく、シャーロッテは魅力的、クレアは美しくもなく魅力的でもなかったが、どういうわけか三人とも彼の妻になることを辞退した。教区司祭の娘のモードは悪くはなかったが、正直なところ、一緒に街を歩きたいとは思えなかった。それに、いずれにしても彼女はレディ・マーガレット・ホールへ姿を消そうとしていて、そこはラルフに言わせれば女子修道院だった。

ラルフは四十歳になったとき、本当に自分に見合う相手を見つけたいのであれば候補者探しの範囲を広げなくてはならないだろうと認めて実行に移したが、それはベス・トレヴェリアンが目に留まった瞬間に終わりを告げた。

村の名士として賞を贈呈すべく地元の競泳大会に招待されたとき、水から上がったベスを見た瞬間に目が離せなくなった。彼女がスウィミング・キャップを脱いで首を振り、金色の巻き毛が肩まで落ちて、若者全員と老人の何人かがそちらへ目を向けずにはいられない絵が完成するのを、ラルフは本当に現実だろうかとわが目を疑いながら見つめつづけた。

ベスをこれまでに征服してきた大勢の女性の一人に加えるとラルフは決めたが、審判席を通り過ぎるときの彼女は彼に気づいた様子も見せなかった。もしかするとツイードのスリーピース・スーツに茶色のスエードのブローグ、蓋に直径の半分ほどの窓を開けた懐中時計《ハーフハンター・ウォッチ》という服装のせいで、もっとずっと年上に見えたのかもしれない。女神に声をかけることができないかとプールの前を往《い》ったり復《き》たりしつづけたが、ようやく姿を現わした彼女はシンプルな黄色のフロックを着て髪をまとめ、ハンサムな若者と腕を組んでいた。ラルフはその若者を知っているような気がしたが、どこで会ったのかが思い出せなかった。その若者がジェイミー・キャリガンという、ラルフが十五ヘクタールの土地を貸し、彼が所有するコテッジの一つで暮らしている小作だとわかるまでに時間はかからなかった。また、ベスが〈ネザーコート・アームズ〉というパブを村でやっている男の娘だということも明らかになった。そこもラルフの所有するところのものだったが、店へ足を運んだことは滅多になかった。

　多少の調べをして初めてわかったのだが、その若い牧羊家はすでにベスの父親と近づきになって娘を妻にすることを許してもらいたいと頼んでいて、ミスター・トレヴェリアンは結婚に同意しただけでなく、披露宴を自分のパブでやってはどうかと提案までしていた。

　そういう経緯を知ったにもかかわらず、自分が関心を寄せていることを知ったらべスはその魅力に抗《あらが》えないだろうとラルフは自惚《うぬぼ》れていた。なぜなら村の何人かの娘がそうだったのだから、と。しかし、ベスは違った。ネザーコート・ホールへお茶に招待したが、なしのつぶてだった。あの娘は明らかに身のほどをわきまえていなかった。

数週間が過ぎ、何度も重ねてお茶や酒に誘っても色よい返事をもらえず、ついにはロンドンへの旅も断わられると、ラルフは彼女の態度を理解できずに途方に暮れた。拒絶されることに慣れていないとあれば尚更《なおさら》だった。何とか気を取り直し、週末にパリへ行かないかと藁《わら》にもすがる思いで提案してみたが、またもや失望するだけに終わった。数週間が過ぎて数カ月が経《た》っても、興味を持ってもらえそうなことは何も思いつけず、たぶんそのせいだろう、あのコーンウォールの美女への思いはさらに募るばかりで、ラルフはついに耐えられなくなった。とうとう予告もなくネザーコート・アームズへ行き、娘と結婚させてもらいたいと父親に頼んだ。ミスター・トレヴェリアンが言葉を失っていると、ラルフは取引成立間違いなしと自信を持っている鼻薬を嗅《か》がせた。もちろん結婚できれば言うことはないが、それが叶《かな》わなくとも、ベスの七つのヴェールを取り去って、その下にあるものを見てみたいからだった。しかし、ベスはサロメではなかったし、いずれにしても一生をともに過ごす男をすでに見つけていて、それは間違いなくラルフ・ダドリー・ドーソン・エスクワイアではなかった。

父親はジェイミーを娘の夫として認めたが、みんな、母親のことを忘れていた。まっとうなバーメイドがたいていそうであるように、彼女もまた絶好の機会をみすみす見逃したりはしなかった。地主が関心を持っていることを知るや、ミセス・トレヴェリアンは一瞬たりと無駄にすることなく、脅したりすかしたりあらゆる手を駆使して地主の申し出を受けるよう娘を丸め込もうとした。しかし、母親の説得にも首を縦に振らずに抵抗しつづけるうちに、ベスは自分が妊娠していることを知った。

父親がだれであるかを両親に告げると、母親は間髪を入れずに指摘した――ジェイミー・キャリガンなんて、おまえと結婚したがっている金持ちの紳士の土地を十五ヘクタールぽっち借りているだけの、しかもその人が持っているコテッジの一つにしか住めないような文無しの羊飼いじゃないの。それでもベスは愛する人と結婚する決心を断固として変えず、ついに大地主は自分のプロポーズを受けなかったら、ジェイミー・キャリガンとの十五ヘクタールを五年貸すという契約を更新しないし、ネザーコート・アームズの経営をだれかほかの者に任せると脅すことまでした。

ラルフが待てなかったために、トルロの登記所で慌《あわ》ただしい結婚式が執り行なわれた。披露宴はネザーコート・ホールでは開かれず、地位の高い人々が招待されることもなく、選ばれた少数の人々だけを呼んでネザーコート・アームズで催された。身分の低い女と結婚したことを友人に知られたくないというのがその理由だった。

ダドリー・ドーソン夫妻はハネムーンをロードス島で過ごした。そこなら知り合いに出くわす心配もほぼなかった。ラルフは妻の裸体を初めて見たとき、ボッティチェリ描くところのヴィーナスのような、予想していたよりもはるかに豊満な肢体にうっとりと見とれた。しかし、ついに身体《からだ》の交わりとなったときには、彼女のあまりの反応のなさにがっかりした。それでも、単に処女だから恥ずかしかったのだろうと考えて自分を納得させた。時間をかければ、おれが作る格別甘い性の夢物語を楽しむようになるに決まっている。

新婚夫婦がネザーコートへ戻ってさほどの時間が経たないころ、ベスは自分が身ごもったことを明らかにした。ラルフは意外にも思わなかった。何しろハネムーンのあいだずっと身体を交わらせつづけていたのだから。一晩に五回だぞ、とラルフは友だちに自慢げに吹聴《ふいちょう》したが、ベスはせいぜいが母の言いつけを守りつづけたに過ぎなかった。

七カ月後、ルパート・ダドリー・ドーソンがこの世に、少なくとも出生証明書の名前はそうなって現われた。ラルフは早産だったことには驚かなかったが、幼いルパートがダドリー・ドーソンの特徴とも言うべき赤毛と秀でた鼻《ひい》を受け継いでいないことにはがっかりした。まあ焦《あせ》ることはないさ、と彼は友だちに保証した。なぜなら、ロイヤル・ファミリーがそうであるように、このラルフ・ドーソンも複数の世継ぎ候補が必要になるはずだからな。事実、一九三九年九月一日にドイツがポーランドへ電撃侵攻しなかったら、この面白くもない物語は、哀れにも報われない女と横柄《おうへい》で傲慢《ごうまん》な男の運命という域を出なかったかもしれない。

若きジェイミー・キャリガンは真っ先に最寄りの徴募事務所へ出向き、国王と国のために奉仕することを申し出て、コーンウォール公爵《こうしゃく》の軽歩兵連隊に配属された。しかし本当のところは、真に愛した人を失ってしまって名誉ある死を求めていたのだった。

ラルフはといえば兵として志願するつもりなど毛筋ほどもなく、年齢も四十を超えて——と言っても、わずかだったが——徴用を免除されていた。というわけで、ジェイミーが出征して国王の敵と戦っているとき、ラルフは政府が軍へ大量に食糧を補給しなくてはならない事情を利用してますます豊かになり、その一方で夫婦生活はいよいよ貧しくなっていった。

結婚の誓いをして一年も経たないうちに、この大地主の目はあちこちよそへ向きはじめた。多くの同胞が戦場に出ていることもあって、選択の幅はさらに広くなった。ベスは紛れもない美人だが男には変化が必要だ、と彼は仲のいい友人たちに言い、こう宣言した。キャヴィアはいつだって素晴らしいが、ときにはフィッシュ・アンド・チップスだって食べずにはいられないだろう、と。

ほどなくしてラルフは妻をかまわなくなり、ベスの人生に残された楽しみは幼いルパートしかなくなった。彼女が恐れたことに、息子は日に日にジェイミーに似てきていた。毎晩ひざまずき、かつての恋人が戦死などしないで無事に帰ってきてくれることを祈った。だが、休暇で戻ってきた兵士たちはジェイミーについて口にするとき、勇敢で恐れを知らない向こう見ずだと、そう繰り返すばかりだった。

二度と会えないのではないかと不安になりはじめたころ、ジェイミーが多くの戦友と同じように戦場で傷つき、身体を回復させるために故郷へ帰ってきた。松葉杖《まつばづえ》を突いて村を通り抜けていく彼を初めて見たとき、自分がどんなにひどい過《あやま》ちを犯したかにベスは気づいた。休眠状態だった二人の関係がふたたび燃え上がるのに時間はかからなかった。

それからの六週間にあったことを情事と形容するのは間違っている。なぜなら、二人は二度目の、さらに深い恋に落ちたのだから。しかし、二度目の妊娠がわかったときは、夫に真実を打ち明けなくてはならないと覚悟した。今回はラルフも自分の子ではあり得ないとわからないはずがないのだから、尚更だった。

妊娠が間違いないとわかった時点で夫に話すと決めていたから、医師がそれを確認してくれた日、家に戻ってすぐにそれを実行するつもりでいた。ところが、地主さまは事務弁護士に急用ができて車でトルロへお出かけになった、と小間使いから知らされた。

どうしてかはわからないけれどラルフはわたしの妊娠を知ったに違いないと考えてベスはほっとし、どういう怒りが降りかかるにしてもそれとしっかりと向き合おうと肚《はら》を決めた。客間で独り夫の帰りを待ち、本当のことを打ち明ける。たとえ離婚に応じてもらえなくても、気持ちは変わらない――このマナーハウスを出て、ジェイミーの小さなコテッジで一緒に暮らす。しかし、数時間後に戻ってきたラルフは荒い足どりで家に入ってきたと思うと力任せに玄関を閉め、妻と一言も言葉を交わすことなく書斎に籠《こ》もってしまった。

ベスはそのまま客間で待っていたが、一時間また一時間と過ぎるうちにもはや耐えられなくなり、ついに勇気を振り絞って夫と相対する決心をした。そして客間をあとにすると、ゆっくりと玄関ホールを横切り、書斎のドアを静かにノックした。

「入りなさい」素っ気ない返事が返ってきた。ベスが震えながら書斎に入ると、ラルフが顔を見ようともしないで法的な書類らしきものを差し出した。彼女はそれを一度読み、もう一度読んで、夫がどうしてひどく腹を立てているかがわかった。地元の徴募事務所へ出頭するようにと、陸軍省から通知されたのだった。それによると、召集年齢が四十一歳から五十一歳へ引き上げられ、ラルフはいまや入隊有資格者になっていた。彼が選べるのは陸軍、海軍、空軍の三つだけで、それ以外の選択肢はなかった。いまは妊娠を告げるべきときではない、とベスは判断した。

翌日、扁平足故《へんぺいそくゆえ》に兵役は免除されるべきであるという診断書にサインするのをかかりつけ医が断わったとき、ラルフは癇癪《かんしゃく》を破裂させた。が、そう簡単に諦《あきら》めるはずもなく、すぐさま農務省宛に手紙を書いて、銃後の戦争支援活動で自分がどれだけ決定的に重要な役割を担《にな》っているかを指摘した。しかし、次官からの折り返しの返事は、地主といえども兵役免除の有資格者ではないと断言するものだった。

ラルフはそれでも挫《くじ》けず、前線送りを避けるための手立てを探しつづけた。情報部隊には資格がないと却下され、陸海空軍厚生機関《ナフィ》からは人手は余っていると断わられて、国土防衛軍にも若すぎるという理由で加えてもらえなかった。何の実りもないままひと月が過ぎ、これ以上引き延ばすわけにはいかなくなったラルフは、ほかに道はないと観念して、バークシャーの士官訓練学校へ出頭した。三カ月後、モンズを卒業してラルフ・ダドリー・ドーソン・エスクワイア少尉《しょうい》になると、トルロの連隊司令部へ戻って出動命令を受けるよう指示された。

ベスはラルフのいない三カ月をジェイミーと楽しむはずだったが、彼は傷が完全に癒《い》えて連隊復帰を命じられてしまった。ただし、この前と違っているところが一つあった。それは彼が死ではなく生を望んでいることだった。

ベスはジェイミーが連隊へ戻る前に夫に手紙を書き、戦争が終わったらすぐに離婚したいと考えていることを告げた。返事はなかった。

少尉になりたてのラルフはトルロへ戻るや、自分の特殊な技能は銃後にいるほうがより役に立つと考える、と連隊長に具申した。しかし、その技能とやらは取り立てての特殊技能とは認められず、ダドリー・ドーソン少尉はカンのコーンウォール公爵の軽歩兵連隊第五大隊へ配属されることになった。そのとき、ラルフに初めての幸運が訪れた。というのは、大隊を離れて連合軍の前線後方の司令部勤務を命じられるや、あっという間に、だれも代わりができないほどにそこで重宝されるようになったのである。敵と直接対峙《たいじ》するつもりなど毛頭なかったから、それが避けられるとあれば願ったりだった。

最初の手紙が届いていないのではないかと心配になったベスから二通目が届いたが、今度も返事をしなかった。そもそも浮気などというものは一過性と決まっているし、ベスだって例外のはずがない。何しろ、失うものが大きすぎる。それを考えれば当然だ。

一マイルと離れていない前線では、伍長《ごちょう》に昇進したばかりのジェイミー・キャリガンが分隊を率いて任務に就いていた。連隊はドイツ国境へと前進をつづけていて、ジェイミーは戦争が終わりに近づいているという確信をますます強くしつつあった。そう遠くないうちにネザーコートへ帰って愛する女性と結婚し、借りた土地で小規模ながらも羊を育て、ベスは子供たちを育てるんだ。

残念なことに、戦争が終わって復員したときのことならラルフも考えていた。賃貸契約更新時期がきたとしても、キャリガンに土地を貸すのはやめる。その旨《むね》を三十日前に通知し、コテッジを明け渡してほかで雇用を探すよう伝える。さらに、ミスター・トレヴェリアンに対しては、ネザーコート・アームズを貸すのをやめることにした、旧に復することは未来永劫《えいごう》あり得ない、と通告してやろう。そもそも契約書があるわけでも何でもないのだ。これだけ脅せば妻は間違いなく正気を取り戻すだろうし、万一そうならなかったとしても、離婚になど応じてやるものか。

午前中の参謀会議が終わると、連隊長はダドリー・ドーソン大尉を引き止めた。

「ラルフ」大佐は二人きりになるとふたたび口を開いた。「実は問題が生じて、それを内々できみに処理してもらわなくてはならなくなった。もう一つの大隊と無線連絡が取れなくなっているんだが、明日の夜明けをもって前進を開始する旨をその大隊長に知らせる必要がある。さもないと、通信が復旧するまでここで足止めを喰らうことになるんだ」

「承知しました、大佐」ダドリー・ドーソンは応《こた》えた。

「簡単な仕事だなどと言うつもりはこれっぽっちもないが、この危険な任務を信頼して任せられる人物をだれか知らないか？」

「打ってつけの人物がいます」ダドリー・ドーソンは即答した。

「よかった。では、詳細を説明する。その人物が戻ってきたら、きみはすぐに私のところへきてくれ」そして、ためらった。「戻ってこなくても、だ」

ダドリー・ドーソン大尉は連隊長のテントを出るやジープに飛び乗り、前線へ向かうよう運転手に告げた。前線なんか一度だって行ったことがないのにどうしたことだろう、と運転手は訝《いぶか》った。前線に着くとすぐ、ラルフはジェイミーの分隊が所属している中隊の指揮官に、連隊長が提案した任務について説明した。大佐が指名した伝令役を知った若い中尉は、自分の中隊にクロスカントリーの連隊チャンピオンもいることを思い出して意外に思ったが、指揮官の命令に疑義を呈する習慣を持っていなかった。

ジャクソン中尉が任務の重要性をジェイミーに説くところを遠くから見ていると、数分後、伍長は塹壕《ざんごう》を出て、振り返ることもなく中間地帯を突っ切りはじめた。

「彼がもう一つの大隊にたどり着くのにどのぐらいかかるかな？」ラルフは戻ってきたジャクソン中尉に訊《き》いた。

「うまくいけば、長くとも一時間でしょう。しかし、大尉、そのあと戻ってこなくてはなりませんからね」

「そうであってくれるといいんだがな」ラルフは心底そう願っているような口振りで言った。

ジャクソン中尉がうなずいた。「神のご加護がありますように」

ラルフは神を信じていなかったが、二時間ほど潰《つぶ》してから連隊長のところへ出頭して、残念ながらキャリガン伍長は戻ってこず、したがって、任務は失敗に終わったと考えざるを得ないと報告すると決めた。

一時間経っても、ジェイミーが戻ってくる気配はなかった。そのあと十五分が過ぎたが、やはり影も形も見えなかった。それでもラルフは塹壕の隅にうずくまり、さらに三十分待ってから、人知れず薄い笑みを浮かべた。

「キャリガンはよくやった」ラルフは双眼鏡を構えて樹木の茂った景色に目を凝らしているジャクソン中尉に言った。「そもそもがどだい無茶な頼みだったんだ」そして、時計を見た。「さて、おれは司令部へ戻る。無線が復旧するまで前進は待たざるを得ないと連隊長に報告しなくちゃならん」そのあと、こう付け加えた。「大したもんだ。キャリガンに軍人功労章で報いてやってくれと連隊長に進言するつもりだよ。なにしろ職務の範囲以上のことをやろうとしたんだからな、せめてそのぐらいはしてもらって当然だ」それから、塹壕を四つん這《ば》いで移動しはじめた。

「待ってください、大尉」ジャクソン中尉が制した。「遠くにだれか見えるような気がします」

ラルフは最悪を恐れながら引き返した。「百メートルほど向こうです」ジャクソンが教えた。「まっすぐにこっちへ向かっています」

「どこだ?」ラルフは跳び上がるようにして立ち上がり、荒涼とした風景に目を走らせた。

「顔を出さないで!」ジャクソン中尉が叫んだが、遅かった。ラルフ・ダドリー・ドーソン・エスクワイア大尉が額を撃ち抜かれて泥のなかに倒れ込むのと、キャリガン伍長が塹壕に飛び込むのとほとんど同時だった。

コーンウォール公爵の軽歩兵連隊は夜明けを待ってベルリンへ進撃を開始し、ダドリー・ドーソン大尉の遺体を収めた棺《ひつぎ》は連隊長の悔やみの手紙とともにイギリスへ後送された。大佐はその手紙のなかで、嘆き悲しんでいるはずの未亡人に、ご主人は最前線で祖国のために戦って命を捧《ささ》げられたのだと請け合うことができた。

その日、コーンウォール公爵の軽歩兵連隊第五大隊は大勝利を収め、一年後のトルロ大聖堂での礼拝式では、ノルマンディーという地名が連隊旗に加えられた。

その信徒席に、軍人功労章を授けられたジェイミー・キャリガンの姿があった。妻と二人の子供、ルパートとスージーも一緒だった。残念ながら、ラルフ・ダドリー・ドーソン・エスクワイアは自分の死の可能性を考慮していなかったから、遺言書を作成しないで死んでしまった。というわけで、彼の最近親者である妻が四百ヘクタールの土地と一万頭の羊、ネザーコート・ホール、世俗的な財産すべてを相続することになった。

ジェイミー・キャリガンは自分を地主だとはまったく見なさず、唯一愛した女性と結婚できる幸運に巡り会えた農場管理人にすぎないと考えていた。

駐車場管理人*

バート叔父に言われて動物園へ行っていなければ、これはたぶん起こらなかったことである。

ジョー・シンプソンはサッカーの選手になってマンチェスター・ユナイテッドでプレイするつもりであり、バーンズフォード・セカンダリー・モダン・スクールの代表チームのキャプテンになったときには、ユナイテッドのチーフ・スカウトがタッチライン際《ぎわ》までやってきてあの選手はだれだと訊《き》くようになるのは時間の問題に過ぎないと確信した。だが、そのシーズンの最終試合を戦うためにピッチに出るころには、バーンズフォード・ローヴァーズのコーチですら、わざわざ彼を見にこようとはしなくなっていた。というわけで、教育一般証明試験で数学一科目しか合格しなかったとき、自分がどういう人生を歩むことになるかを思い知らされていささか途方に暮れることになった。

「お父さんと一緒に公営駐車場の係員をするのはどう、それならいつだってなれるわよ」母は薦めた。「少なくともお給料はきちんきちんともらえるわ」

「冗談はやめてよ」ジョーはとりあわなかった。

ひと月という短いあいだに七回面接を受けただけで、見込みがあるのは公営駐車場の係員か、地元のスーパーマーケットの棚に商品を並べる係しかないとわかった。失業手当の給付を受けて父親が〝下層民〟と呼ぶところのものの仲間入りをしようとしたそのとき、生協の店舗の仕事が舞い込んだ。

しかし、棚に商品を並べる仕事を十日つづけただけであっさりお払い箱になり、牛肉の一番いい部位の陳列棚の隣りにキャットフードの缶詰を二百個並べたのがまずかったのかもしれないと母親に打ち明けなくてはならなかった。

「レイクサイド・ドライヴの駐車場に係員の空きが出た」父親が教えた。「おまえにその気があるんなら、坊主《ぼうず》、ボスに話してやってもいいぞ」

「二週間ならやってもいいな」ジョーは応《こた》えた。「そのあいだにちゃんとした仕事を探すから」

父親に認めるつもりはなかったが、いざやってみると駐車場の係員は結構面白かった。屋外にいて、人と出会い、客とお喋《しゃべ》りをする。そして、予定駐車時間を聞いたとたんに料金を頭のなかで計算して教える。それは数学の教育一般証明試験に合格していない父親には絶対にできない芸当だった。

ジョーはすぐに何人かの常連の顔を憶《おぼ》え、彼らの車の見分けがつくようになった。お気に入りはミスター・メイソンで、毎日違う車に乗ってやってくるのだった。どうしてそういうことができるのか訝《いぶか》っていると、彼は中古車のディーラーだから自分がどういう車を売ろうとしているのかを知りたいのだろうと父親が教えてくれた。

「お父さんのおっしゃるとおりだよ」ミスター・メイソンはジョーに言った。「しかし、もっと大事なのは自分が買おうとしているのがどういう車かを知ることなんだ。どうだろう、今度ショウルームへきてみないか？　どういうことか説明してあげよう」

次の休みの日、ジョーはミスター・メイソンの誘いに応じることにして、車のショウルームを訪ねた。レーシング・グリーンのジャガーXK120は一目で、そこの鮮やかな赤毛の帳簿係は二目で好きになったが、どちらも公営駐車場の係員には高嶺《たかね》の花だった。モリー・ストークスが教育一般証明試験に七科目も合格していて、バーンズフォード総合技術専門学校でも簿記を学んでいたとあれば尚更《なおさら》だった。

その日から、ジョーは口実を見つけてはミスター・メイソンのショウルームを訪れたが、目当ては新型の車を見ることではなく、頭が悪くないと自分が見込んだ最初の若い女性と話をすることにあった。モリーはとうとう降参し、一緒に映画を観《み》ること に同意した。が、ジョン・ウェインの「静かなる男」は彼女の第一希望ではなかった。 次の週はスペンサー・トレイシーの「パットとマイク」を観にいった。それが彼女の 第一希望で、ジョーは自分たちの人生がどのようなものになるかを受け容《い》れた。

一年後、ジョーは二週間分の給料をはたいて〈H・サミュエル〉で婚約指輪まで買い、片膝《かたひざ》を折ってモリーにプロポーズした。しかし、断わられた。ジョーの妻になりたくないのではなく、二人だけで住める場所を手に入れる余裕ができるまで結婚を考えるつもりがない、というのが理由だった。

「だけど、結婚したら」ジョーは言った。「公営住宅にぼくたちの表札を出せるし、ぼくの両親とも同居せずにすむじゃないか」モリーは公営住宅に住みたがらなかった。

そのあと、起こり得る最悪のことが起こった。ジョーが馘《くび》になったのである。

「おまえさんの仕事ぶりに不満があるわけじゃないんだ、若いの」管理員が言った。「だけど、議会上層部が経費を削減したがっていて、後入れ先出しってことになったんだ。つまり、一番の新参者を最初の人員整理の対象にするってことだ。で、おまえさんはここへきてまだ二年しか経《た》ってないから、辞めてもらわなくちゃならないんだよ。悪いな」

これ以上悪いことは起こらないだろうとジョーが思った矢先、モリーから妊娠を告げられた。

二人はひと月経って籍を入れたが、それはジョーの父親が曖昧《あいまい》さのかけらもない言葉ではっきり宣言したからだった。「これまで、うちの一族に私生児は一人もいないし、これからも絶対にあり得ない」

結婚予告が読み上げられるや、三週間後に聖マリア無垢《むく》教区教会で結婚式が執り行なわれ、そのあと、道を隔てた〈キングズ・アームズ〉で披露宴が催された。費用の心配などおかまいなしで、娘たちは洋梨発酵酒《ベビーシャム》で酔っぱらい、男はバーンズフォード・ビターをがぶ飲みして、ポテトチップとポーク・パイを食べ尽くした。だが、だれもが愉《たの》しい時間を過ごした次の日の朝、新婚夫婦がジョーの父親の家の予備寝室で目覚めたとき、ジョーは依然として失業者、モリーは依然として妊娠していて、ハネムーンなど論外、ブラックプールで週末を過ごすこともままならないほどの金欠に陥っていた。

そんなとき、バート叔父が――本人にそんなつもりはまったくなかったが――二人の人生を大きく変えた。

　彼はバーンズフォード動物園を職場として、国じゅうから見物客がやってくるビッグ・ボリスというライオンの檻《おり》の清掃を担当していた。その彼が結婚式の披露宴でビターのジョッキを手に、ジョーにこう言ったのだ。動物園で欠員が出るかもしれないから月曜にきてみないか、園長のミスター・ターナーに紹介してやるから、と。

　月曜の朝、ジョーは洗濯したきれいなシャツを着ると、きちんと折り目のついたズボンを穿《は》き、父親が二本しか持っていないネクタイのうちの一本を借りた。二階建《ダブルデッカー》てのバスの上階に席を占めて動物園に向かう途中、遠くに空き地があることに初めて気がつき、そこから目を離せなくなった。バスを降りると最寄りの動物園の入場口に向かうのではなく、反対方向へ歩き出した。

　そして、百台は車が駐《と》まっていたに違いない、いまはがらんとしている広い地面を見つめた。丸一日をそこで過ごし、乗用車、ヴァン、観光バスまでがやってきては出ていく様子を観察した。彼らは空いているスペースに無頓着《むとんちゃく》に駐車し、そこには動物園が目当てではない者も含まれていた。やがて、ジョーの頭のなかである考えが形をなしはじめ、その日の終わりには、残っている疑問はたった一つ、最後まで騙《だま》しおせられるだろうかということだけになっていた。

「で、ミスター・ターナーは仕事をくれるって？」お茶の時間に戻ってきたジョーに、モリーが訊いた。

「ミスター・ターナーには会ってないんだ」ジョーは白状した。「ちょっと思いついたことがあってね」

「何を？」モリーが答えを要求した。

そのとき父親が姿を見せたのでジョーは口を開くのを思いとどまり、その晩ベッドに入ってからようやく、今日一日何をしていたかを明らかにして、思いついた一大計画を打ち明けた。

「あなたの脳味噌《のうみそ》は南瓜《かぼちゃ》でできてるんじゃないの、ジョー・シンプソン。馬鹿《ばか》も休み休み言いなさいよ。あれは公営地で、そんなことをしたら不法占拠の罪を犯すことになるんですからね。というわけで、もう一つわかりきったことを教えてあげるけど、これ以上つまらないことで時間を無駄にしないで、だれかほかの人に取られる前に動物園の仕事を手に入れなさい」

次の日の午前中、モリーは町役場の不動産課へ行き、係の青年とお喋りをして過ごした。彼は何枚もの測量地図を確認したあとで、その土地が公営地なのか、動物園の所有になるものか、はっきりしていないと教えてくれた。モリーはまだ確信したわけではなかったが、少なくとも冒す価値のある危険だと考えるようにはなっていた。

次の週、ジョーは一日も欠かさずバスで動物園へ行き、その地面に何人が車を駐め、だいたいどのぐらいの時間を動物園で過ごすか、メモを取った。さらに夜の閉園時間になって最後の車が出て行くのを待ち、境界を歩測して小さなノートに書き留めた——二二六歩×一七二歩。

翌朝、ジョーは以前の職場だったレイクサイド・ドライヴの駐車場へ行った。父親に話があるという口実だったが、実際はそこへ着いたとたんに公営駐車場の一台分の駐車区画の縦横の長さを、今度は歩測ではなく、学校時代の一フィート定規を使って計測していった。その結果、乗用車とヴァンは一八フィート×九フィート、観光バスは四〇フィート×一一フィートのスペースが必要だとわかった。息子が何を企《たくら》んでいるのか、父親は知るよしもなかった。

週末、動物園の前の空いている地面に何台の車を駐められるかを計算してみた。検算の結果、乗用車とヴァンを百十四台とバスを五台駐められるとわかった。その日の夜、仕事から戻ったモリーに駐車場として予定している配置図を見せた。彼女は気に入った様子だったが、それでも手放しというわけではなかった。

「いずればれるに決まってるわ！」

「そうかもしれないけど、仕事がまったく見つかりそうにないんだから、失うものもないだろう」

モリーが片眉《かたまゆ》を上げた。「それで、次はどうするつもりなの？」

「駐車区画を一台ずつ線で仕切らなくちゃならないからな、夜中にその線を引く方法を習得するんだ」

「それなら、懐中電灯と白いペンキを入れる缶が必要ね」モリーが言った。「それに、言うまでもないことだけど、刷毛《はけ》と水のバケツ、そこを掃いてきれいにするための箒《ほうき》、直線を示すための紐《ひも》と釘《くぎ》もいるわ。それを調達してからじゃないと、実際に線を引く作業なんか始められないでしょう。ところで、ジョー、いろいろやりながらでいいから、まずは明るいところで四本の直線を引く練習をすべきなんじゃないの？」

「まさか信じてもらえるとは思ってなかったな」ジョーは言った。

「いまだって信じてなんかいないけど、やるんだったらせめてちゃんとやらないとね」

モリーがミスター・メイソンのショウルームへ出勤すると、ジョーは一日がかりで町にある塗料屋を一軒残らず回った。値段を比較してみた結果、白いペンキは六缶しか買えないと結論した。さもないと、それ以外に必要だとモリーが主張している道具を手に入れる金が足りなくなってしまう。

「紐、釘、ハンマー、大きな箒は、わたしがショウルームで何とかする」その日の夜、仕事から帰ったモリーが言った。「だから、その四つはリストから消してもらってかまわないわ」

「だけど、バケツはどうする？」

「ミスター・メイソンの消火用のバケツを拝借して、水は動物園の前の公衆トイレを使えばいいわ」ジョーがうなずくと、モリーがつづけた。「次は予行演習ね」

「予行演習？」

「そうよ。放置されている公営地を見つけ、四本の直線で囲って一つの区画を仕上げる練習をするのよ。しっかりこつを呑《の》み込むまでね」

翌日、モリーが仕事に出かけると、ジョーは町外れの昔の空襲被災地域へ行き、生まれて初めて四本の直線で駐車区画を作るべく練習を開始した。思っていた以上に難しかったが、週の終わりには、四十分でまずまずの出来のものを完成させられるようになった。唯一《ゆいいつ》の問題は、技術はすでにほぼ完成の域に達しているにもかかわらず、それでペンキを使いきってしまい、モリーが一週間分の給料を犠牲にしてペンキを買い足さなくてはならなくなったことだった。それでも、十二月の初めには本番に取りかかる準備が整った。

「次の問題は」モリーが言った。「あなたが何を企んでいるかをだれにも気づかれないうちに駐車区画を全部完成させられるのはいつなのか、それを見つけることね」

「その問題ならもう解決済みだよ」ジョーは答えた。「今年のクリスマスは金曜日だ。だから、金、土、日曜日は動物園にくる者はいないだろうし、月曜は銀行も休みで、動物園もまだ営業してない。それだけの余裕があれば、たぶん百区画を完成させられるはずだ」

「十二区画ぐらいから始めるのが妥当じゃないかしら」モリーが言った。「とりあえずはあなたの一大計画をうまくいかせないとね。必要以上にお金を使って失敗したら、目も当てられないでしょう。いいこと、ミスター・メイソンはいまや百台を陳列できるショウルームを一等地に持って、ジャガーまで扱えるようになっているけど、最初は六台から始めたの。それを忘れないで」

ジョーは不本意ながらもうなずき、大仕事をする日のための準備に取りかかった。

クリスマス・イヴ、ジョーは眠ることができず、翌朝はモリーが目を覚ましもしないうちから起き出した。Tシャツの上にセーターを着て、ジーンズを穿くと、学校時代の古い運動靴で足元を固めた。静かに階段を下り、庭の隅の物置小屋から昔使っていた手押し車を引っ張り出した。昨夜のうちに、モリーが必要なものを全部それに積んでくれていた。

その手押し車を動物園まで押していくと、これから仕事にかかる地面を数時間かけて箒で掃き、落ち葉や泥や埃《ほこり》をきれいに取り除いた。清掃作業が完了して満足するや、母の縫い物籠《かご》から無断借用してきた巻尺の助けを借りて、最初の駐車区画分の縦横の長さを測定した。そのあと、四隅に釘を打ち込み、紐を張って長方形を作ると、立ち上がって一歩下がり、制作にかかる前の画家がカンヴァスを見るようにして、そのスペースをうっとりと眺めた。

十時を少し過ぎて最初の区画が完成したとき、ジョーはすでにへとへとになっていた。手押し車を藪《やぶ》の奥に隠すと、残っている力を何とか振り絞って家まで走った。帰り着いてみると父親はまだ起きてもいず、母親だけがジーンズについている白いペンキを見て訝った。

「わたしのせいなんです」モリーが答え、それ以上は説明しなかった。

クリスマスの昼食のあと、みんながテレビの前に陣取ったり眠ったりするのを待って、ふたたび動物園へ向かった。四時に街灯に明かりが入るころには、さらに二区画が完成していた。クリスマスの贈り物の日《ボクシング・デイ》にはさらに四つ、十二月二十七日の五時には十二区画すべてが出来上がって、あとは車が駐まるのを待つばかりになった。明日の朝戻ってきたときにペンキが完全に乾いてくれていることをジョーは祈った。

バーンズフォード動物園の門は火曜の午前十時に開いたが、客の出足はまだ鈍かった。駐車場の隅に立って遠くから様子を見守っていると、やってきた車はどれも、きちんと描かれていまはペンキも乾いている長方形のスペースへ迷うことなく入っていった。それが少なくともある程度の自信を与えてくれた。それから三日、同じ場所に立って同じように様子を見つづけた結果、駐車区画の埋まり方にほとんど変化がないことがわかった。イギリス人は列を作って順番待ちをするといった、秩序だった行動をよしとする傾向があった。

十二月三十一日、一月一日と二日、ジョーは仕事に戻り、モリーと新年を祝いながら、駐車区画を二十に増やした。

「これでとりあえずは充分よ」モリーが宣言した。「だって、二十区画全部が埋まりつづけるかどうか、確かめる必要があるでしょ?」

次の日の朝、ジョーは六時に起きて昔の公営駐車場係員の制服を着ると、父親がもう使わなくなった駐車券発行器を納屋《なや》から引っ張り出した。

そしてバスに乗り、動物園の開園時間よりずいぶん早く自分の造った駐車場へたどり着くと、わが子を守るライオンのように二十の駐車区画を見て回り、客になりそうな最初の車がやってきて区画の一つに入るや、おずおずと運転席へ歩み寄った。

「おはようございます、サー」ジョーは声をかけた。「二シリングになります」失《う》せろと言われたら大人しく退散するつもりだったが、相手は黙ってフロリン銀貨を差し出した。

「ありがとうございます、サー」ジョーは駐車券を発行すると、制帽の鍔《つば》に手を当てて敬礼の真似事《まねごと》をした。最初の客だった。

その日が終わったときには、十四人が駐車してくれ、一ポンド八シリングを支払ってくれていた。一週目の最後には三十一ポンドの儲《もう》けが出て、モリーとパブで一杯飲みながら、スコッチ・エッグを分け合うことができた。

ジョーは〈スワン〉へ乗り込み、大枚三ポンドをはたいて三皿からなるコース料理とワインのハーフ・ボトルで椀飯振舞《おうばんぶるま》いといきたかったが、モリーは耳を貸す素振りも見せずにこう諫《いさ》めた。「そんなことをしたらみんなに不審に思われて一巻の終わりになるのが落ちだわ」そして、〝現金の出入り《キャッシュ・フロー》〟という言葉まで教えてくれた。

月曜は休園日だったから休もうと思えば休めたのだが、そうはしないで働くことにして、さらに六つの駐車区画を造った。一日また一日と過ぎるにつれて長方形は増えていき、それに比例して収入も増えていって、自信も増大していった。しかし、三週目の火曜日、動物園の園長のミスター・ターナーがやってくるのを見たときは、すべてはこれまでかと覚悟した。

「おはよう、ミスター……？」

「ジョーで結構です」彼は言った。

「内々で話ができるかね、ジョー？」

「もちろんです、ミスター・ターナー」

「これまではここに車を駐めても」園長が言った。「料金を払う必要はなかったんだがな」

「これからもあなたから料金はいただきません、ミスター・ターナー」ジョーは応えた。

「しかし、いまや公営駐車場になったわけだから、そういうわけにはいかない――」

「あなたからは一ペニーたりともいただくつもりはありません、ミスター・ターナー。実は、あなた専用の駐車区画を作ろうと考えているんです。そうすれば、ほかのだれかが駐まっているんじゃないかと心配しなくてすむでしょう」

「そんなことは議会が認めないんじゃないか？」

「あなたさえ黙っておられたら、議会に知られることはありませんよ。もちろん、ぼくはだれにも何も言いません」ジョーは鼻に触って答えた。

「ありがとう、ジョー」ターナーが言った。「できることがあったら何でも知らせてくれ」

ジョーは動物園の入口の真正面の区画を選び、その日一日を費やして、《動物園園長専用》の文字を丁寧に書き上げた。

モリーは出産準備のためにミスター・メイソンのショウルームの仕事をいったん休むことにし、その間《かん》は金の処理と帳簿の管理は自分が引き受けると申し出た。

さらにバークレイズ銀行に口座を開き、公営駐車場管理人としては平均的な賃金に当たる二十ポンド強を毎週そこに預けて、残りの金は夫婦の寝室の床下に隠した。

帳簿を完璧《かんぺき》に管理しつづけたモリーをもってしても、ジョー・ジュニアが生まれてからしばらくは、その時間が取れなくなった。息子の誕生は誇り高い父親にさらなるやる気を出させることしかせず、彼は一年足らずのうちに百十九の乗用車とヴァンの駐車区画と、観光バス専用の特別駐車区画を一つ完成させた。

仕事に復帰するときがきても、モリーはメイソンのところへは戻らず、帳簿係兼秘書として正式にジョーを支えることにした。自分の週給は二十五ポンドに設定したもののキャッシュ・フローの問題を解決するには至らず、床板の下に現金が増えつづけることになった。が、彼女はその問題を処理する方法をすでに考えはじめていた。

マックルズフィールドへ旅行をしましょう、とモリーが提案した。そのときがきているから、と。

「マックルズフィールドなんて休暇向きのところだとは思えないけどな」ジョーは言った。

「休暇なんかじゃないわ」モリーが応えた。「日帰りよ。お父さまが使っている最新型の駐車券発行器を見てごらんなさい、そうしたら製造元がわかるから。そこを訪ねようと言ってるのよ」

動物園は月曜が定休日だったから、モリーはミスター・メイソンからヴァンを借りると、夫と息子をともなってマックルズフィールドへと出発した。そこのショウルームは制服、駐車券発行器、その他諸々《もろもろ》の付属品といった、きちんとした駐車場係員にとって仕事上必要なものの宝庫であることが判明した。ジョーは結局、肩に〝動物園〟と記された夏物と冬物の制服を一着ずつと、最新式の駐車券発行器、制帽、〝管理員〟と書かれた小さなエナメルのバッジを手に入れた。それが本当に必要かどうか妻は訝ったが、欲しいという思いに夫が抵抗できなかったのだ。彼女は大判の帳簿とファイリング・キャビネットを買うにとどめた。

モリーが二発の爆弾を炸裂《さくれつ》させたのはバーンズフォードへ帰る車中だった。「お腹《なか》に二人目の赤ちゃんがいるんだけど、少なくとも議会はようやく家を提供してくれるわ」

「だけど、きみは公営住宅には住みたくなかったんじゃないのか？　それに、いずれにしても、ウリッジに平屋の一戸建てを買う頭金ぐらいは出せるだろう」ジョーが言った。

「そういう危険は冒せないわね」モリーは応じた。「そんなことをしたら噂《うわさ》にならないはずがないし、一介の駐車場係員がどうやってそんな大金を稼いだのか、不審に思われるに決まってるでしょう。それから、いいこと、わたしはいまも仕事をしていないんだってみんなが思っているんですからね」

「だけど、それだったら金を持ってる意味は何なんだい、使えなかったら何にもならないじゃないか？」ジョーは不満そうだった。

「大丈夫よ。そのための計画ももう考えてあるわ」

　半年後、モリーとジョー、ジョー・ジュニアとジャネットは、キア・ハーディーの公営住宅に引っ越した。そこに住んでいる者たちは新しくやってきたのが公営住宅に住む程度の家族だろうと考えたかもしれないが、家のなかへ招き入れられたら、シンプソン一家が生協なんかで買い物をしていないことにすぐに気づいただろう。もっとも、招き入れられることは絶対になかったが。

　房飾りのついた絨毯《じゅうたん》、最新式のキッチン、大型スクリーン・テレビ、スリーピース・スーツ、どれも分割払いでなく即金で買ったにもかかわらず、キャッシュ・フローの問題は依然として解決していなかった。だが、モリーなら答えを見つけるだろうとジョーは楽観していた。

「今年の夏の休暇はブラックプールじゃないわよ」ある日の朝食の席で、モリーは宣言した。

「だったら、どこへ行くの、お母さん？」ジョー・ジュニアが訊いた。

「口に食べ物を入れたまましゃべらないの」母がたしなめた。「マヨルカよ」

「そりゃどこだ？」とジョーは訊きたかったが、その前にジャネットが助け船になって同じ質問をしてくれた。

「地中海の島よ。バーンズフォードの人たちの大半は聞いたこともないだろうし、行くことなんかまずないでしょうね」それを聞いて、三人はみな言葉を失ったようだった。

ジョーとモリーは一年で動物園にくる客が一番少ない二週間に休暇を取ると昔から決めていて、子供たちはその日が近づくにつれて興奮を募らせていった。生まれて初めて飛行機に乗るのだ。それは親のほうも同じだったが、口には出さなかった。

ジョーのために公正を期すなら彼のアイディアだったのだが、夫婦はいま、頭のいい大学生――移民のほうが好ましかった――を雇い、自分たちが休暇を取っているあいだのことを任せて、給料は必ず現金で払った。その二週間の儲けは大したことはなかったが、常連客は喜んでくれたし、駐車場にジョーがいない理由を不審がる者もいなかった。

「どうしたのかと訊かれたら」ジョーは言った。「家族とブラックプールで休暇を過ごしているとだけ答えればいいから」

マヨルカへ着くや、モリーはわずかな時間も無駄にしなかった。ジョーが子供たちを連れて浜へ行っているあいだに、パルマの不動産屋を一軒残らず回った。二週間後にまた飛行機で帰ってきたときには、ジョーは三キロほど肥《ふと》り、子供たちは褐色に日焼けして、モリーは海を望むプエルト・デ・ポレンサの突端の一画の頭金を払っていた。

契約書にサインして五千ポンドの頭金をその場で払ったとき、不動産屋は取り立てて何も言わなかった。六度目にマヨルカを訪ねたときに、その土地は彼らのものになった。

モリーは地元の建築家を探しはじめ、ジョーはずいぶん反対したのだが、それでも一人のドイツ人を選んだ。四半期ごとの支払いの一回目を現金で払ったとき、彼もまた驚いた様子を見せなかった。

一年後、建築現場に重機がやってきて、二十ポンド紙幣の束がモリーの手から自分の手に移ったとき、特に多いというわけではなかったけれども建築業者は舌なめずりをした。もっとも、全体を管理する責任者は、モリーをかなり手強《てごわ》い相手だと看破していた。

というわけで、ジョーとモリーはバーンズフォードではつましい生活の地味な存在でありつづけ、ジョーの唯一の贅沢《ぜいたく》はいまだ三部の下位の半ばにくすぶっているバーンズフォード・ローヴァーズのシーズン・チケットを買ったことであり、モリーの場合はときどきロンドンへ出て〈ザ・スモーク〉で最新のミュージカルを楽しみ、〈ヴィラスワミー〉のインド・カレーを食べることだった。が、バーンズフォードへ帰るときは、だれに気づかれてもいいように必ず二等車を使った。しかし、夏の休暇のあいだは、ポレンサ湾のきれいな海を望む豪華な別荘で必ず一家の姿を見ることができた。

父親が六十で退職したとき、ジョーは籤《くじ》付き国債が当たって多少の当籤《とうせん》金が入ったことにして、両親に〈クイーン・エリザベス二世〉の豪華な船旅をプレゼントした。二年後、象舎を新築したがっていた動物園に一万ポンドの匿名《とくめい》の寄付が寄せられ、ミスター・ターナーから数えて五代目の園長をありがたがらせたが、それが大きな茶色の紙袋で届いたことには、彼も多少の驚きを禁じ得なかった。

ジョー・ジュニアがリーズ大学法学部に合格したとき、それがシンプソン一族で二人目の快挙だったこともあってジョーはことのほか自慢だったが、その二年後にはジャネットが兄の上を行って、ダーラム大学英文学部の奨学生になった。

「仕事を辞めたら何をすることになるんだろうな？」その問題についてはモリーがす

でにかなり考えていて、それを知っているジョーが訊いた。
「マヨルカへ引っ込んで、主のおっしゃっているように、わたしたちの労働の果実を楽しむのよ」
「だけど、おれの駐車場はどうするんだ？」
「その心配はほかのだれかにしてもらえばいいわ」

ジョーはどちらかと言えば慣習に逆らわない性質《たち》だったから、みなと同じように六十回目の誕生日をもって引退した。そして、公営住宅の鍵《かぎ》を返して自分と妻に必要なもの（とても少なかった）をまとめ、二枚の片道航空券を持って空港へ向かった。

ジョーはさして時間が経たないうちに地元のサッカー・チームのレアル・マヨルカ——二部の上半分の位置にいた——の副会長になり、現地ロータリー・クラブの副理事長に推薦された。一方、モリーは居住者組合の名誉会計部長の地位を占めることになった。

いまやジョー・ジュニアは北部巡回裁判区で法廷弁護士として開業し、ジャネットはラウンドヘイ・グラマースクールで英語を教えていた。二人とも定期的にマヨルカの両親のところへやってきていた。いつも一緒にやってくる三人の孫、チャーリー、レイチェル、ジョー・ジュニア・ジュニアが、ジョーもモリーもかわいくてならなかった。

「おれの駐車場がどうなったと思う?」ある晩、ジョーは週刊新聞〈ヨークシャー・ポスト〉を見てモリーに言い、記事を読みつづけながら悪態をついた。「何たる大馬鹿どもだ」

一月二日、ミスター・ブレイスウェイトという新任の動物園長がバーンズフォード市議会の不動産委員会に電話をし、ジョー・シンプソンの後任はいつ決まるのかと尋ねた。

「ジョー・シンプソンとはだれのことだ?」委員長は訊き返した。

「動物園の向かいの駐車場を、四十年にわたって管理していた人物ですよ。われわれは退職祝いのパーティまで開いたんです」

「何のことだかさっぱりわからないな」委員長は言った。「あそこは昔から動物園が所有しているものと思っていたんだがね」

「それはこっちの台詞《せりふ》ですよ!」ブレイスウェイトが言い返した。

「大馬鹿者どもが」ジョーは繰り返すと、新聞を置いて、モリーがいるキッチンへ行った。「あの園長が多少なりともものがわかっていたら、口をつぐんで何も言わないでいただろうにな。そうすれば、動物園は丸儲けできたのに」彼は妻に教えた。「それこそがおれがずっと望んでいたことなんだ。だけど、あいつは市議会議長のオルダーマン・アップルヤードに相談しなくちゃならなかった。そして、アップルヤードは法律的にどうなのかを調べるべきだと考えた。そのあげくが、バーンズフォード市議会と動物園のあいだでの果てしない法廷闘争だ。結果？　どっちも負けだよ。裁判なんかやってるあいだに、おれの駐車場は雑草がのさばるようになるのが落ちだ」

三年後、判事はようやく裁定を下し、管理責任は裁判所にあるけれども、そこから上がった利益は両者で折半すべきであるとした。いかにもイギリスらしい典型的な妥協で、儲けたのは双方の弁護士だけだというのが、最新のヨークシャー・ポストを読んだジョーの意見だった。

「唯一驚くことがあるとすれば、わたしたちのところへ追及の手が伸びなかったことかしらね」

「それはあり得ないさ」ジョーは言った。「そんなことをしたら、議会は本当に馬鹿の集まりだと思われる。だって、わざわざ藪をつついて蛇を出そうとするようなものなんだから。これは断言してもいいが、だれも責任を取らされることなく、うやむやなまま一件落着ってのが、あいつらにとっては一番いいんだ。お袋の話だと、五月には選挙があるようだから、そこで再選を目指しているなら尚更だ」

この前ポレンサで夫妻とディナーをともにしたとき、駐車場係員としてこれまでにどのぐらいの金を稼いだと思うかと、私は訊かずにはいられなかった。

「管理員だよ」ジョーはそう訂正しただけで、私の質問に答えなかった。

「三百四十二万二千三百十九ポンドよ」モリーが教えてくれた。

「ほぼそんなところかな」ジョーが言った。「だけど、今度バーンズフォードへ行くことがあったら、ジェフ、動物園の新しい水族館を見ていってくれ。うちの奥さんとおれが造ってやったようなもんなんだ！」

ジョーとモリーはバーンズフォードの聖マリア無垢教区教会付属墓地に仲良く並んで眠っている。それもまた、モリーがこだわったことの一つだった。

無駄になった一時間 ＊

大学へ戻るとき、ケリーは必ずヒッチハイクという手段を使った。が、反対されることがわかっていたから、両親には内緒だった。

新学期が始まる日は父親が車で駅まで送ってくれるのだが、ケリーはプラットフォームへこそ上がるものの、父親の車が帰っていったと確信するや二マイルほどの距離を歩いてフリーウェイへ向かうのだった。

スタンフォード大学へ戻るのにバスや列車でなくてヒッチハイクを好むのには、二つの理由があった。それが年に十二回となると百ドル以上を節約できたし、水道会社を解雇された父親は経済的に余裕があるわけではないからである。いずれにせよ、両親は娘を大学へ行かせるためにかなりの犠牲を払っていて、さらなる出費に耐えられるとは思えなかった。

もう一つの理由は、卒業したら作家になりたいと考えているからだった。この三年、サリナスからパロ・アルトまでの短い旅のあいだに何人もの魅力的な人と出会い、彼らは二度と会うことはないだろう初対面の彼女に、頼みもしないのに自分の体験を語ってくれることがしばしばあった。一人など大恐慌《だいきょうこう》のときにウォール街でメッセンジャーとして働いていたし、別の一人は第二次大戦のイタリアはモンテ・カッシーノの戦闘で銀星章を授けられていたが、彼女の一番のお気に入りはローズヴェルト大統領と一日釣りをして過ごした男性の話だった。

それでもご多分に漏れず乗せてもらわないと決めている種類の車があって、ケリーはその鉄則を厳守していた。その一番手はトラックで、運転手が考えていることは一つしかないからだ。二番手は複数の若い男が乗っている車だった。実際のところ、六十歳以下の男性の運転する車はほぼ例外なく避けることにしていて、それがスポーツカーであれば尚更《なおさら》だった。

最初にスピードを緩めた車には若い男性が二人乗っていて、それだけでも避けるに充分に思われたが、後部座席にビールの空き缶がいくつも転がっているのが決定打になった。その二人は彼女がきっぱりと首を横に振るのを見てがっかりしたようだったが、冷やかしの口笛を吹き鳴らしながら走り去っていった。

次にはトラックが路肩へ寄ってきたが、ケリーは運転手のほうへ顔を上げようともせずに歩きつづけた。相手は結局諦《あきら》め、腹立ち紛れのクラクションを鳴らして離れていった。

三台目はピックアップ・トラックで、運転席と助手席のカップルは見込みがありそうに思われたが、後部座席を見るとジャーマン・シェパードがうずくまっていて、しかもしばらく何も食べていないかのような顔をしていた。実は犬アレルギーなのだとケリーは丁重に断わったが、実家にいるコッカースパニエルのデイジーは例外で、ケリーは彼女を溺愛《できあい》していた。

そのあと、戦前のスチュードベーカーがゆっくりと近づいてきた。ケリーはやってくる車に向き直り、笑顔を作って親指を立てた。車はさらに減速すると、車線を外れて停まった。ケリーが助手席側のドアのほうへ急ぐと、年輩の紳士が身を乗り出して窓を下げた。

「どこへ行こうとしておられるのかな、お嬢さん?」紳士が訊《き》いた。

「スタンフォードです、サー」

「正門の前を通るから送ってあげよう。さあ、乗りなさい」

ケリーがためらわなかったのは、その男性が彼女の厳格な要求をすべて満たしているからだった。六十歳を越え、結婚指輪をしていて、言葉遣いも上品で丁寧。助手席に坐《すわ》って革張りのシートに背中を預けたケリーに残された気懸かりは、この車あるいはこの男性が、目的地までもつかどうかだけだった。

左を見て走行車線に戻ろうとする男性を、ケリーは間近に観察した。髪はくすんだ灰色、顔は皺《しわ》が刻まれて青白く、くたびれた革のようだった。口の端にぶら下がるようにくわえられている煙草《たばこ》が唯一《ゆいいつ》好きになれなかった。襟の開いたチェックのシャツに、革の肘《ひじ》当《あ》てのついたコーデュロイのジャケットを着ていた。

作家になりたければ人生を、とりわけ他人の人生を知らなくてはならない、と指導教官から耳にたこができるほど聞かされていた。いま運転席にいる男性がそのための打ってつけの候補とは思われなかったが、教官の教えを実践する方法は、いまの彼女には一つしかなかった。

「ご親切、ありがとうございます」彼女は言った。「わたし、ケリーといいます」

「ジョンだ」男性はハンドルから片方の手を放して彼女と握手をした。農場労働者の手だと最初は思ったほどごつごつしていた。「専攻は何なんだね、ケリー?」

「現代アメリカ文学です」

「最近では見るべき作品も少ないが」男性が言った。「それにしても時代は変わりつつあるな。私がスタンフォードの学生だったころには、キャンパスに女性の姿はなかったもんだ、夜でさえね」

スタンフォードの卒業生だったのかとケリーは驚いた。「何を専攻なさったんですか、サー？」

「ジョンだ」男性はこだわった。「年をとるのはいいものではないが、若い女性にそれを想《おも》い出させてもらうとなると、話は別だな」ケリーは笑った。「きみと同じだよ、アメリカ文学だ。マーク・トウェイン、ハーマン・メルヴィル、ジェイムズ・サーバー、ロングフェロウ、もっとも、成績不良で中途退学させられてしまったがね。学位を取れなかったことがいまだに苦い悔いとなって残っているよ」

ケリーは男性を見直し、この車のギヤはサードから動くことがあるのだろうかと訝《いぶか》った。成績不良の理由を尋ねようとしたが、男性のほうが早かった。「敢《あ》えて訊かせてもらうが、アメリカ文学の巨匠だといま見なされているのはだれなんだろう？」

「ヘミングウェイ、スタインベック、ソール・ベロー、フォークナー、でしょうか」

ケリーは答えた。

「きみはお気に入りの作品があるのかな？」男性が訊いたが、前方の路面から目が離れることは決してなかった。

「もちろんです。十二のときに『怒りの葡萄《ぶどう》』を読んだんですけど、あれは二十世紀の最高傑作の一つだと思います。〝それから、歴史の全体を通じて、かすかに悲痛な声で叫び続けているもう一つの事実――すなわち、弾圧は弾圧された者たちの力を強め、彼らを結束させる働きしかしないということを〟」

「いいね」男性が言った。「もっとも、私のお気に入りは同じスタインベックでも『ハツカネズミと人間』だがね」

「〝頭がにぶくたって、いいやつはいる。どうもその反対のことがちょいちょいあるようだ。ほんとうに頭のきれる男で、いいやつはめったにいないからな〟」

「きみの場合は落第して退学させられる心配はなさそうだな」ジョンがにやりと笑って言い、尋問を始めるきっかけをケリーに与えてくれた。

「大学をやめたあとは何をしていらっしゃったんですか？」

「父がモンタレーで農場をやっていて、そこへ戻された。二年ほど頑張ってやってみたんだが、まるっきり不向きでね。それで反対を押し切って、レイク・タホでツアーガイドの仕事を見つけた」

「きっと面白かったんでしょうね」

「確かに面白かった。ご婦人たちとも大勢出会えたしね。だが、給料がひどかった。それで、エドという友だちとカリフォルニアの海沿いで生物標本を集めることにした。

もっとも、それも大した金にはならないとわかっただけだったがね」

「そのあと、もう少し長続きする仕事をお探しになったとか?」ケリーは訊いた。

「いや、やったとは言えないな。まあ、少なくとも戦争が始まるまではね。そのときに〈ヘラルド・トリビューン〉の従軍記者の仕事にありついたんだ」

「すごい、間違いなく刺激的なお仕事だったでしょうね」ケリーは言った。「戦場のど真ん中にいて、あなたが目にしたすべてを母国の国民に知らせるんですから」

「それがそうでもなかったんだ。戦闘の現場の近くにいすぎたせいで、結局背中にショットガンをまともに食らい、アメリカへ送り返されることになってしまってね。その結果、トリビューンの仕事を失い、最初の妻も一緒に失うはめになった」

「最初の奥さん、ですか?」

「キャロルのことはまだ話してなかったかな?」ジョンが言った。「彼女とは十三年つづいて、そのあとがグウィンだ。五年しかもたなかったが、彼女のために公平を期すなら――それもなかなか難しいんだが――立派な息子を二人、残してくれたよ」

「負傷が完全に癒《い》えてからはどうされたんでしょう?」

「戦争が終わってカリフォルニアへ押し寄せてきた移民と一緒に働きはじめた。私もドイツ系移民の子孫だからね、どんな試練が彼らを待っているかはわかっていたし、大いに同情してもいた」

「以来、ずっとそれをやっていらっしゃったんですか？」

「まさか。ジョンソン大統領がヴェトナム侵攻を決めたとき、ヘラルド・トリビューンが従軍記者に復帰しないかと言ってきた。ヴェトナム行きがキャリアのステップアップになると考える連中はそう多くなかったらしいんだ」

ケリーは笑った。「でも、少なくとも今度は生き延びることができたんですよね」

「それ以上何事もなければそうなっただろうが、時を同じくしてＣＩＡから協力してほしいと声がかかった」

「どんな協力なのか、訊いてもいいですか？」ケリーは老人をさらに深く観察しはじめた。

「ヴェトナムに関してヘラルド・トリビューン用の記事を書きながら、その一方で、そこで実際には何が起こっているかをＣＩＡに教えるのさ。私にはＣＩＡしか知らない、ほかの記者連中より有利な条件があったんだよ」

その理由を訊こうとケリーが口を開く前に、ジョンが答えを明らかにした。「つまり、息子が——ジョン・ジュニアとトーマスというんだが——二人とも前線で戦っていたから、仲間の記者が手に入れようのない情報を手に入れられたんだ」

「ヘラルド・トリビューンは大喜びだったんでしょうね」

「残念ながら、そうはならなかった」ジョンが言った。「CIAに協力していることがわかった瞬間に解雇された。ジャーナリストとしての高潔さを失って野蛮人同然に成り下がったというのが理由で、異なる二カ所から報酬を得ていた事実も言うまでもなくそこに含まれる、と説明されたよ」

ケリーはわれを忘れて聴き入った。

「本当のところ」ジョンがつづけた。「私は解雇を拒否できなかったし、するつもりもなかった。いずれにせよ、ヴェトナムで起こっていることに幻滅の度を深めていたし、自分たちがしていることに倫理的な正当性があるかどうかもわからなくなりはじめていたからね」

「それで、今度アメリカへ帰ったときは何をなさったんですか？」ケリーは訊いた。この旅がローズヴェルト大統領と一日釣りをして過ごした男性の話を聞いたときと同じぐらい興味深く思われるようになりつつあった。

「家へ帰ってみると」ジョンはつづけた。「二番目の妻がほかの男と寝ていた。だが、彼女を責めるわけにはいかないな。私だってヴェトナムで女っ気なしで通したわけではないからね。結局のところ、そのあとすぐにエレインと結婚したんだから。だが、一つだけはっきりわかっていて、きみに確信を持って言えるのは、どんな男でも妻三人は充分すぎるということだな」

「で、それからはどうされたんですか?」ケリーは訊いた。スタンフォード大学の正門まで、もうそんなに長くはかからないはずだった。

「エレインと二人で南部へ下り、そこで公民権運動について書いた。私の見方を取り上げてくれるところなら、どんなつまらない新聞でもよかった。ところが、運の悪いことにまたもや厄介ごとが降りかかってきた。FBIから協力要請がきて、マーティン・ルーサー・キング・ジュニアと彼の同志のラルフ・アバナシーに面会してわかったことを教えていたんだが、その間《かん》にJ・エドガー・フーヴァーと衝突して、それ以上の協力を拒否したんだよ。実際、フーヴァーは激怒し、私に共産主義者のレッテルを貼《は》ろうとした。だが、今度ばかりはさすがにそうはいかなかった。それで、毎年国税庁に私の収支を徹底的に調べさせて自分を慰めているというわけだ」

「マーティン・ルーサー・キング・ジュニアやラルフ・アバナシーに会われたんですか?」

「もちろん。それに、ジョン・F・ケネディにも会った。神よ、彼の魂を安らがせたまえ」

ジョン・F・ケネディに実際に会ったと聞いたとたん、ケリーは訊きたいことが山ほど頭に浮かんだ。しかし、いまや彼女の視界のなかで、大学のフーヴァー・タワーが刻々と大きくなりつつあった。

「波瀾《はらん》万丈の人生だったんですね」ケリーは言った。旅が終わろうとしているのが残念だった。

「実際よりも面白く語ってあげられればよかったんだがね」ジョンが言った。「まあ、年寄りの懐旧談は必ずしも当てにならないからな。ところで、ケリー、きみはどういう人生を送ろうと思っているんだ？」

「作家になろうと思っています」ケリーは答えた。「五十年後にスタンフォードで現代アメリカ文学を専攻する学生に、ケリー・ラグランドの名前を研究対象に含めてもらうのが夢なんです」

「いいじゃないか」ジョンが言った。「だが、老婆《ろうば》心《しん》ながら助言させてもらえば、偉大なアメリカ小説を書くのを急がないことだ。世界とそこに暮らす人々のことをでき得る限り多く知ってから筆を執りなさい」そして、大学の正門の前へぎくしゃくと車を寄せながら付け加えた。「それで後悔することは絶対にないと断言してもいい」

「乗せてくださってありがとうございました」ケリーは助手席を出て感謝し、別れを告げようと急いで運転席の側へ回ると、窓を開ける老人に言った。「あなたの人生を色々お話しいただいて、とても面白く聞かせていただきました」

「私もきみと話ができて愉《たの》しかったよ」ジョンが言った。「願わくはきみの処女作が読めるよう長生きしたいものだな。心優しくも私の作品を面白いと言ってくれたんだから尚更だ。私の記憶が正しければ、わずか十二のときにきみが最初に読んだ作品だよ」

＊訳者註　本編に登場するスタインベックの引用は、『怒りの葡萄』については野崎孝訳（集英社版世界文学全集）を、『ハツカネズミと人間』については大浦暁生訳（新潮文庫）を使わせていただきました。

回心の道＊

私にはときどきあることだが、みなさんはどうだろう。学校から現実社会へと出ていった同級生がどうしているかを考えることはないだろうか。とりわけ、自分より成績がよくて、名前を忘れることのできない者たちのことを。あるいは、自分より成績が悪くて、滅多に名前を思い出すこともない者たちのことを。

たとえば、ニック・アトキンズだ。彼はクリケット・チームのキャプテンで、いずれはヨークシャー代表の、そして、イングランド代表のキャプテンをも務めるものと私は思っていた。が、実際のところは二軍の試合に二度出場しただけで、ハリファックス建築組合の支部長で終わっている。それから、スチュアート・バガリーはリーズ・セントラル選挙区から出馬して国会議員になるんだと広言していたが、二十年後は、とりあえずハダーズフィールド地区参事会歳入委員会委員長という高位についている。そして最後は、間違いなくだれもが軽んじていて、保険代理人の見習をしていたデレク・モットだが、彼はいま、ブラックプールでゲームセンターを経営している。

しかし、その当時の私でさえ、必ずや望みを叶《かな》えるのが明らかだと思われる少年が一人いた。母親の胎内に宿った時点で決まった運命だというのがその最大の理由で、つまるところ、マーク・ベアストウの父親はヨークシャー最大の、したがって世界最大でもある鋳鉄製造会社、〈ベアストウ＆サン〉の会長、サー・アーネスト・ベアストウだったのである。

在学中はベアストウをさほど知っているわけではなかったが、それは彼のほうが一学年上で、しかも、属している階級が文字通り違っていたからだ。大概の生徒は徒歩、自転車、バスで通学していたが、ベアストウは毎朝、運転手付きのリムジンでやってきた。父親はすでに出勤していて自分で息子を送る余裕がなく、母親は車の運転ができない、というのがその理由だった。

彼の制服が私のそれより上等だったことも、靴が手縫いだったことも、そもそも気にしていなかったから記憶にも残っていなかったが、私より背が高くて見た目もよかったのは憶《おぼ》えている。それに、成績もよかったから、ケンブリッジ大学のゴンヴィル・アンド・キーズ学寮《カレッジ》（Caius をキーズと発音することも、当時の私は知らなかった）へ進み、現代文学を学んだことは知っていた。

初めて口をきいたのは私が五年生に上がり、彼がスクール・キャプテンに任命されたときだったが、それは私が図書委員になって、月に一度、彼に報告に行かなくてはならないからに過ぎなかった。実際、学校の休みのときに一緒に旅行をしていなかったら――いや、誇張は慎むべきだろう……

その年、古参の教師で歴史を教えているミスター・フレッド・コステロは、恒例の、休暇を利用しての学習旅行の行き先の一つに欧州大陸――共同市場《コモン・マーケット》や欧州経済共同体（ＥＥＣ）になる前はそう呼ばれていた――を選んだ。私は大学へ進んで歴史を勉強したいと考えていたから、ドイツを見聞するのもいいだろうと両親も同意してくれた。

出発の日、リーズ中央駅で列車に乗り込んでみると、意外なことに生徒のなかにマーク・ベアストウの姿があった。が、同じ列車に乗っているというだけで、彼はやはりケンブリッジ大学へ進むことになっていたクライヴ・デンジャーフィールドと一等車に坐《すわ》っていたから、次に姿を見るのはベルリンの小さなホテルに着くまで待たなくてはならなかった。私は親友のベン・レヴィと相部屋だったが、ベアストウとデンジャーフィールドは最上階のスイートに入っていった。

総勢は十五人で、私は大半の時間をベンと一緒に過ごした。彼もまたリーズ・ユナイテッド、ヨークシャー代表、イングランド代表の順で応援していて、お互いに初めての外国だったから、忘れられない旅になりそうだった。

ミスター・コステロは第二次世界大戦では中尉《ちゅうい》としてエル・アラメインの戦いに参加したこともあったが、開明的な考えの持ち主で、第三次世界大戦を避ける方法がほかにあるなら別だが、そうでないなら共同市場に加わるべきだと強く信じていた。

私のなかでいつまでも色褪《いろあ》せることのないベルリンでの思い出は、オペラ・ハウスでもブランデンブルク門でもなく、かつては一つだった町を邪悪な蛇のようにうねって分断しているコンクリートの怪物だった。

「きみたちに想像してもらいたい」その壁を見上げる私たちに、ミスター・コステロが言った。「マージー川からハンバー川までが高さ四メートルの壁でさえぎられ、反対側にいる家族や友人に会えなくなったらどうだろう」

私の頭を一度としてよぎったことのない仮定だった。

ベルリンで数日を過ごしたあと、大型遊覧バスでドレスデンへ向かった。だが、バスを降りることは一度もなく、かつては歴史的な町だったものの残骸《ざんがい》を、信じられない思いで窓越しに凝視するばかりだった。イギリスもときに野蛮人同然にならないとは限らないのではないかと、私はそれを見て感じた。バスがベルリンへ引き返そうと動き出したときは安堵《あんど》を抑えられなかった。

翌日は夢が現実になった。車でレーゲンスブルクへ移動し、午前中、石炭を焚《た》いて黒い煙を吐きながらゆったりとドナウ川を下る遊覧客船でパッサウへ向かった。昼食をすませると、今度は列車で、三日間滞在することになっているミュンヘンへ行った。宿になったユースホステルは、下の階の共同寝室で実際に若い女性が寝泊まりしていた。次の日にはバイエルン州の州都を探検したが、かつてナチ党が誕生した地であることがわかるようなものは少なかった。私はヴィッテルスバッハ家の壮大な宮殿であるレジデンツに感嘆したが、マークはまるで旧知の友人でも訪ねているのではないかと思えるほどにリラックスして見えた。

夜はキュヴィリエ劇場で「ラ・ボエーム」を観《み》た。私にとっての最初の、そして、終生愛好するきっかけになってくれたオペラ観劇だった。そのときはまだ知るよしもなかったが、後年になって、私はミスター・コステロに受けた多大な恩に感謝することになる。彼は教室にいては到底不可能な、はるかに広い世界を見聞させてくれた。

次の日はアルテ・ピナコテークを訪れたが、デューラーやクラナッハを充分に鑑賞したとは、私は絶対に言えない。なぜなら、同じガイドについて絵を見て回っていた少女の一団が気になって、そのなかのとりわけ一人から目を離せなかったからだ。バイエルンでの課外活動とも言うべきもののなかには、初めての経験がいくつか含まれていた。ビール、フランクフルトソーセージ、オペラ観劇、そして、一人の少女からおやすみのキスをされたこと。彼女のほうが一目惚《ひとめぼ》れしたのだとは、私はいまも思っていない。ただ、もう一週間でも一緒にいたいものだと、そのときは思った。なぜなら、彼女は所属している階級が明らかに上で、だとすれば、二度と会うことはないと思われたからだ。

最終日、ミスター・コステロはわれわれ全員を現実世界へ引き戻し、行き先の書かれていないバスに乗せた。ミュンヘンから北へ二十キロは走ったと思われるころ、ダッハウという小さな町に着いた。私は親友のベンがユダヤ人であることはもちろん知っていたが、同じ学級にいる仲間として見ていただけで、人種どうこうなど考えたこともなかったし、諍《いさか》いがあったとしても、ヨークシャー代表の一番打者をだれが務めるべきかの口論ぐらいのものだった。祖母が荷物の入ったスーツケースを持って玄関に立っていた話をいつだったかしてくれたことがあったが、そのときの私は何のことだかさっぱりわからなかった。

バスが強制収容所の入口の前で停まり、われわれは落ち着かない気持ちを抱えて沈黙したまま外へ出ると、あまり嬉《うれ》しくない錆《さ》びた門を見上げた。なかに入りたくなかったが、ほかのみんながミスター・コステロのあとについていくので、仕方なしに歩き出した。最初にみんなの足が止まったのは大きな黒い壁の前で、千人もの名前がそこに彫り込まれ、ほんの何年か前にそこへきた人たちがいることを――もちろん、ツアーガイド付きの休暇旅行などではない――われわれに思い出させた。ベンは声を殺して泣いていた。そこには三十七人のレヴィ姓の人たちが刻まれ、彼の年齢まで生きられなかった者が三人も含まれていた。マーク・ベアストウは考え込んでいる様子だったが、動揺しているようには見えず、ほかの者たちはいつになく押し黙っていた。

若いドイツ人のガイドが、ユダヤ人を収容していたバラックを――アメリカ軍が解放して以来、そのまま手つかずで残されていた――案内してくれた。四段になった寝台が何列にも並び、マットレスは紙のように薄くて、枕《まくら》はなかった。一方の突き当たりに水が半分入ったバケツがあり、それがそこに収容された五十六人が使うトイレで、一日に一回空にされるのだった。しかし、それはまだ最悪の部分ではなかった。ミスター・コステロに容赦はなかった。

バスに戻ると、今度の目的地はハルトハイムだった。若いガイドが連れていってくれた無人の建物は、なかへ入ると、寒く、気味が悪く、時間が止まったままだった。ガイドが天井に空いているいくつもの穴を指さして説明した――あそこからガスが噴き出すのだが、その前に被収容者は裸にされ、扉を閉めて施錠《せじょう》されるのです。私は気分が悪くなり、最後の部屋へ足を踏み入れる勇気がなかった。そこの警備員によると、その巨大な焼却炉は一九三三年、ヒトラーが権力を握って間もなく建てられ、障碍《しょうがい》を持っているというだけで、罪もない人々が最終的に灰にされたのだった。

ようやく外に出てきたベンが四《よ》つん這《ば》いになって激しく嘔吐《おうと》した。私は彼の祖母のことを思い出し、〝荷物の入ったスーツケース〟の意味を初めて理解した。彼のところへ駆け寄って驚いたことに、マーク・ベアストウがすでに横に膝《ひざ》をつき、肩を抱いて、これまで口をきいたこともない少年を慰めようとしていた。

マーク・ベアストウの後を継いでスクール・キャプテンになったときは、彼の堂々とした格好のよさには及ぶべくもないとしても、それでも嬉しかった。最終学年は勉強に励み、ミスター・コステロの熱心な助けもあって、マンチェスター大学史学部に受け容《い》れてもらえた。ヨークシャー人が更なる教育を受けるためにペナイン山脈を越えてランカシャーへ行くのは大逆罪も同然なのだが、そうだとしても、私はその罪を犯すことにした。

卒業するころには、自分に最適な職業が何であるか、ミスター・コステロに助言を求める必要はなくなっていた。もしこの物語が校長についてのものであったなら、また、彼が教師であることによって得た充実の年月についてのものであったなら……だが、そうではないのだ。

ノーフォークのグラマー・スクールで教えていたとき、妻が妊娠した。私は彼女に、息子を産むにはヨークシャーへ戻らなくてはならないと説明した。さもないと、その子が祖国のためにプレイできなくなるから、と。妻はクリケットというゲームに関心があるわけではなく、結局生まれたのは女の子だったから、その問題が持ち出されることは二度となかった。だが、私はリーズに戻った機会を利用し、いまは法廷弁護士になっているベン・レヴィと会って、ヘディングリーで一日過ごしてローズでクリケット観戦をしないかと提案した。

ヨークシャー人たるわれわれは初球が投じられるはるか前に席に着き、午前の休憩の時点では、わがヨークシャーが77－2でリードしていた。「軽く昼飯でも食おうか」ハットン・スタンドの自分の席を立ちながらベンを誘い、プレジデンツ・ボックスをちらりと見上げたとき、長い時間が経《た》っているにもかかわらず、絶対に見誤るはずのない顔をそこに見つけた。だが、彼は聖職者用の襟のついた紫のシャツを着ていた。

私は一瞬まごつき、ベンの肘《ひじ》をついてボックス席を指さした。「彼じゃないか？」

「ああ、マーク・ベアストウだよ、今度リポン主教になったんだが、クリケットへの熱はいまだ冷めやらずだ」

「だけど、彼はわが国最大の鋳鉄製造会社、ベアストウの次期会長になると決まってるんだと、おれは昔からそう思ってたんだがな」

「したがって、世界最大の、だろ?」ベンが笑った。「しかし、彼はケンブリッジの一年目に神学へ専攻を変えたんだ。だから、主教になっても驚くには当たらんさ」

私もミスター・コステロに倣《なら》って、毎年ヨーロッパへの学習旅行を企画しつづけた。ローマ、パリ、マドリードと巡り終えたとき、そろそろベルリンへ戻り、ようやく壁が取り払われたドイツの首都がどう変わったか、それを確かめてもいいころだろうと感じた。

ベルリンは見違えるほどに変容していた。壁は落書きに覆《おお》われた小さな一区画だけが、しっかりとその場に遺《のこ》されていた。いまは教科書でしかそれを知らない若い世代に、両親や祖父母が何に耐えたかを忘れさせないようにするための醜い記念碑だった。

ドレスデンは鋼鉄とガラスでできた近代的な都市になっていて、ミュンヘンにいたっては、ドイツが戦争をしたことがあるとは、一目見ただけでは信じられなかった。

キュヴィリエ劇場では二人の生徒が、私が初めて「ラ・ボエーム」を観たときと同じ興奮を示してくれた。

最終日、私はまたもミスター・コステロと同じことをした。わが国で反ユダヤ主義がふたたび醜い頭をもたげはじめているいま、生徒をダッハウへ連れていくのは義務だと考えたのである。最初のときとまったく同じぐらい不安だったが、生徒たちにはそれを気取《けど》られないようにした。バスが正面入口の前で停まると、私は何も言わないまま先頭に立ち、錆がひどくなってさえいる門をくぐった。収容所は目に見える限りではまったく変わっていなかった。生徒がそこで命を奪われた人々の名前を刻んだ壁を見つめるしばらくのあいだ、私は三十七人のレヴィの名前にベンを思った。バラックも手つかずのままで、見ていると、部屋の突き当たりの水の入ったバケツを見た生徒たちが信じられないという表情に変わるのがわかった。これ以降、自分たちの宿舎が粗末だと文句を言う者はいなくなるだろうと思われた。

ガイドに連れられて博物館へ入ると、白と黒の縦縞《たてじま》のパジャマを着せられ、例外なく骨と皮に痩《や》せ衰えた被収容者の写真、命を奪われた男女がガス室から焼却炉へ引きずられていく写真が並んでいた。ヒムラーの写真まであって、だれがヒトラーの命令を実行したかを忘れられないようになってもいた。

私はドイツ人のガイドが気の毒になった。私より少し年上かもしれないし、その目はナチの時代を簡単になかったことにしてはいけないのだと語っていたが、戦争のあとで生まれたのは確かだろうと思われた。

そして、私がずっと恐れていた最後の場所、ハルトハイムのガス室へ行かなくてはならず、そこに入ったときはやはり気分が悪くなった。だが、少なくとも焼却炉が設置されている建物へ若い生徒を引率する勇気は失わずにすんだ。温度計に目をやり、壁に並んでいるスイッチを見て頭《こうべ》を垂れた。ふたたび顔を上げたとき、焼却炉の大きな扉が目に留まった。あの学習旅行のあと一人の若者が考えを変えてリポン主教になった理由が、そのとき初めてわかった。

ベアストウ&サン鋳鉄製造会社
一八六六年創立

寝《ね》盗《と》られ男

アダム・ウェストンとガレス・ブレイクモアは、毎週日曜の夜、ワインを二人で一本飲んで天下国家を論じると決めていた。

場所はいつも同じだったが、ワインはそうとは限らず、アダムが毎回ヴィンテージを選んでいた。イーヴシャムの外れで流行《はや》っている高級パブ、〈スワン・イン〉の経営者だからである。

ガレスはアダムの最古の友人で、リンカーンズ・インに事務所を構える成功した弁護士であり、最近勅撰《ちょくせん》弁護士にもなっていて、村の反対側にあるヴィクトリア様式の大きな屋敷で妻のアンジェラと暮らしていた。普段は七時ごろ、ロンドンへ発《た》つ前にやってくるのだが、今夜はそれがずいぶん遅れていて、アダムはその理由を知っていた。

九時を過ぎてようやく姿を現わしたガレスは疲れて落ち込んだ様子で、力のない笑みを友人に向けると、カウンターの奥の端のストゥールに腰を下ろした。アダムはワインを開けて二つのグラスを満たし、友人のところへ行った。

「これは？」一口飲んで、ガレスが訊《き》いた。

「ナパ・ヴァレーのカベルネ・ソーヴィニヨンで、専門家筋の評価は高くないんだが、常連に人気が出はじめているんだ」

「なるほど、わかるような気がするな」ガレスが言い、もう一口飲んだ。

「今週はどうだった？」アダムは訊いた。無駄にする時間はないとわかっていた。

「おまえさんが聞いて面白いことなんか一つもないよ。それより、そっちはどうだったんだ？　おれよりはましな一週間だろうから、話してくれ」

「いい一週間だったよ」アダムは言った。「グリーン・キングがあのパブを買わないかと言ってきたんだ。もっとも、いまはその金がこっちにないんだけどな」

「いくらだ？」

「三百万だ。売値としては妥当だし、向こう十年はあいつらのビールを出しつづけるという条件が付いているだけだ」

「いい話じゃないか」ガレスが言った。「おまえさん、去年はかなりの収益を上げただろう。それを考えれば、乗ってもいいんじゃないか？」

「総売上げが百万弱、そこから国や地方に払う税金、もろもろの経費を引くと、儲《もう》けはおれの給料を別にして九万ほどだ」

「投資する価値のある話だとおれは思うな」

「それで、そのパブのテーブルを十二、三、増やすつもりでいるんだ。サヴォイのシェフにも目をつけてある。毎日ロンドンまで往復するのはしんどいと愚痴ってるやつだ」

「そりゃかなり有望なようだが、銀行は何と言ってるんだ？」

「四パーセントの金利で百万貸してくれる。もっとも、そのパブも含めて、おれの全資産を担保にしなくちゃならんがね。それでもまだ百万足りないから、よそから調達する必要があるんだが、おまえさん、おれのパートナーになるつもりはないか？」

「一も二もなくうんと言いたいところだが」ガレスが言った。「タイミングが悪すぎるよ」

「しかし、おまえさんはこの国の法曹界で最も成功している法廷弁護士の一人だろう、新聞がずっとそう書きつづけているぞ」

「それもそう長くはないんじゃないかな」

「どうして？」

「アンジェラが離婚を申し立ててきたんだ。明日の朝、彼女の弁護士どもと予備的な話し合いをすることになってる。業界で一番強欲な連中だが、ことの真相を知らなかったものだから——おれ自身がそいつらを推薦したんだ」

「どういうことだ？」

「友人のために紹介してほしいとアンジェラに頼まれたんだが、その友人というのが実は彼女だったと、あとになってわかったというわけだ」

「それは何とも気の毒だな」アダムは言い、昔の級友をカウンター越しに見て付け加えた。「知らなかったよ」

「最近では女房と別れられるのを喜んでばかりはいられないからな」ガレスがまたワインを口にしてから言った。「それに、悪いのはほぼおれなんだ。平日はロンドンにいつづけて、週末も必ずこっちへ戻ってきていたわけじゃないから、仕方がないよ」

「だけど、離婚することになろうがなるまいが、それでも弁護士としてかなりの収入があるんだろう」

「その収入のすべてをはたかなくちゃならなくなりそうなんだ。アンジェラの弁護士どもは強硬でね、マナーハウスだけでなく南フランスの別荘もよこせと要求していて、しかもそれは序の口にすぎないときてる」

「でも、チェルシーのアパートがまだあるじゃないか。あれは結構な金になるんじゃないのか？」アダムは言った。

「そうだとしても、おれが生きていくためには、あれを手放すわけにはいかないよ」ガレスが答えた。「幸いにもアンジェラはあれを賃貸だと勘違いしてくれている。だから、来年には契約を更新しなくちゃならないと嘘《うそ》を教えてあるんだ」

「だったら、彼女が本当の価値に気づく前に一件を落着させるのが賢くないか？」

「状況が普通ならそのとおりだが」ガレスが声をひそめた。「アンジェラが浮気をしていたらどうだ？　その相手を突き止めることができたら、おれの立場はもっとずっと強くなるだろう」

「彼女が浮気をしていると、そこまで確信できる根拠は何なんだ？」

「ベッドの下にカフリンクが落ちていた。そして、それは間違いなくおれのものじゃない」

「ガレスがベッドの下に落ちていた、自分のものではないカフリンクを見つけたぞ」

アンジェラが黙って煙草《たばこ》に火をつけ、深々と煙を吸い込んでから言った。「それなら、これからはもっと用心しなくちゃね。わたしたちの関係を知られたら、わたしは弁護士チームが彼に要求している二百万を懐《ふところ》に入れられなくなり、あなたが買おうとしているパブにも投資できなくなるわけだから」

「だけど、きみはいまもぼくのパートナーになりたいのか？」

「もちろんよ、わたしに二言はないわ」アンジェラが答え、盛大に紫煙を吐き出した。

「でも、そのお金を手に入れるのに失敗したら、マイ・ダーリン、わたしは鉄格子《てつごうし》の向こうに行くことになるかもしれないわね」

「それはぼくの計画のどこにもないことだ」アダムは言った。「だが、きみと一緒に住めるようになったら、パブの最上階を複数の部屋に改装する。そうすれば、必要な追加の金がそれなりには入ってくるはずだからね。しかし、内装に関してはきみに助けてもらわないわけにはいかないだろうな」

「わたしでよければ、異存はまったくないわ」アンジェラが煙草を消した。「でも、いまでも思ってるんだけど、しばらくは大人しくしているほうがいいんじゃないかしらね」アダムは失望を隠せなかった。

彼女が身を乗り出し、アダムの唇にそっとキスをした。「だけど、彼が離婚書類にサインしたら」そして、唇を離して付け加えた。「わたしは自由よ。あなたのパートナーだけでなく、奥さんにもなれるんだから」

「この一件を早く落着させるようガレスを説得する方法をもう一つ思いついたんだ

アンジェラが興味を示して片眉《かたまゆ》を上げた。「チェルシーの彼のアパートの賃貸契約書を見せるよう要求するのはどうだろう」

「それはだめよ。このまま奥の手だと思わせておくほうがずっといいわ。いずれにしたって、あなたがグリーン・キングと交渉する邪魔にしかならないでしょうからね」アンジェラが頭を枕《まくら》に預け、シーツを引っ張り上げた。「ところで、そっちのほうはどうなの？」

「先週、向こうの代理人と会って話し合いをした。合意したよ。ぼくが頭金を支払う準備ができ次第、向こうが契約書を作成することになってる」

「だとしたら、あなたが日曜にしなくちゃならないのは、ガレスを説得して二百万を工面させ、あのパブがあなたのものになるようにすることだけね」

「ぼくたちの、だよ」アダムは言い、片手を彼女の脚の内側に置くと、シーツに潜り込んだ。

「ブルゴーニュだな」ガレスが言った。

「それぐらいはわかるだろう」アダムは応じた。「ボトルの形を見ただけで一目瞭然《りょうぜん》だ」

ガレスが眉をひそめ、もう一口飲んだ。「ずいぶんいいワインに間違いはないが、クロ・ド・タールかな？」

アダムは半分うなずいた。「惜しいな、もう一回だ」

ガレスがもう一口含み、答えが閃《ひらめ》いてくれるのを待つかのように天井を見上げた。「わかった、シャンボール－ミュジニーだ」

「よし、大正解だ」

「だとしたら、今週のおれにとって唯一《ゆいいつ》のいいことだよ」ガレスがグラスを干した。

「そんなにひどかったのか？」

「アンジェラが要求を吊《つ》り上げて、いまや二百万を要求してきてる」

「それなら、さらに吊り上げられる前に片をつけるほうが賢明なんじゃないか？」

「そうかもしれんが、浮気の相手がだれなのかわかりさえすれば、アンジェラもとたんに物わかりがよくなるんじゃないかな」

「しかし、チェルシーのアパートのことを嗅《か》ぎつけられたら、支払う金額が増えるだけだろう。冒す価値のある危険では絶対にないと思うがね」

「その懸念《けねん》はもっともだが、最終決断をするまでまだ一週間ある」

二杯目を注ごうとしたアダムを、ガレスが手を上げて制した。「おれはもういいよ、オールド・チャム。そろそろ失礼する。明日の朝十時に住居不法侵入の裁判があるんだが、まだ資料を読んでいないんでね。また日曜にな」

「そのときにはすべてが落着していることを祈ってるよ」アダムは言った。「どっちにころぶにせよ、な」

「カフリンクの片割れの持ち主を突き止められさえすれば、たぶんそうなってるはずだ」ガレスはストゥールを飛び降り、足早にパブを出ていった。

アダムは自分のグラスを満たしたが、ガレスの車がロンドン方面へ走っていくのを確認するまで手をつけなかった。そのあとボトルも一緒に持ってオフィスへ入ると、受話器を上げて、日曜には欠かさずかけている番号をダイヤルした。

「あいつは二百万を工面することを本気で考えるんじゃないかな」よく知っている声が返ってきたとたんにアダムは言った。「きみがあのチェルシーのアパートの本当の価値を知ったらどうなるか、ぼくからも教えておいてやったからね」

「見込みがありそうね」アンジェラが応《こた》えた。

「ただし、あと一週間は自分に猶予《ゆうよ》を与えるとさ。きみの恋人を突き止めるのを期待してのことだそうだ」

「だったら、今週は会わないほうがいいわね」アンジェラが言った。

「だけど、そろそろひと月も会ってないんだよ」アダムは哀願の口調になった。「もう待ちきれないよ」

「気持ちはわかるけど、マイ・ダーリン、ずっと一緒に住めるようになるのもそう遠いことじゃないんだから」

「そうだといいんだけどね」

「そんなに悲観的にならないのよ、アダム。何か知らせることができたらすぐに電話するから」

「いま話せる？」

「もちろん」アダムは小声で答えた。

「ガレスが二百万に同意したわ」アダムは歓声を上げそうになったが、パブに大勢の客がいたので何とか我慢した。「わたしの弁護士チームがいま書類を作っていて、月曜の午前中に彼がサインすることになってるの。だから、日曜の夜に会ったら、彼の考えが絶対に変わらないようにしてちょうだい。それだけでいいから」

「大丈夫、大船に乗った気で任せてくれ」アダムは請け合った。「そういうときのために、あいつのお気に入りのワインまで選んであるんだ」

「そのとき、ついでにシャンパンもアイス・バケットで冷やしておいたらどうかしら。彼が月曜にサインしたら、あなたとわたしでディナーと洒落《しゃれ》られるし、あなたの新しい家で二人の最初の夜を過ごしてお祝いができるでしょ?」

アダムはじりじりしながら電話の前で待っていたが、ようやく呼出し音が鳴った瞬間に受話器をひっつかんだ。

「いま家を出たから、数分でそっちへ着くはずよ」

「どうしてこんなに遅くなったんだ?」思わず声が尖《とが》った。「ぼくたちのことを知って、ロンドンへ帰ってしまったんじゃないかと疑いはじめていたぐらいだ」

「相変わらずの過剰反応ね、マイ・ダーリン」アンジェラが言った。「荷物がたくさんあって、それをまとめるのに時間がかかっただけよ。何しろもう戻ってこないんだから」

「安心したよ。あんまり長くはグリーン・キングを待たせておけないからね」

「大丈夫、月曜までは待ってくれるわよ」

「それから、あいつが書類にサインしたらすぐに電話をくれないか。そうすれば、向こうが要求している二十万の頭金をすぐに支払うから。もっとも、それでぼくは一文無しだけどね」

「その心配は無用よ、マイ・ダーリン。ガレスがサインしたら、わたしがすぐに百万をあなたの口座に移すから。それであのパブはあなたのものよ」

「ぼくたちの、だよ」アダムがふたたび訂正したとき、ガレスのジャガーが駐車場に入るのが見えた。「お着きだ」彼はささやいた。

「よかった。それじゃ、彼の考えが変わらないようにお願いね」

「それこそ心配無用だよ」アダムは受話器を置くと、腰を屈《かが》めて、カウンターの下から埃《ほこり》をかぶった一九八七年のプイィ・フュメのボトルを取り出した。その栓を抜いていると、ガレスが軽い足取りで入ってきた。何カ月ぶりかの明るい顔だった。

「今週は銘柄を推測する必要はないんじゃないかな」アダムは言い、二つのグラスをカウンターに置いた。「だって、おまえさんのお気に入りを選んでおいたんだから」

「何かのお祝いか?」

「おまえさんが自由の身になったお祝いだよ、決まってるだろう」

「どうして知ってるんだ?」ガレスが訊いた。

「顔に書いてあるじゃないか」アダムは答えたが、少し早すぎた。「で、これからは昔と同じようにやれるわけだ」そう付け加えてグラスを挙げた。

「いや、まだだ。明日の午前中に書類にサインするまではな」

「だけど、サインする考えに変わりはないんだろ?」

「迷ったんだが、総合的に考えた結果、おまえさんの助言を入れて、人生をやり直すことにした」

「二百万を支払うことになってもか?」

「屋敷とフランスの別荘もだ」

「まあ、少なくともチェルシーのアパートは残ったわけだ」

「それに、カフリンクもな」ガレスが言った。

「カフリンク?」

「忘れたのか? アンジェラが浮気をしている証拠だよ」

「あ、そうだったな」アダムは言った。「思い出した」

「さらに、そのカフリンクの片割れを持っているのがだれか、かなりの確信を持ってわかった気がする」

アダムは頬が赤くなるのを感じ、急いでワインを呷《あお》った。「おれたちの知ってるだれかか?」

「そうじゃない」

「それなら、どうして――」

「アンジェラのハンドバッグに、ニース行きのブリティッシュ・エアウェイズの航空券が二枚入っていた」

アダムが言葉を失っていると、ガレスがズボンのポケットからカフリンクを出してカウンターに置いた。アダムは紋章の入った青と銀のカフリンクを見つめた。

「アンジェラは明日の午前中にヒースロウ空港で愛人と待ち合わせて、二人でわれわれの――いや、彼女の、だな――南フランスの別荘へ行くつもりなんだろう」

アダムはカフリンクを見つめつづけた。見たこともない代物《しろもの》だった。

生涯の休日*

「うるさいんだよ、この糞尼《くそあま》」デニス・パスコーは妻に聞こえない声で吐き捨てた。妻のジョイスとはとうに離婚していてもよかったのだが、その余裕がなかった。三十四年前に結婚し、いまや不幸にも、それは死が二人を分かつまでつづくだろうと思われた。

ジョイスはデニスの第一希望ではなかったが、結婚に踏みきったのは、彼女のほうもそれは同じだろうと考えたからだった。別れないのは子供たちがいるからだと、デニスはたびたび自分に言い聞かせていたが、ジョアンナもケンももう外国で暮らしていたから、それはもはや説得力を失っていて、本当のところは惰性で一緒に居続けているに過ぎなかった。

デニスはサフロン・ウォルデン支線のオードリー・エンドの副駅長を最近退職したのだが、駅長といっても〝副〟がついてしまっては大した地位とは言えなかった。十四で学業を終え、資格もなく、いくつかの仕事の面接で不合格になったあと、英国鉄道の見習になった。オードリー・エンドはもっと大きなものへの足掛かりに過ぎないと母親には言ったものの、もっと大きなものが何かわからず、それが見つからないことが問題だった。

見習から車掌、出札係へと昇進していき、最終的には五人の部下を持つ副駅長になった。五人と言っても同時に勤務するのは三人だけで、実際のところ、〝副〟がついていては地元のゴルフ・クラブにも入れなかったし、ロータリー・クラブからも声がかかりそうになかった。

しかし、本当の問題はその支線についてグレート・イースタン鉄道が英国鉄道の肩代わりを始めたときに生じた。デニスは五十五歳の年金の満額受取りを条件に退職を選んだ。まだ若いからほかの仕事を見つけられるだろうし、その給料をわずかな年金収入の足しにすればいいと楽観していたのだ。しかし、もう一つの見込み違いは、退職した副駅長を受け容《い》れてくれる民間企業は多くなく、あるとしても夜警か学童通学路の誘導員ぐらいだということだった。その二つとも、ジョイスは考慮することすら許してくれなかった。

退職からさして日を経ずして、デニスはもう一つの発見をした。すなわち、結婚したとき、健やかなときも病めるときもともにあるとは誓ったが、一週間のうちの七日をともにあるとは誓っていない、ということである。ジョイスは一度も職に就いたことがなく、家をきれいにしておくこと、買いものをすること、料理を作ること、家計をやりくりすること、子供を育てることだけをしてきていて、自分が家事をやろうとしているときに邪魔をされるのを嫌がり、主婦に退職はないのだというのが口癖だった。

デニスが向かい合わなくてはならなかったもう一つの問題が、年金頼りではやりたいことが充分にできないことだった。しかもインフレのせいで、状況は老いるにつれて悪化する一方だろうとしか思えなかった。ノリッジ・シティ・フットボール・クラブのシーズン・チケットは手に入れたもののいい席ではなく、しかし、そこを買うのが精一杯だった。チームの運も負けず劣らずいいとは言えず、一部に残留できるか、昇格を目指す二部のチームとのプレイーオフを強いられるかの瀬戸際《せとぎわ》にあった。デニスにはもう一人、終生の恋人がいた。ジョイスならぬ切手である。七歳のとき、女王の戴冠《たいかん》を記念した〝連邦特別切手〟のシートを祖父にもらったことがきっかけで、これまでに世界じゅうから集めた切手は千種類を超え、五冊のアルバムに誇らかに収められていた。

最後の贅沢《ぜいたく》は切手商社であり出版社である〈スタンリー・ギボンズ〉の月報とカタ

ログの定期購読で、自分のコレクションに是非とも加えたいような稀少《きしょう》な切手を手に入れる余裕はもうないとわかっていたから、何時間もかけて隅々まで熟読玩味《がんみ》した。さしてすることもない一日を長い散歩で埋めようともしたが、雨が降っていたらいつもできるとは限らなかったから、そういうときは地元のパブの隅に坐《すわ》り、半パイントのビターを舐《な》めるようにして飲みながら、〈サン〉を読んで時間を潰《つぶ》した。昼食には必ず間に合うように家に帰り、食事のあとはソファへ移って、午後のテレビを観《み》たり、切手のアルバムを眺めて、眠りがやってくるのを待った。

妻が居間に掃除機をかけているとき、サンを読んでいたデニスはコスタ・デル・ソルのパッケージ・ツアーの広告に目を留めた。毎年恒例のスケグネス行きよりよほど面白そうだったから、掃除機が自分の周囲を回りはじめるのもかまわず、広告をもっと注意深く読みつづけた。交通費と宿泊費、航空運賃も含めて二百ポンド。あり得ないほどいい話じゃないか、とデニスは思った。だが、ジョイスが何と言うか？　にべもなく却下されるんじゃないだろうか？　そろそろささやかな冒険をしてもいいんじゃないかとどうやって説得するか、朝の散歩のあいだに思案をめぐらせた。

そして、昼食が終わるのを待って言った。「実にうまいソーセージとマッシュポテトだったよ、おまえ」ジョイスの顔が訝《いぶか》しげに上がった。テーブルの向かいから賛辞が呈されるなど滅多にないことだったから黙って続きを待つしかなかったが、答えがわかるまでに長くはかからなかった。「ところで、今年はスケグネスじゃないところへ行きたいと思ってるなんてことはないかな？」デニスはほのめかしてみた。

「そうだとしたら、どこへ連れていってくれるの？ ヴェニスへ二週間？ 見晴らしのいい断崖《だんがい》沿いの道路をのんびりとドライヴする？ それとも、ナイル川を下ってカイロに立ち寄り、ツタンカーメンの宝物でも見るとか？」

デニスは皮肉を無視して妻のほうへ新聞を押しやり、コスタ・デル・ソルの別荘の写真が見えるようにしてやると、何であれ意見を口にされるより早く、副駅長には特権があることを思い出させた。「それから、忘れないでくれよ、ヒースロウまでの鉄道運賃も無料《ただ》だからな」

この人にしては珍しい名案の一つだわね、とジョイスは本気で感心した。二週間も一緒にいなくてはならないのはいささか気が重かったが、それでも、申し込んでみることに同意した。

パスコー夫妻は夏休みを取るためにオードリー・エンドを出発した。不安と期待が入り混じっていたから、それが広告が豪語していたとおりの〝生涯の休日〟だとわかったときは嬉《うれ》しい驚きに襲われた。悪名高い格安航空会社ライアンエアーの便だったとしてもジェット族の仲間入りができたし、着陸した国は太陽が空からいなくなるのが夜に限られていた。スケグネスでは必ずしも、たとえ夏であっても保証されないことだった。

部屋は豪華という形容詞は当てはまらなかったが、きれいで心地がよく、三度の食事にソーセージとマッシュポテトが出てくることもなかった。ジョイスもビキニを着るにはとうがたちすぎているかもしれないし、夫のほうもつかなくていいすべてのところに贅肉がついていたが、少なくとも浜辺にビールの空き缶は散らばっておらず、海はぬるい風呂《ふろ》につかっているかのように温かかった。それに、友だちがたくさんできるという余禄《よろく》まであった。ご主人の仕事は何かと訊《き》かれるたびに、退職した駅長だとジョイスは答えつづけた。

二週間後、日焼けし、ゆったりとした気分でイギリスへ戻ったパスコー夫妻は早くも来年が楽しみになっていて、ジョイスに至っては、もっと遠くへ行くことを考えてもいいかもしれないとほのめかすありさまだった。

完璧《かんぺき》な休日が台無しになる恐れがあったのは、ロンドン北東のスタンステッド国際空港の手荷物受取り所でデニスのスーツケースがコンベヤに乗って出てくるのをいつまでも待ちつづけ、結局それが姿を現わさなかったときだった。しかし、何もかもが失われたわけではなかった。というのは、その日の夜になってジョイスがツアーのパンフレットを読み返し、そこに小さな文字でこう記されていることに気づいたからである――〝遺失物に関しては、五十ポンド以下であれば保険で補償されます〟。空港で出てこなかったスーツケースは彼女の母親のものだったし、大した価値のあるものはほとんど入っていなかったから、三週間後、玄関マットの上に三十四ポンド五十五ペンスの小切手が届いたとき、ジョイスはしてやったりと小躍りした。

ジョイスは質素倹約を旨《むね》とする主婦だったから、一月の大安売りが始まるのを待って、スーツケースとハンドバッグを新調した。普段ならその気にすらならないはずのことであり、そのときも多少の後ろめたさを禁じ得なかったが、それはデニスが断わりもなくプリンス・オヴ・ウェールズの記念切手セットを買ったときに雲散霧消した。

そのまま何事もなければパスコー夫妻の日々は平穏に過ぎていくはずだった。ところが、行方不明になっていたスーツケースが見つかったと後日知らせがあり、デニスは慌《あわ》てて保険会社へ連絡した。しかし、それは〝拝啓〟で始まって〝当該案件は処理済みでございます〟とスタンプが捺《お》してある、紋切り型の返信があっただけで何事もなく終わった。

三十四ポンドを使ってしまっていたジョイスはほっとしたが、同時に、ある考えが頭に浮かんだ……。

デニスはそれからひと月がかりで大手旅行代理店すべてに手紙を書き、そこから送られてきたパンフレットを一つ残らず検討することにそのあとの半年を費やした。まるでジョイスが試験官を務める試験の準備をするかのような真剣な取り組み方だった。それでも、次の夏休みをどこで過ごすべきか、それを妻に答えられるようになるまで、しばらく時間がかかった。

ジョイスもいくつかのパンフレットを取り寄せ、夫に負けないぐらい真剣に目を通していった。そして、今年はいつ、どこへ行くべきかを提案する準備がデニスにできたときには、彼女のほうもこの半年の成果を明らかにする用意が整っていた。

時間をかけて相談した結果、行き先はカナリヤ諸島のランサローテ島に決まった。

ジョイスはその休暇をさらに価値あるものにもできると自分が感じている、ある提案をした。それを聞いたデニスは馬鹿《ばか》なこと言うなとばかりに、即座に却下した。だって、と彼は妻を諫《いさ》めた。それは詐欺《さぎ》を働くということじゃないか。しかし、それから一週間、何度か長い散歩をし、地元のパブで半パイントのビターを何杯も時間をかけて空にしたあと、あの計画をもう一度、最初から最後まで詳しく話してくれるようジョイスに頼んだ。それでも、賛成する決心がついたのは、スタンリー・ギボンズのカタログの最新号を読み、喉《のど》から手が出るほど欲しかったペニー・ブラック切手がそこに載っているのを見たときだった。

ジョイスはたっぷりと時間をかけて隅々まで計画を練り上げていたらしく、自分たちがしなくてはならないことを何一つ疎《おろそ》かにすることなく説明したあと、疑問があったらそれを質《ただ》して弱点を指摘してくれるよう、夫に促した。デニスが考える限り、克服するのが難しそうな問題は一つしかなかったが、驚いたことに、妻はそれを回避する方法まで見つけていた。デニスは感心し、疑いの余地はまだ残ってはいたものの、遺漏があればそれを埋めて計画を完全なものにすることを妻に許した。

ヒースロウ空港行きの列車に乗り込んだとき、パスコー夫妻はどちらも二度目の〝生涯の休日〟を楽しみにしていたし、事実、ジョイスの立てた計画のどこかに致命的な瑕疵《かし》がまだあるのではないかと気に病むのをデニスがやめてさえいれば、その休暇はもっと愉《たの》しいものになったかもしれなかった。しかし、二週間後にイギリスへ戻ってきたときには、コスタ・デル・ソルの上を行くほど面白かったと意見が一致していたし、どんな仕事をしているのかと訊かれたら、必ずグレート・イースタン鉄道の重役を退いたばかりだと答えたが、ランサローテ島では充分な説得力を持ちつづけた。同じ帰国便に乗っていた客の全員がそれぞれの荷物をコンベヤから回収していなくなると、ジョイスが泣き出し、デニスは手を尽くして妻を慰めた。そのあと彼女は、同情しきりの若い手荷物係に対して、自分のスーツケースの一つが出てきていないのだと訴えた。徹底的な捜索が行なわれたにもかかわらず行方不明のスーツケースは見つからないようで、ジョイスのすすり泣きは止《や》むことがなかった。

サフロン・ウォルデンへ戻ると、ジョイスは二日待ってから、スーツケースが空港で出てこなかったことを知らせる手紙を、二つの保険会社へ宛《あ》ててそれぞれに投函《とうかん》した。そこには、ドレスが三着、下着類数点、靴が二足、香水一瓶、洗面用具入れ、さらにはお守りのブレスレット（写真まで添えられていた）が収めてあったことを告げる一覧表が添付されていた。

数日のうちに、まず八十四ポンド二十二ペンスの小切手が、次いで百十ポンドの小切手がそれぞれ届き、二つの銀行の異なる二つの名義の口座に預けられた。

クリスマスのセールでジョイスはロンドン中心部のデパートを何軒か回り、サイズの違うスーツケースを六つ買った。一方、デニスはペニー・ブラックは無理としても、ペニー・レッズの未使用切手をセットで手に入れ、自分のコレクションに誇らしげに加えた。

パスコー夫妻の大型スーツケースの一つが姿を消したことについて、キュナード汽船は文字どおり平謝りに謝った。緑色で、ジョイス・パスコーの名前がはっきり貼《は》ってあったと彼女が主張するスーツケースが、夫婦の三度目の航海が終わって船を降りるときに姿を消してしまったのだ。パーサーは全力を尽くして探し出すことをパスコー夫人に約束した。

数週間が経《た》って、損害を補償する小切手が数通送られてきた。その一方で、色もサイズも同じスーツケースの代金の請求が半年ごとにやってくるようになり、スタンリー・ギボンズからは新規発行や使用済みの切手が、稀少《きしょう》度を増しながら届くようになった。

「あんまり欲をかいちゃまずいわよね」カリブ海で冬の休暇を過ごして帰ってきて、またもや九通の小切手を手に入れたあとでジョイスが言った。

〝生涯の休日〟の大成功が五年つづいたころには、小さな家を買ってもお釣りがくるぐらいの蓄えができた。というわけで、夫婦はサフロン・ウォルデンの賃貸二軒長屋を出て、スティープル・バムステッドの〝待避線《ザ・サイディングズ》〟と命名されている住宅地の一画に茅葺《かやぶ》き屋根のコテッジを購入した。ここなら休暇で出会うような人々との接触も増えるだろう、というのがジョイスの考えだった。

次の夏の休暇をどうするかを二人で考えているとき、そろそろ補償を請求できる保険会社が底を突きそうになっていることをジョイスが打ち明けた。同じ会社にまた同じことを繰り返すのはまずいでしょう。デニスはそれを聞いてがっかりした。というのは、このところで地元のゴルフ・クラブの会員になり、ノリッジ・シティ・フットボール・クラブのセンター・ラインに本当に近い席のシーズン・チケットを手に入れて、ロータリー・クラブの副理事長になってくれないかと言われていたからである。それに、ますます稀少度を増した切手が、八冊に増えたアルバムに集まりはじめてもいた。本来ならこれはあり得ないことなのだとすぐにも受け容れただろうが、懐《ふところ》具合がよくなればいい目を見られるとわかり、それを失いたくないと考えている自分がそこにいた。

ある日の真夜中、ジョイスが夫を起こした。たったいま名案が浮かんだというのだ。

デニスはそれを熱心に聞き、眠りに戻れなくなった。それがうまくいったら、地方行政区会に立候補を考えることもできるかもしれなかった。

「でも、これで最後にしなくちゃね」ジョイスが言った。「だって、大きな保険会社はもう三つしか残っていないんだから」騙《だま》していない三社がどこなのかは教えてもらえなかった。

夏の休暇に出かける前にデニスがやらなくてはならない仕事をジョイスがリスト・アップし、そこには銀行の口座に残っている金を全額引き出すことが含まれていた。彼女は過去に補償申請をしていない三つの保険会社がパンフレットに小さな文字で印刷している条件を読み較《くら》べ、デニスはゴルフ・クラブとロータリー・クラブの友人に、結婚四十周年の記念にナイル川下りを考えていると吹聴《ふいちょう》した。妻が昔からピラミッドを見たがっていたし、ツタンカーメンの墓を訪ねたがっていたのだ、と。

ジョイスがツアーの申込書と参加費の小切手を投函して手続きは完了し、すべての準備が整った。あとはサウサンプトンへ向かって出発するばかりだった。

二〇〇一年七月十七日、デニスとジョイスは豪華客船〈バルモラル〉上の人となった。まずはオマーンのサラーラへ、そこからスエズ運河を抜けてポートサイド、そしてイスタンブール経由でサウサンプトンへ戻る海の旅の始まりだった。

〈著者からのお知らせ〉

ここまで書いたところで私は異なる三つの結末を思いついたが、どれにするかを決められなかった。よって、三つの結末をすべてここに記して、どれを選ぶかを読者にお任せすることにした。

〈A〉

船がイスタンブールに着くと、船客の何人かが手摺《てす》りから身を乗り出すようにして興味深げに見つめるなか、二人の警察官が豪華客船に乗り込んできて、パスコー夫妻の船室の番号をパーサーに尋ねた。

ジョイスは泣きながら夫と共に船を降ろされ、車で最寄りの空港へ連れていかれた。ヒースロウ空港へ向かう機内でも、スティープル・バムステッドの自宅へ走る黒いリムジンのなかでも、彼女の涙が止まることはなかった。

バリントン送迎会社のハイヤーがザ・サイディングズの正面の門の前で停まると、ジョイスがふたたび泣き出した。デニスは車を降りると、かつては自分たちのささやかな住まいだったものの残骸《ざんがい》を黙って見つめた。

ロータリー・クラブの会員でもある地元消防署の署長が急いでやってきた。

「残念だよ、デニス」彼が言った。「現場到着に一切の遅れはなかったんだが、茅葺き屋根に火が回ってしまっては、ほとんどなすすべがなかった」

「手は尽くしてもらったと信じているよ、アラン」デニスはその場にふさわしい落胆を表わそうとしながら応《こた》えた。

「でも、わたしたちはすべてを失ってしまいました」ジョイスは地元の新聞記者に訴えた。「それに、ここを再建するお金なんて元よりありません」その言葉とともに涙にくれるジョイスの写真が翌日の一面を飾り、彼女はそれを見て、保険会社が気づかないはずがないと確信した。まあ、すべてを失ったというのは嘘《うそ》だけどな、とデニスは内心でほくそ笑んだ。切手のコレクションがゴルフ・クラブのおれのロッカーに隠してあるんだから。

ジョイスとデニスは〈バムステッド・アームズ〉を予約し（滞在費は三つの保険会社の一つが支払ってくれた補償金でまかなわれた）、それからひと月をかけて新居を探した。保険会社は家財補償についてはすぐに対応してくれたが、家屋そのものに関してはもう少し時間がかかるとのことだった。

パスコー夫妻は村の反対側に同じような、しかし、屋根は茅葺きではない――火事になる危険を最小限に抑えなくちゃならないだろう、とデニスはゴルフ・クラブの友だちに説明した――コテッジを買って家具調度を整えた。それでも大金が残り、とても気持ちよく暮らすだけでなく、ときどきはオフ－シーズンに休暇を楽しむ余裕まであった。もうスーツケースが行方不明になる必要もなかった。

しかし、二人とも予想していなかった問題が発生した。退屈である。そのせいで、あっという間に互いの存在が癇《かん》に障《さわ》るようになった。
その解決策を見つけたのはまたもやジョイスで、デニスは一も二もなく賛成した。別人になって西部地方へ引っ越し、ふたたび〝生涯の休日〟を探そうというのである。

〈B〉

中東への旅の最初の寄港地はサラーラだった。パスコー夫妻はそこでタクシーを雇い、野外市場《スーク》へ案内させると、何百もの色彩豊かな露店に並ぶ何千もの質の異なる絨《じゅう》毯《たん》をゆっくりと見て回った。しかし、ジョイスがはるかに熱心だったのは、自分たちにふさわしい絨毯を見つけることではなく、自分たちの目的にふさわしいディーラーを見つけることだった。そして、ロータリー・クラブで講演してくれなどと頼まれる心配のない男を選び出した。飲みたくもないトルコ・コーヒーを一緒に飲まなくてはならなかったが、そのあとで、糸をたっぷり使った二つとない上物だと男が主張する絨毯の価格交渉に取りかかることができた。
一時間後、売り手のディーラーと買い手のジョイスの金額が一致し、デニスは即金で支払いをした。ディーラーから手渡された領収書には、稀少なシルクの絨毯に実際に支払った金額の四倍の数字が記されていた。

ポートサイドでは専門店を何軒か訪れ、最高の宝石だけを選んだ。そこにはネフェルティティの黄金のブローチ、クレオパトラにふさわしい真珠のネックレス、そして、ロータリー・クラブのご婦人連の羨望《せんぼう》の的になるとジョイスが確信した、ダイヤモンドをちりばめたブレスレットが含まれた。そして、領収書には今度も実際に支払った金額の四倍の数字が記された。万一保険会社へ補償申請をしなくてはならなくなった場合の再調達価格なのだ、とジョイスは説明した。

イスタンブールでは、ボスポラス海峡の釣り船を描いた油絵を一点購入した。自宅の居間のマントルピースの上に飾れば完璧だと、ジョイスが思ったのだ。法外な価格だったが、領収書にはその三倍の数字が書き込まれた。

バルモラルがサウサンプトンに帰り着いたとき、パスコー夫妻に余分な現金は残っていなかった。だが、いまや超の字がつくほど貴重な品々を所有していて、ジョイスの持っている領収書がそれを証明していた。

ジョイスは旅のあいだに買ったすべてを緑色の大型スーツケースに慎重に収め、荷物を受け取りにきたポーターに、ほかの二つの小型スーツケースと一緒に預けた。夫とともに荷物受取り所へやってきたジョイスは、エリザベス・テイラーも顔負けの演技で、消えたものへの愛着と未練を語ってみせた。

「緑色の大型スーツケースが一つでございますね、マダム?」

「そうよ」ジョイスは答えた。「旅のあいだに買った美しいものが一杯入っているの」

デニスは妻を何とかして慰めようとしている夫——これも堂に入りつつあった——の役を演じた。

報奨金を出すという約束を受けて、乗組員の何人かが緑色の大型スーツケースの捜索に取りかかった。が、一時間経っても、それを請求できる者はいなかった。

パスコー夫妻は最後の二人になるまで荷物受取り所に残っていたが、行方不明になった宝物が出てくる見込みはもうないと渋々諦《あきら》めて、ようやくそこをあとにすることにした。ポーターが夫妻のトランクと二つの小型スーツケースを台車に乗せて出口へ向かいはじめた。

デニスとジョイスは重い足取りで悄然《しょうぜん》とそのあとにつづいた。ところが、最近昇任したばかりの税関職員が追い打ちをかけるように傷心の二人を呼び止め、荷物をカウンターに置くように言った。ポーターは躊躇《ちゅうちょ》なくその指示に従った。

「国外におられるあいだに高価なものをお買い求めになりましたか、マダム?」

「いいえ」ジョイスが答えた。「お土産をいくつか買っただけで、大したものは何一つないわ」

そして、いそいそと二つのスーツケースを開けた。一方からはデニスの洗濯物と洗面用具入れが、もう一方からはきちんと畳んだ彼女の衣服が現われた。

「ありがとうございました」税関職員が言った。「トランクも拝見できますか？」ポーターがそれをカウンターに引きずり上げた。

「開けていただけますか、サー？」税関職員に言われて、デニスは妻を見た。

ジョイスはまた泣き出したが、さっきと違って、今度は気の毒そうな顔では迎えてもらえなかった。

「開けてください、サー」若い税関職員の口調がわずかながら強くなった。

デニスは自分では永遠とも思われるためらいのあとで渋々一歩前に出ると、トランクを解錠して蓋《ふた》を押し開けた。緑色の大型スーツケースが一つ、ほとんどぴったりとそこに収まっていた。

「スーツケースを開けてください」若い税関職員が言ったとき、上級職員がやってきた。

デニスはスーツケースのジッパーを引き、ゆっくりと蓋を開けた。この二週間に注意深く選んで買ったものがすべて露《あら》わになり、下級職員がそれらを一つ一つ取り出しては包装を剝《は》がしていった。上級職員はその品々を一つ一つ書き留めながら、初めて言葉を発した。

「これらの土産物の領収書はお持ちですか？」

「ええ」デニスは答えた。

「いいえ」ジョイスが否定したとたん、上級職員がハンドバッグを渡すよう促した。そこにぎっしり入っていた四十二枚の領収書が見つかるのに、時間はかからなかった。

職員はその一枚一枚を慎重に検《あらた》めながら大型計算機に数字を打ち込んでいき、ややあってから宣言した。「私が計算した金額をご自分の目で確認なさいますか、マダム？ 総額が二万七千七百十六ポンドになることがおわかりになると思いますが。さて、お二人ともちろんご存じでしょうが、何であれ五十ポンドを超す価格のものを国外で購入した場合には、四十パーセントの輸入税を納めていただくことになります」そして、計算機を見た。「あなた方の場合は、関税及び消費税として一万一千八十六ポンド四十ペンスをわが国に納める義務が生じたわけです。それができないのであれば、満額納入が完了するまで、ここにあるすべての購入品を差し押さえることになります」

〈C〉

オードリー・エンドへ戻る列車のなかで、これまでで最高の休暇だったとデニスとジョイスは意見が一致し、来年はどこへ行こうかと早くも計画を練りはじめた。スティープル・バムステッドまでスーツケースをいくつも引きずりながらバスを乗り降りするよりタクシーを使うほうが賢いのではないかとジョイスが提案し、デニスは同意して最後の十ポンドをはたいた。

タクシーがザ・サイディングズの正面の門の前で停まったとき、ジョイスが泣き崩れた。

デニスはタクシーを降りると、自分たちのささやかなコテッジだったものが残骸となってくすぶっているさまを言葉もなく見つめた。

ロータリー・クラブの仲間でもある消防署長が急いで二人のところへやってきた。

「残念だよ、デニス」彼が言った。「現場到着に遅れは一切なかったんだが、茅葺き屋根に火が回ってしまっては、なすすべはほとんどなかった」

「手は尽くしてもらったと信じているよ、アラン」デニスはその場にふさわしい落胆を表わそうとしながら応えた。

ジョイスは泣きやまず、やり過ぎではないかとデニスは不安になった。「前向きに考えるんだ」彼は妻の肩を抱いてささやいた。「家についても複数の保険会社から補償金が出るんだろ？」

「家に保険はかけてないの」心底悔やんでいる口調だった。「間違ってもこのコテッジが大したお金になるとは思えなかったんだもの」

負けたら倍、勝てば帳消し

「三番テーブルだが、ちょっとまずいんじゃないか？」支配人は自分の机の上のスクリーンを凝視しながら言った。

「どの客ですか？」警備主任が上司の背後につき、肩越しにスクリーンを覗《のぞ》いて訊《き》いた。

「後ろに美人を立たせている若い男だ。どう思う、アンドレ？」

「拡大してください」警備主任は言った。「もっとよく見てみましょう」支配人がボタンを押して待っていると、若者の顔がスクリーン一杯に大きくなった。「確かに」アンドレは同意した。「負けたら倍払わなくてはならないけれども、勝てば負け分が帳消しになるってやつですね。額に汗が滲《にじ》んでいるところからすると、おそらく大きな金額を賭《か》けてますよ」

「女は？」支配人が若い女性にカメラを切り替えた。彼女は男の肩に右手を置いていた。

「一夜限りの関係でないことは確かですが、それ以上は……」

「そう言い切れる根拠は？」

「どちらも結婚指輪をしています」

「デュヴァルを呼んできてくれ」

アンドレはすぐさま部屋を出ていき、支配人はスクリーンを見つづけた。すると、若い男がさらに千フランを13に置いた。

「馬鹿《ばか》！」支配人は思わず口走り、横の机の上に置いてある〈ル・フィガロ〉の一面をちらりと見た。三度も記事を読む必要はなく、見出しだけで充分だった。


〝モンテ・カルロでの大敗が原因の自殺者、ついに十一人〟


スクリーンへ目を戻すと、その若い男がまたもや13に千フランを置いた。「馬鹿」支配人は繰り返した。「いまでも問題は手に余ってるんだ、これ以上増やさないでくれ」

今週の初め、このカジノの経営者のクロード・リシュリューがパリからの電話で、つい最近政府が行なった指導についての懸念《けねん》を伝えてきた。フランス内務相がモンテ・カルロ賭博《とばく》協議会に対し、最近営業を開始したばかりのカジノを閉じるよう要請しているというのだ。メディアは賭博に起因する自殺、結婚の破綻《はたん》、破産について多すぎるほどの物語を作り上げ、賭博はフランスでは違法であり、だからこそモンテ・カルロで大金を稼げるのだと言い立てていた。支配人が内心で悪態をついたとき、リシュリューが付け加えた。「これ以上自殺者を出すわけにいかないぞ」

「しかし、だれかがしたたかに負けて、そのせいで自殺すると決めたら」支配人は訊いた。「われわれにはどんななす術《すべ》があるんでしょう?」

「だから、ルーレットに細工をして」リシュリューが答えた。「そいつに勝たせるんだ」

「それが失敗したら?」

そのときはどうすればいいか、リシュリューはこと細かに教えた。

ドアにノックがあり、今夜はディナー・ジャケットを着ていない数人のスタッフのうちの一人を連れて警備主任が戻ってきた。実際のところ、フィリップ・デュヴァルを通りで見かけたら、校長か会計士にしか見えないかもしれなかった。しかし、この短躯《たんく》禿頭《とくとう》の中年男には、カジノにとってはるかに貴重なもう一つの才能があった。五つの異なる言語を唇の動きだけで読むことができるのである。

「どの客ですか？」スクリーンを見つめて、デュヴァルが訊いた。

「この若い男だ」支配人はその客をスクリーン上でふたたび拡大した。「あの客について何がわかる？」

デュヴァルは目を凝らして観察していたが、しばらくは意見を控え、その若い客がまた千フランを13に置くのを見てようやく口を開いた。「フランス人、それもパリジャンです。後ろに立っている女性は、名前はマクシーヌ、奥さんでしょう。もっとも、二人が別の相手と結婚していれば別ですが」

「二人の会話を教えてくれ」

デュヴァルが身を乗り出し、注意深く口元を凝視した。

「男、『そろそろ運が変わるはずだ』」

「女、『もうやめたほうがいいわ、ジャック。宿代が残っているうちにホテルへ帰りましょうよ』」

「男、『きみだってよくわかってるだろう、マクシーヌ、ぼくが心配してるのは宿代なんかじゃない、この顔がパリへ現われる瞬間を手ぐすね引いて待ち受けている、あの借金取りどもだ』」

若者がまたもや千フランを13に置き、玉は26に入って止まった。

「男、『今度こそ』」

「今夜、トニーはきてるか？」支配人は訊いた。

「はい」警備主任が答えた。「九番テーブルにいます」

「三番テーブルと入れ替えろ。そして、玉を必ず13に入れさせるんだ」

「やつをもってしても、確率は五回に一回ですが」警備主任が確認した。

「三十七回に一回よりましだ」支配人は言った。「さあ、さっさとやれ」

「ただいますぐに」警備主任は部屋を飛び出してルーレットが回っている階へ急いだが、そこへたどり着いたとき、若者はすでに新たな千フランを失っていた。

「カメラを引いてください」デュヴァルが言い、支配人は見える範囲が広がるよう画面を操作した。「奥の隅の柱に寄りかかっているあの男をよく見てみたいんです」カメラはやはりテーブルをじっと見つめている中年男に近づいていった。「ル・フィガロの記者ですね」

「確かか！」支配人が叫んだ。

「その記事の横の写真と署名を見てください」デュヴァルが机の上の新聞をつついた。

「フランソワ・コルベールか」支配人は言った。「殺せるものなら殺してやりたいよ」

「あいつも同じことを思ってるんじゃないですかね」デュヴァルが言った。カメラは三番のルーレット・テーブルで二人のクルピエが持ち場を交換するところを映し出していた。

「13だぞ、トニー」入れ替わったクルピエがルーレットを回した瞬間、支配人は思わず声が出た。全員が見つめるなか、トニーの右手がテーブルの下に滑り込んだ。ジャックがまたも13に千フランを置き、トニーは小さな白い玉を投じた。若い客、支配人、警備主任、そして、デュヴァル、全員がその行方を追ったが、結局収まったのは27、13の左隣りだった。

「今度は大丈夫だろう」支配人は祈る思いだった。

「そう願いたいですね」デュヴァルが言った。「だって、あの若い客の残りチップは二枚しかないんですから」

若者はその二枚のチップをともに13に置いた。トニーがふたたび白い玉を投じ、ふたたびテーブルの下に人差し指を滑り込ませて、そこに隠れているレヴァーに触れた。六人が利害を同じくして見つめるのを尻目《しりめ》に、玉は36に入って動かなくなった。

「とりあえずは両隣りに入れることができたわけだから」支配人は言った。「今度こそ三度目の正直に違いない」

「ですが、客のほうが資金切れのようですよ」若者が反射的に妻を振り返るのを見て、デュヴァルが言った。

「彼は何と言ってるんだ?」支配人が訊いた。

「背中を向けられていて唇の動きが見えないんですが、女のほうをクローズアップしてもらえますか。ああ、彼女はこう言っていますね——『でも、これしか残ってないの。それを使って負けたら、わたしたちは一文無しよ』」

トニーがまたルーレットを回して玉を投げ入れ、三度《みたび》トリップ・ピンのレヴァーに触れた。玉はようやく13に落ち着いたが、客のほうがそこに金を置く時間がなかった。テーブルを囲んでいる者たちからため息が漏れ、振り返って結果を知った若者はいかにも諦《あきら》めきれない様子だった。「ぼくを信じてくれさえすれば、マクシーヌ、たったいま三十万フラン勝って、借金をきれいにできていたのに」

若い女性がすぐさまハンドバッグを開け、丸めた紙幣をクルピエに差し出した。トニーがそれを受け取り、ゆっくりと数えていった。

「一万フランでよろしいですか、お客さま?」トニーが抑揚のない声で言い、自分の横のプラスティックの箱に金を入れた。

「あの新聞記者から目を離さないでください」デュヴァルに言われて、支配人はフランソワ・コルベールへ目を走らせた。彼はジャックと妻の会話の一言一言を書き留めていた。

「くそ！」支配人が吐き捨て、クルピエに視線を戻した。

「13に全部《メルド》」若者が言った。

クルピエは副支配人を一瞥《いちべつ》してうなずきが返ってきたのを確認し、ルーレットを回して玉を投じると、またレヴァーに触った。玉は13に落ちたが一瞬のうちに跳ね返り、27に飛び込んで止まった。若者は切り裂くような悲鳴を漏らすと、立ち上がってテーブルを離れながら、マクシーヌに向かって怒鳴った。「きみのせいでほかに道がなくなったじゃないか」

マクシーヌがそばの椅子《いす》に崩れ落ちて泣き出し、夫はカジノの奥へ走ってテラスへ飛び出した。支配人は机を離れてバルコニーへ急いだ。若者は浜へ出て、海のほうへ走りつづけていた。よくよく目を凝らした支配人が危うく罰当たりな言葉を口走りそうになったことに、右手に拳銃《けんじゅう》が握られていた。

大急ぎで机に戻り、警備主任に電話をしようとした瞬間、一発の銃声が鳴り響いた。

「こっちへ戻ってくるんだ」支配人は電話に出たアンドレに命じた。「急げ」

支配人は壁に埋め込まれた大型金庫の前に立つと、八桁《けた》の暗証番号を打ち込んで頑丈な扉を開けた。「あいつの問題を解決するにはいくらあればよかったんだ？」

「三十万フランと言ってましたが」デュヴァルが答えたとき、アンドレが飛び込んできた。

「この金を持っていけ」支配人は腕に抱えた現金を警備主任に渡して言った。「ムッシュ・リシュリユーの指示を実行するんだ」

警備主任は今度は静かに部屋を出ると、裏階段を下りて通用口から浜に出た。ついたばかりの足跡を素速く月明かりで特定し、それをたどっていくと、人が口から血を流して砂に倒れていて、その横に拳銃が転がっていた。警備主任は顔を上げてだれにも見られていないことを確かめると、死んだ男のジャケットとズボンのポケットに札束を押し込み、最後に数フランを死体の近くの砂の上にまき散らした。

そのあと、自分のしたことをだれにも見られなかったのをもう一度確認し、立ち上がってカジノへ引き返した。建物のなかへ入るや、裏階段を駆け上がって支配人のオフィスへ走り込んだ。

「任務完了しました」と、それだけ報告した。

「よし。これで、賭博で大負けしたから自殺したなどとは、だれもほのめかしもできないはずだ」

マクシーヌは警備主任がカジノへ戻って姿が見えなくなるのを待って浜へ出ると、何度も後ろを振り返って、だれにも見られていないことを確認した。死体を見つけると砂に膝《ひざ》をつき、彼のポケットのフラン紙幣の束を取り出して、空っぽの大きなハンドバッグに入れていった。さらには、死体の近くに散らばっている紙幣も忘れずに拾い集めた。

そのあとまた膝をつくと、夫の額にそっとキスをし、カジノのほうをちらりと振り返ってからささやいた。「だれもいないわよ、あなた」

ジャックが目を開けて微笑《ほほえ》んだ。「パリでまた会おう、フランソワともな」妻はバッグを手に取り、足早に去っていった。

上級副支店長

1

アーサー・ダンバーはミスター・S・マクファーソンの口座を検討したあと、誇りに近い満足を覚えて最下段の数字に目を戻した。八百六十八万一千七百六十二ドル。それを去年の数字の八百十八万九千六百十四ドルと対照した。六パーセント増えていて、しかも、だれであれ忘れてもらっては困るのだが、彼のクライアントはこの一年、家計に関わるすべての費用と、おそらくは長年彼に仕えていると思われるレイドロー夫妻への四半期ごとの支払いも含めて、二十八万一千六百一ドルを個人の経費として計上していた。

アーサーは椅子《いす》に背中を預けて天井を眺めながら、またもやスコットランドはハイランドの、アンブローズにいる男のことを考えた。二十年近く前になるだろうか、この口座の管理を初めて任されたとき、前任者全員が異口同音に教えてくれたのが、鉄道で一財産できたからと八十七万一千ドルをその場で現金で預けて、これからスコットランドへ帰るのだと告げた――年上と言っても、当時のアーサーとほとんど年齢の変わらない――若い男のことだった。

いまこの時代に一万ドルの現金を持ってやってきたら、だれだろうと資金洗浄《マネー・ロンダリング》調査の対象と見なされるし、疑いが完全に晴れなかったら、その人物のファイルはトロント警察特別捜査班へ渡されることになっていて、アーサーはそれを思い出して苦笑いを浮かべた。

スコットランドにも優秀な銀行はたくさんあり、そのほうがはるかに使い勝手がいいはずなのに、なぜミスター・マクファーソンはいまだにナショナル銀行トロント支店（NBT）と取引をつづけているのか、アーサーは理由を突き止める努力をとうの昔にやめていた。しかし、これまで非の打ち所なく責任を遂行してきたおかげか、取引先を変えるという話が出たことは一度もなかったし、いずれにせよ、ナショナル銀行トロント支店としても最大のお得意の一人を失いたくはなかった。

このクライアントについて知っていることと言えば、同じ運命を共有していることぐらいだったが、長い年月のあいだに一つわかったことがあった。疑いの余地なく頭のいい、先を見通せるビジネスマンだということである。何しろ、最高の日々を享受《きょうじゅ》するに十分な資金を引き出しながら、同時に、元々の投資を十倍にもしているのだ。実際、これまでで儲《もう》けに失敗したのは、その間《かん》に暴落や政権交代、小規模とはいえ数え切れないほどの武力衝突が世界中で起こったにもかかわらず、ただの一度しかなかった。欠点らしい欠点はないようで、唯一奢侈《ゆいいつしゃし》と言えるのは、エディンバラの名の通った美術商である〈マンロー〉で絵を買うぐらいだったが、それも画家がスコットランド人の場合に限られていた。

ミスター・マクファーソンの金融に対する嗅覚《きゅうかく》が自分にないことを、アーサーはとっくの昔に認めていた。しかし、主《あるじ》の足下に控え、何であれ新たな指示が発せられたらだれにも気づかれない程度の金額を同じ株に自腹で投資することに、心から満足してもいた。というわけで、四半期の終わりに自分の口座を確認したとき、その金額は二十四万三千五百十九ドルになっていた。アーサーはミスター・マクファーソンに直接礼を言いたくてたまらなかった。というのは、定年退職がそう遠いことではなくなりつつあり、ささやかな蓄えと満額支給される年金をもってすれば、自力で手に入れたと思えるぐらいの心地いい人生終盤の日々を過ごせるはずで、彼自身、それを楽しみにしていたからである。

ミセス・マクファーソンなる女性がいるとしても、それをわずかでも感じさせる節はまるでなかったから、アーサーはミスター・マクファーソンも自分と同じく独身だろうと推測していた。しかし、彼を取り巻いている多くの謎《なぞ》と同様、確かなことはわからず、これからも推測の域を出ることはないと思われた。

だが、何週間か前からミスター・マクファーソンの口座の何かが気になっていて、その正体を明らかにできないまま日が過ぎていた。もう一度ファイルを開いて八百六十八万一千七百六十二ドルという数字を心に留め、すべての項目を一つ一つ丹念に確認していった。おかしなところはどこにもないようだった。

次に、異なる個人と会社が先月呈示した小切手を一枚ずつ確かめ、帳簿に記入されている数字と対照したが、すべて一致していた。日々の生活を維持するために普通にかかる経費、電気、ガス、水道といった公共料金、食料、ワイン、地元のハドソン新聞販売店の請求金額にまで目を凝らした。それでも、まだ完全には納得できなかった。そして、その日の真夜中、まるで雷に打たれたように閃《ひらめ》いた。多いのではない、少ないのだ。

翌朝、出勤するやいなや、真っ先にミスター・マクファーソンの帳簿を最下段の引き出しから取り出した。この前の四半期までページをめくり戻すと、直近の請求金額がほかの四半期のそれよりかなり少ないことが確認できた。これがかなり多いのであれば、とアーサーは思った。おれもすぐに気づいただろうし、不審に感じたはずだ。少ないという事実が興味を掻《か》き立てた。数字が変わっていない唯一の項目は、長きにわたって仕えている使用人、レイドロー夫妻への月々の支払いだけだった。

この不規則な事態を支店長に報告すべきかどうか、椅子に深く背中を預けて思案した結果、二つの理由でやめておくことにした。もうすぐ四季支払い日がやってきてミスター・マクファーソンの新しい指示が届くだろうし、そのときに支払い金額が減っている理由もきっとあっさりわかるはずだ。それに、新支店長のことははっきり言ってどうでもよかった。

そんなに昔ではないが、アーサーは自分が支店長になるのではないかと考えたときがあった。しかし、その希望は虚《むな》しく潰《つい》えた。モントリオール支店のストラットンという、アーサーの半分の年齢だが、マギル大学とウォートン・ビジネス・スクールを卒業した男に取られてしまった。そのあと――かつてはイギリス陸軍の歴史的歩兵連隊、シーフォース・ハイランダーズの曹長だったいまは亡《な》き父親の言葉を借りるなら――階級を一つずつ上げていって、つい最近になって上級副支店長の肩書を得た。しかし、銀行業界では周知のことながら、副支店長は複数いて、彼がその地位を与えられたのは、退職者が出て空席ができ、彼がその空席待ちの列の一番前にいたからで、父親なら〝年功序列〟と言ったはずの成り行きに過ぎなかった。

もっと小さな支店の支店長に自薦で手を挙げたことも二度ほどあったが、最終候補にも残れなかった。あるとき、重役の一人がこう言っているのが耳に入った。「ダンバーは兵士としては優秀だが、士官の素材ではまったくないな」

ナショナル銀行を辞めて競合他行へ移ろうかと考えたこともあった。だが、給料が同じでないことがすぐにわかったし、年金も長い年月一心不乱に真面目《まじめ》に勤めたあとで認められる金額と較《くら》べものにならないことも確かだった。考えてみれば、あと十八カ月でこの銀行に三十年丸々勤めたことになるわけで、そうすればいまの給料の三分の二を年金として受け取ることができる。三十年に満たなかったら、半分にしかならない。そうであるならば、あと十八カ月、この銀行にしがみついているしかなかった。

アーサーが机の上の小切手の束へ目を戻し、もう一度確認作業をしようとした矢先に電話が鳴った。受話器を取った瞬間、耳が憶《おぼ》えている快活な声が聞こえた。ミスター・ストラットンの秘書のバーバラだった。

「都合がよろしければきてもらえないだろうかとミスター・ストラットンがおっしゃっています――」〝都合がよければ〟というのは〝可及的速やかに〟と同義だった。

「――急いであなたと相談したいことがあるそうです――」〝急いで〟は〝いますぐ〟と同義だった。

「もちろんだ」アーサーは答えた。「すぐに行く」

支店長室へ呼び出されるのは好きではなかった。いいニュースは――皆無ではないにしても――稀《まれ》だった。この前呼び出されたときは、クリスマス・パーティの責任者をヴォランティアでやってくれと言われ、無報酬で自分の時間をたっぷり犠牲にさせられた。タイプ室の若い女性の一人が一緒に帰ってくれるのではないかと期待できたのも、もう遠い昔のことになってしまっていた。

そういう状況でも、いいことがまったくなかったわけではなく、その最たるものが、〝一途《いちず》〟と形容されるかもしれないものを持っているバーバラが入行してきたときかもしれなかった。彼女とはほかにも共通するところがたくさんあり、クラシック音楽を愛好しているところまで同じだった。もっとも、ベートーヴェンよりブラームスを好む理由は理解できなかったが。アーサーの人生最大の悔いは結婚を申し込まなかったことで、彼女は経理課のレグ・カルダークロフトの妻になり、結局アーサーは新郎付添い役を仰《おお》せつかるはめになった。

マクファーソンのファイルを閉じ、机の最上段の引き出しにしまって鍵《かぎ》をかけると、部屋を出てゆっくりと廊下を歩き、支店長室のドアをノックした。「どうぞ」とぶっきらぼうな応《こた》えが返ってきたが、それはミスター・ストラットンらしくないことだった。

ドアを開け、広々として高級な調度で整えられている部屋へ入ると、着席を促されるのを待った。ストラットンが笑顔でアーサーを見上げ、自分の向かいの椅子を指さした。アーサーは同じぐらい形だけの笑顔を返しながら、今度はどんなろくでもないヴォランティアを押しつけられるんだろうかと考えた。

「おはよう、アーサー」ずいぶん年下の支店長が言った。

「おはようございます、ミスター・ストラットン」アーサーは応えた。この若造が支店長になって初めて顔を合わせたときに〝ジェラルド〟と呼んだら、「職場にいるあいだはそれはしないように」とたしなめられた。社交的な場で会うことはなかったから、支店長をクリスチャン・ネームで呼んだのはそのときが最後だった。

「アーサー」ストラットンが相変わらず笑顔で言った。「本店から手紙がきたんだが、あなたにも知らせるべきだと思ったんだ。何しろ、ここの副支店長で、最も長く勤めてくれている行員の一人でもあるわけだからね」

真っ先に頭に浮かんだのは、〝こいつの狙《ねら》いは何なんだ？〟という疑問だった。

「実は人員削減を指示されていて、本店が要求している数字は」ストラットンが机の上の手紙を確認した。「一割だ。手始めに古参従業員に早期退職を勧めるよう、重役会が言ってきている」

若い連中に道を譲るという名目で人件費を半分にしようという魂胆だろう、とアーサーは言いたかったが、口にはしなかった。

「そして、当然のことながら、私はあなたがこれを願ったりの好機ととらえるんじゃないかと考えたというわけだ。去年のちょっとした懸念《けねん》を考慮するとね」

「あんなもの、懸念でも何でもありません」アーサーは否定し、ストラットンに思い出させた。「仕事を四日休んだというだけです。三十年近く勤めて、たった四日ですよ」

「実に立派だ」ストラットンが言った。「しかし、それが予兆の場合があるかもしれないとは思わないかな?」

「思いませんね」アーサーは言った。「私はいま最高に元気だし、あなたもよく知っているとおり、あと十八カ月勤め上げれば年金満額支給の資格を得られるんです」

「それは私もわかっている」ストラットンが言った。「だから、同情的でないとは思わないでもらいたいんだが、どうしようもないんだ」そして、また手紙を見た。「ほかのだれかに責めをなすりつけようとしているのが見え見えだった。「あなたなら私が直面している問題をわかってくれるに違いないと……」

「問題に直面しているのは、あなたではなくて私ですよ」アーサーはかつてないほど大胆に応じた。

「それから、これは是非伝えてほしいと重役会から言われているんだが」ストラットンが話の方向を変えた。「彼らはあなたが長きにわたって献身的に尽くしてくれたことを高く評価している。その印に敬意と感謝を表わす退職送別パーティを開いて、ナショナル銀行トロント支店に対する瞠目《どうもく》すべき奉仕を記念するにふさわしい贈り物をすることにした。どうだろう、きっと喜んでもらえると思うんだが」

「クリスプとピーナッツと、並みのテーブル・ワイン一杯のカクテル・パーティに、金貼《きんぱ》りの時計ですか。それは大変にありがとうございます。しかし、私は間もなく資格を得られる満額の年金のほうがはるかにいいですね」

「これはわかっておいてほしいんだが、アーサー」ストラットンがアーサーの皮肉を無視してつづけた。「私だってあなたのために懸命に抵抗したんだ。だが、重役会は……いや、あれがどんなものかは、あなたもよくわかっているだろう」

本当のところ、あれがどんなものか、アーサーはまったくわからなかった。重役の

って いた。

一人が通りでおれを見かけたとしても、だれだかわからないんじゃないかと、実は疑っていた。

「しかし、私はささやかながらあなたに喜んでもらえることもしたと思っている」ストラットンがあの偽善的な笑顔をふたたび浮かべてつづけた。「刑の執行猶予《ゆうよ》を勝ち取ったんだ」とたんに支店長の表情が変わり、その言葉を使ったことを明らかに後悔しているようだったが、それでも口を閉ざすには至らなかった。「早期退職対象者は次の四半期の終わりまでに辞めてもらうことになっていて、その期間は長くとも半年だが、あなたはあと一年、上級副支店長にとどまることができる」

「それだって、みんなよりたった半年長くいられるだけじゃないか」アーサーはほとんど感情的になっていた。

「状況を考えれば、それが私にできる最善のことだったんだ」ストラットンが言い張った。「詳細な条件については、一両日中に文書で連絡する」そして、束の間《つかま》ためらってから付け加えた。「実はアーサー、あなたにやってもらえないかと思っていたことがある。どうだろう、重役会のこの決定をほかの上級副支店長に伝えてもらえないかな。あなたはそういうことがとても得意だろう」

アーサーは最大限の威厳を保って立ち上がると、静かに言った。「地獄へ堕《お》ちるんだな、ジェラルド。たまには汚れ仕事をしたらどうだ、そもそもおまえがやるべきことだろう」そして、今度も形だけの笑顔を作ると、失礼するとも言わずに支店長室をあとにした。

自分のオフィスに戻るや、応援するアイスホッケー・チームのトロント・メイプル・リーフスがスタンリー・カップのロス・タイムの最後の一分でモントリオール・カナディアンズに負けたとき以来初めて、声に出して悪態を吐き捨てた。

それからしばらく狭いオフィスを無目的に歩きまわり、そのあとようやく腰を下ろした。そして、これからはだれかほかの者が口座管理を担当することを伝え、どうしてそうなったかという経緯を説明するために、ミスター・マクファーソンに宛《あ》てて手紙を書きはじめた。

二週間が過ぎたがアンブローズ・ホールからはなしのつぶてで、アーサーはそれが意外でならなかった。この最も大事な顧客について知っていることが一つあるとしたら、彼が礼儀正しくなかったことも、几帳面《きちょうめん》でなかったことも、一度としてないということだった。

アーサーは毎朝届く郵便物を一度検《あらた》め、念のためにもう一度検めた。しかし、ミスター・マクファーソンからの返事は届いていなかった。そのうえ、もっとミスター・マクファーソンらしくないことに、四季支払い日がカレンダーに現われたとき、いつもは必ずやってきていた、どこへどう投資するかを細かく指示し、これから三カ月のあいだに銀行にやってほしいことを要求する、タイプ打ちされた長文の手紙が姿を現わさなかった。

ある晩、眠りに就こうとしていたアーサーは、ミスター・マクファーソンらしくない振舞いについてもう一つだけ考えられる可能性が閃き、がばと起き上がったまま眠れなくなった。

その〝もう一つだけ考えられる可能性〟を受け容《い》れられないまま二週間が過ぎ、たぶんそうに違いないとようやく諦《あきら》めようとした矢先のことだった。ストラットンから退職の期日と年金についての詳細を確認する文書が届き、二十八年間ナショナル銀行トロント支店に尽くしたアーサーの頭に、初めて不誠実な考えがよぎった。

しかし、アーサーは生まれついて用心深かったから、その不誠実な考えが熟成するまでは、暫定《ざんてい》的な、後にそれしか頭になくなる計画を、考えることすらしなかった。

翌月はミスター・マクファーソン名義の小切手を一通残らず清算しつづけ、スコットランド銀行アンブローズ支店のレイドロー夫妻の共同名義口座へもその月の支払い分を入金した。だが、新しい小切手帳が印刷所から届いたときは、それをミスター・マクファーソンに送らず、自分の机の最上段の引き出しにしまって鍵をした。

これですぐに反応が現われるはずだという自信があった。もし……

アーサーは机の上の手紙を読み返しつづけた。ミスター・ストラットンの秘書が持ってきたもので、簡にして明だった。

〝大変に残念なことではありますが……〟

〝馘首《かくしゅ》〟の文字も、〝解雇〟の文字も、どこにもなかった。その代わりに、退職後の幸せを願い、これからの十カ月、ともに仕事をするのをとても楽しみにしているという、心にもない言葉が記されていた。アーサーは今年二度目の悪態を吐き捨てた。

それから月末まで何事もなく過ぎたが、ミスター・マクファーソンの手紙はこなかった。全行員が参加するクリスマス・パーティはみんなから大成功と見なされたが、アーサーだけは別で、最後までオフィスに残り、そのあとは独りで聖夜を過ごした。

アーサーはカレンダーを見た——一月七日。ミスター・マクファーソンからの連絡は依然としてなかったが、もうすぐ支払い業務をしなくてもよくなることもわかっていた。なぜなら、この前の四半期用の新しい小切手帳をミスター・マクファーソンに送らなかったからだ。しかし、アーサーは急がなかった。出口戦略を練り上げる時間はまだ九カ月もあり、長期戦を得意とする銀行家には願ってもないことだった。

次の四半期の終わりにもミスター・マクファーソンから指示はなく、意思の疎通《そつう》ができないほどの病気か、さもなくば死んでしまったに違いないとアーサーは判断した。そして、次にどう動くかを細心の注意を払って考えた。シェル石油から受け取った最近の配当について、受け取ったままにしておくか、新規に株を買い増すか、相談の手紙を書いてみるか。熟慮の結果、やめておくことにした。銀行のだれかが不審な動きをしていると、レイドロー夫妻に感づかれる恐れがないとも限らない。

アーサーは小切手が尽きるのを待って次の行動に移ることにし、印刷所から新しい小切手帳が届くたびに、ほかの小切手帳と一緒に机の最上段の引き出しにしまった。

忍耐は報われた。レイドロー夫妻がついに尻尾《しっぽ》を出したのである。最後の四通の小切手が清算すべく送られてきたとき、その金額が徐々に大きくなっていっていることにアーサーは気がつき、大胆な決断をして、口座には現金、株、債権を含めて八百万ドル以上残っているにもかかわらず、クック・トラヴェルのイビサ島二日間のパッケージ・ツアーへ振り出さなくてはならない最後の小切手を不渡りにした。説明を要求するミスター・マクファーソンからの怒りの手紙を待ったが、それがやってくることはなかった。計画の第二段階に入っても大丈夫だろう、とアーサーは自信を持った。

2

夏休みはどこへ行くのかと銀行で訊《き》かれたら——そういうことは少なかったが——、アーサーは必ずこう答えることにしていた。「ヴァンクーヴァーにいる姉を訪ねるんだ」しかし、その夏休みが近くなってくると、訪ねるのは姉だけでなく、現地の行政機関で仕事をしているアイリーンとマイク、甥《おい》のマイク・ジュニアと姪《めい》のスーにまで増えていた。作り話としてそれほどよくできているとは言えなかったが、三十年近くものあいだ嘘《うそ》をついたことのない人間の言葉とあれば、友人であれ同僚であれ、それを疑おうとはなかなかしないものだ。

次のひと月、アーサーはミスター・マクファーソンの富を多少保守的ではあるにせよ決して冒険をしないやり方で、きちんと投資しつづけた。それと並行して彼の個人口座から毎週少額を下ろし、結婚式の準備金を溜《た》める花婿《はなむこ》のようにして、最終的に三千ドルを少し越える現金を最上段の引き出しに貯《た》め込んだ。

夏休みに出発する一週間前の月曜日、アーサーはその現金をランチボックスに入れ、公園のお気に入りのベンチへと出かけた。しかし、その途中でカナダ・ロイヤル銀行へ立ち寄り、通貨両替カウンターに並んで、持っているドルをポンドに替えた。

火曜の昼休みにはさらに遠回りをして旅行代理店へ行き、トロント－ヴァンクーヴァー間の往復航空券を買った。支払いを小切手でして銀行へ戻ると、その航空券を机の端に置いてみんなの目に留まるようにし、それについて訊かれたときは、姉のアイリーンとその家族がヴァンクーヴァーにいて云々《うんぬん》という作り話を繰り返した。

水曜にはミスター・マクファーソン名義の新しいクレジットカードを申請し、これまでのクレジットカードが使えなくなるよう手続きをした。新品のカードが四十八時間後に届き、計画の第二段階を実行に移す準備が整った。

いつ夏休みを取るか、その日を慎重に選んだ上で、ミスター・ストラットンが毎年の休暇を取る二週間前と決めた。

金曜は午後六時を過ぎた直後に銀行を出ると、いつもどおり、バスでフォレスト・ヒルの小さなアパートへ帰った。これでよかっただろうかと悩んで眠れない夜を過ごしたが、土曜の朝陽がようやく昇るころには、計画を続行する――父親なら「あとのことはあとで考えろ」と言うはずだった――と、心は固く決まっていた。

ゆっくり朝食をとったあと荷造りをし、正午になる少し前にアパートを出てタクシーを止めた。普段なら無駄遣いだと一顧だにしなかっただろうが、これからの何日かは、することすべてが自分らしくなくなるはずだった。

国内線ターミナルの前でタクシーを降りると、エア・カナダのカウンターへ直行し、ヴァンクーヴァー行きの往復航空券をロンドン行きの片道航空券に切り替え、後ろのほうの席を予約した。差額を現金で支払い、シャトル・バスで国際線ターミナルへ移動すると、だれよりも早くチェックインを終えた。搭乗案内を待つあいだ、大きな柱の陰で俯《うつむ》き、〈トロント・スター〉を読んでいる振りをして顔を隠した。機内に一番先に入り、一番あとで降りるつもりだった。自分を知っているだれかがいたとしても、気づかれる恐れが少なくなると考えたからだ。

シートベルトを締めるや、隣りの席のカップルと口をきこうともせず、そんなことは普段でも滅多にしないにもかかわらず映画を二本観《み》て、その合間は狸寝入《たぬきねい》りでごまかしながら、七時間の空の旅を乗り切った。

翌朝、ヒースロウ空港に着くと入国審査の列に辛抱強く並び、パスポートにスタンプが捺《お》されたときには、一つしか持ってきていないスーツケースがコンベヤの上をすでに周回しはじめていた。無事に税関を通過したあと、またシャトル・バスで第五ターミナルへ行き、エディンバラ行きの航空券を今度も現金で買った。スコットランドの首都へ着くと、ふたたびタクシーに乗って、運転手が薦めるカレドニアン・ホテルへ向かった。

「滞在のご予定はいつまでいらっしゃいますか？」女性のフロント係が訊いた。

「今夜だけだ」アーサーは答え、ルーム・キイを受け取った。

またも眠れない夜を過ごすことになるのではないかと不安だったが、実際には枕《まくら》に頭をつけていくらもしないうちに眠りに落ちた。

次の日の朝、これも初体験だったが、ルームサーヴィスを頼んでベッドで朝食をとった。しかし、ホテルの近くの時計が九時を知らせた瞬間、ベッドサイド・テーブルの電話をひっつかみ、確認するまでもない番号をダイヤルした。

「スコットランド王立銀行でございます、ご用件を承ります」

「口座管理上級部長と話がしたいんだが」アーサーは言った。

「バカンです」別の声が返ってきた。「ご用の向きをうかがいます」

「私の口座を貴行へ移そうと考えているんだが」アーサーは言った。「なるべく早くお目にかかれないかと思ってね」

「もちろんでございます」声がいきなり好意の度を増した。「本日の午前十一時でいかがでしょうか、ミスター……」

「マクファーソンだ」アーサーは言った。「結構、では十一時に」

十時三十分を過ぎてすぐにホテルを出ると、ドアマンに教えられたとおりにプリンス・ストリートを下っていった。ときどき足を止めてショウ・ウィンドウを覗《のぞ》いたが、それは約束の時間より早く着きたくないからだった。

十時五十五分に銀行に入り、受付の女性にミスター・バカンのオフィスへ案内された。口座管理上級部長が机の向こうで立ち上がり、二人は握手を交わした。

「では、お話をうかがわせていただけますか、ミスター・マクファーソン」新規の顧客になりそうな相手が着席したとたんに、バカンが言った。

「一、二カ月後にスコットランドへ戻ってくることになっているんだが」アーサーは応えた。「ナショナル銀行トロント支店の上級副支店長が貴行を推薦してくれたんだよ」

「私どもと提携している銀行ですね」バカンが言い、机の引き出しから手続き書類を出した。

それから二十分、アーサーはこれまで自分がする側だった一連の質問を、される側になって受けつづけた。最後の質問に答えて手続き作業が終わり、署名欄に〝S・マクファーソン〟とサインをすると、身分を証明するものを持っているかとバカンに訊かれた。たとえば、パスポートなどですが……？

「本当に申し訳ない、パスポートはホテルに預けたままなんだ。クレジットカードならもちろん持っているんだが」

プラチナ・カードを差し出すと、口座管理上級部長は充分どころか、それ以上に満足したようだった。

「ありがとうございました」バカンがカードを返した。「それで、口座の移動はいつを予定されていらっしゃいますか？」

「一、二週間のうちにと考えているが」アーサーは答えた。「それについてのあなたへの連絡は、ナショナル銀行トロント支店上級副支店長のミスター・ダンバー――私の口座を二十年近く管理してくれている人物だ――にしてもらうつもりだ」

「承知しました」バカンが了承し、その名前を書き留めた。「連絡を楽しみにお待ちしましょう」

ホテルへゆっくり歩いて帰りながら、アーサーはご満悦だった。これ以上は望めないほどの上首尾だったじゃないか。部屋へ戻ると、スーツケースを持ってフロントへ引き返した。

「お部屋はご満足いただけたでしょうか、ミスター・マクファーソン？」フロント係が言った。「またのご利用をお待ちしております」

「遠からずそうなることを願っているよ」アーサーは現金で支払いをすませてホテルを出ると、ドアマンにタクシーを頼んだ。

駅でタクシーを降り、また列に並んで、今度はアンブローズまでの一等車の往復切符を買った。心地いい一等車を独り占めして過ぎ去っていく田園地帯を眺めていると、列車はいくつもの湖と松林の縁を迂回《うかい》しながら、ハイランドを奥へ奥へと入っていった。計画の成否を決定的に左右しかねない最も大事なときでなかったら、旅はもっと愉《たの》しかったかもしれない。

ここまではすべてが順調に進んでいたが、越えなくてはならない本当のハードルはレイドロー夫妻と初めて顔を合わせるときだということを、アーサーははるか以前に受け容れていた。

アンブローズに到着するや、アーサーはまたもタクシーの後部座席の人となり、町一番のホテルへ連れていってくれと告げた。すると、運転手がにやりと笑みを返して言った。「お客さん、このあたりは初めてのようですね。選択肢は二つ、ベル・インか、ベル・インかです」

アーサーは思わず笑ってしまった。「そういうことなら、ベル・インだ。明日の朝、十時に迎えにきてもらえるかな？」

「承知しました」運転手が嬉《うれ》しそうに答えた。「この車でいいですか、リムジンもありますよ」

「リムジンだ」アーサーは即答した。大物を相手にしているのだとレイドロー夫妻に思わせる必要があった。

「で、明日の行き先はどこなんです？」ベル・インの前に着いたとき、運転手が訊いた。

「アンブローズ・ホールだ」

運転手は振り返ってアーサーの顔を見直したが、何も言わなかった。

ベル・インはパブでもあり、バー・カウンターがフロント・デスクを兼ねていた。アーサーは一泊の予定でチェックインし、滞在期間は決まっていないと亭主に告げた。明日、アンブローズ・ホールの玄関を開けたのがミスター・マクファーソンだったら、次の便でトロントへとんぼ返りしなくてはならないからだということは黙っていた。

荷ほどきをして風呂《ふろ》を使い、着替えをすませると、すぐに階下へ下りてバー・カウンターの前に立った。イングランド人だと思われたのだろう、地元の数人の客から面白くなさそうな目で見られたが、口を開いたとたんに彼らの顔に笑みが戻った。

スコットランドの料理たる葱《リーキ》入りの鶏《とり》のスープとスコッチ・エッグを注文すると、常連客の目は依然として疑わしげだったが、ありがたいことに亭主はとても喜んだ様子でお喋《しゃべ》りの相手をしてくれ、一杯どうだとアーサーに勧められてからは更に機嫌がよくなった。

それから一時間、亭主に勧めた一杯が何杯にもなってボトルが空になりかけたあと、ミスター・マクファーソンを見たことのある者はこの町に一人もいないことがわかった。だが、亭主はこう付け加えた――「店をやってる連中に不満はないんですよ。だって、代金は支払い日にきちんきちんと清算してくれるし、この町にいくつかある慈善団体を支援してくれてもいるんだから」。おれはその団体を列挙できるかもしれないぞと思いながら、アーサーは〝清算してくれる〟という言葉と〝支援してくれてもいる〟という言葉を記憶に留めた。現在形を使ったからには、マクファーソンはいまも生きていると確信しているんだろう。

「おれの親父《おやじ》の代にここへやってきて」亭主がつづけた。「鉄道で大儲けしたと言ったらしいが、本当のことなんかだれも知らないんです」

アーサーは本当のことを知っていた。

「冬にあそこに独りでいるのは寂しいだろうな」アーサーはかまをかけつづけた。

「それに、あの丘陵地帯で三月に雪が溶けてることはめったにありませんしね」亭主が言った。「それでも、レイドロー夫婦が面倒を見てるし、女房のほうは料理の腕もいい。もっとも旦那《だんな》のほうは人付合いがよくないんですよ。招かれざるだれかが迷い込んだりしたときなんかことのほか冷淡です」

「行ってみようと思ってるんだ」アーサーは言った。

「寝酒はどうです？」亭主が未開封のウィスキーのボトルを掲げた。

「いや、やめておくよ」アーサーは辞退した。

亭主は残念そうだったが、それでもおやすみなさいと言って解放してくれた。アーサーはよく眠れなかったが、それは時差ぼけのせいではなかった。亭主の話を聞いているうちに、マクファーソンはまだ生きているのではないかと不安になったのである。そうであるなら、はるばるここまでやってきたのがまったくの時間と金の無駄になってしまう。それ以上によくないのは、もしストラットンの耳に入って……

次の日の朝、陽が昇ると――世界でもそれがずいぶん遅い地域であることはアーサーも知っていた――、風呂を使って着替え、一階へ下りて朝食を堪能《たんのう》した。ブラウンシュガーを添えたポリッジ、塩をした燻製鰊《キッパー》、トースト、マーマレード、湯気の立つ熱いコーヒーという、ニューヨークのデリカテッセンに勝るとも劣らないメニューだった。そのあと部屋に戻り、小さなスーツケースを荷造りした。今夜はどこに泊まることになるのか、まだはっきりしていなかった。

ふたたび一階へ下りて請求書を手にしたとき、一杯と言って亭主に勧めたグラスが何杯になったか明らかになったが、ここは出番ではなかったから、ミスター・S・マクファーソン名義のクレジットカードは財布のなかにとどめておいた。いまのところミスター・バカンに身分を証明するために使っただけで、それがとりあえずは唯一の目的だった。現金で支払いをすると、亭主の顔に浮かんでいた笑みがさらに大きくなった。

十時になる直前にベル・インを出ると、黒光りするダイムラーが待っていた。

「おはよう」と声をかけて、アーサーは豪華で坐《すわ》り心地のよさそうな革張りの後部座席に身体《からだ》を沈めた。

「おはようございます」運転手が応えた。「こいつを気に入ってもらえるといいんですが」

「最高だよ」アーサーは認めた。

「普段は慶事か弔事のときにしか使われないんですよ」運転手が言った。

おれの場合はどっちになるんだろう？　答えはまだわからなかった。

リムジンがアンブローズ・ホールへと走り出して間もなく、運転手がしばらくそこを訪ねていないこと、町のみんなと同じくミスター・マクファーソンを目の当《ま》たり《あ》にした経験がないことが明らかになった。だが、彼はにやりと笑ってこう付け加えた。

「あの老人が死んだら、このジョックにお呼びの電話がかかってくるってわけです」

やっぱりミスター・マクファーソンはいまも生きているんじゃないだろうかと、アーサーはまたもや不安に駆られた。

アンブローズ・ホールまでの道のりは、最初は道路だったものが徐々に細くなり、ついには小径《こみち》になって、遠く丘の上に真四角な城の小塔が見えたのは二十キロほど走ったあとだった。出迎えたのがミスター・マクファーソンだった場合と、レイドロー夫妻だった場合と、二つの挨拶《あいさつ》を準備していた。

ゆっくりと車道《ドライヴウェイ》を上って、正面玄関まで百メートル足らずになったとき、初めて彼が見えた。タータンのキルトをまとった巨軀《きょく》が、撃鉄を起こしたショットガンを小脇《こわき》に立っていた。牡鹿《おじか》が迷い込んで自分の前を横切らないかと待ちかまえているかのようだった。

「あれがハミッシュ・レイドローです」ジョックが小声で教えた。「よかったら、おれは車のなかにいさせてもらいます」

後部座席を出た瞬間にドアがロックされる音を聞きながら、アーサーはそろそろと獲物へ向かって歩いていった。

「何の用だ？」レイドローが詰問《きつもん》し、銃口が五センチほど上がった。

「ミスター・マクファーソンにお目にかかりたい」アーサーはまるで約束でもしてあるかのように答えた。

「ミスター・マクファーソンは知らない人間を歓迎なさらない。面会の約束がないとあれば尚更だ」レイドローが言い、銃口がさらに五センチ上がった。

「私には会いたいと思われるはずだ」アーサーは財布から名刺を出して大男に渡した。〈ナショナル銀行トロント支店〉の下に金の浮出し文字で記されている〝上級副支店長〟という肩書が望まれたとおりの効果を発揮する稀な機会かもしれない、とアーサーは期待した。

アーサーは名刺を検めるレイドローを観察し、一瞬ではあったがその顔に不安がよぎるのを見逃さなかった。借越しを認めてほしいと頼んだり、十分な担保なしで融資を求める顧客の顔に浮かぶ、これまで数え切れないほど見てきたのと同じ表情だった。

力関係が逆転したぞ、とアーサーは確信した。

「ミスター・マクファーソンは留守にしておられます」レイドローが言い、銃口を下げた。

「それは承知しているが」アーサーは危険を引き受ける覚悟で踏み込んだ。「私が訪ねてきた理由を町じゅうに知られたくなかったら」そして、ジョックを振り返って付け加えた。「なかに入れてくれるほうがいいのではないかな」アーサーはゆっくり玄関へと歩き出した。

アーサーが玄関の前に立った瞬間にレイドローがドアを開け、招かれざる客を応接間へ案内した。家具調度はすべて埃《ほこり》よけの布で覆《おお》われていたが、アーサーはその一枚を剝《は》がして床に落ちるに任せると、坐《すわ》り心地のよさそうな革張りの椅子に腰を下ろし、レイドローを見上げて命じた。「ミセス・レイドローにもここにいてもらいたい。あなたたち二人に話があるのでね」

「妻は関わっていません」威嚇《いかく》が不安に変わっていた。

何に関わっていないんだ？　アーサーは訝《いぶか》ったが、もう一度繰り返すにとどめた。「奥さんをここへ呼んでもらいたい。だが、その前に銃を置いてくれないか、レイドロー。もっとも、これまで犯した罪に殺人を付け加えたいのなら別だがね」

レイドローがそそくさと出ていき、アーサーは三方の壁に掛かっているマッキントッシュ、ファーカーソン、ペプローの名画を鑑賞した。数分後に戻ってきたとき、レイドローは中年の女性を従えていた。エプロン姿で俯いていて、夫の半歩後ろで足を止めたときにアーサーは初めて気づいたのだが、ひどく震えていた。

「あなたたち二人がこれまで何を企《たくら》んできたか、私はよく知っている」アーサーは相手が本気にしてくれることを願いながら口を開いた。「だから、本当のことを洗いざらい包み隠さず話してくれれば、可能性が高いとは言えないにせよ、あなたたちを救えるかもしれない。さもなければ、私はここを出た足で警察へ行くことになる。では、あなたから始めてもらおうか、ミセス・レイドロー」

「わたしも夫もあんなことをするつもりはありませんでした」レイドローの妻が口を開いた。「でも、あの人のせいでどうしようもなくなってしまったんです」

「おまえは黙ってろ」夫がさえぎった。「おまえの分もおれが話す」

「それはだめだ」アーサーは拒否し、レイドローの妻を見て、これが切り札になってくれることを願いながら言った。「まずはミスター・マクファーソンがいつ亡くなったかを教えてもらいたい」

「つい数カ月前です」妻が答えた。「ベッドで発見したんですけど、まるっきり血の気がありませんでした。だから、夜のうちに亡くなったに違いありません」

「そうだとしたら、どうして医者や警察、それにジョックへも連絡しなかったのかな?」

「曲がった考えをしてしまいました」彼女が答えた。「仕事を失うことになり、住まわせてもらっているロッジも出なくちゃならなくなるという不安に負けたんです。それで、何もしなかったらどうなるか、様子を見ることにしたというわけです。銀行からの小切手も毎月きちんと届きつづけたので、きっとだれにも知られずにすむと思ったんです」

「遺体はどうしたのかな?」

「埋葬しました。薪炭林《しんたんりん》の向こう側です」夫が割って入った。「あそこならだれにも見つかりません」

「悪意はなかったんです」妻が言った。「でも、二十年以上も大地主に仕えて、年金すらないんです」

その気持ちはよくわかる、とアーサーは言いたかったが、口には出さなかった。

「何一つ盗んでもいません」夫が言った。

「しかし、ミスター・マクファーソンの名前で小切手にサインをしたし、毎月の給金も受け取りつづけていたじゃないか」

「おれたちが生きるために必要な分だけですよ。この屋敷だってしっかり手入れして、荒れるに任せるなんてことはしていません」

「なるべく使うお金は少なくしようと用心していたんです」妻が言った。「さもないと不審に思われるからって」

「その用心が裏目に出たんだよ」アーサーは教えてやった。

「わたしたち、刑務所へ行くことになるんでしょうか?」妻が訊いた。

「私の指示を文字通りに実行してくれれば、そうならずにすむはずだ」アーサーは立ち上がった。「わかったかな?」

「おれが刑務所送りになるのはかまいません」夫が言った。「だけど、モラグは駄目です。あれはこいつの落ち度じゃなかったんだから」

「残念ながら、これに関してはきみたちは同罪だよ」アーサーが言うと、妻がとたんにまた震えだした。「では、ミスター・マクファーソンの書斎を見せてもらおうか」

それを聞いてレイドロー夫婦は驚きを顔に浮かべたが、すぐにアーサーを案内して応接間を出ると、広い曲がり階段を二階へ上がって、オフィスに改装した心地よさそうな広い部屋へ入った。

アーブロースの丘陵地帯を望む机へ歩み寄ってアーサーが驚いたことに、そこは塵《ちり》一つ見当たらず、主《あるじ》はいまも生きているという作り話を未来永劫《えいごう》まで事実だと信じさせる努力の跡が見えた。レイドロー夫婦が何歩か後ろに控えて見ていると、歓迎すべくもない客はその机に向かって腰を下ろし、レミントン・インペリアル・タイプライターに気づいてちらりと口元を緩めた。ミスター・マクファーソンが長い年月、数え切れないほどの手紙を認《したた》めるために使った道具だった。

「お茶をお持ちいたしますか、サー」レイドローの妻が申し出た。この家の主に対するような口調だった。

「ありがとう、モラグ」アーサーは応えた。「ミルクと、砂糖は一つだ」

妻の姿が消えたあと、一人残された夫はほとんど直立不動の姿勢で立っていた。アーサーは机の最上段の引き出しを開け、使用済みの小切手帳と、紛れもないマクファーソンの几帳面な文字で埋められている控えを見つけた。そのあと、アンブローズ・ホールのレターヘッドのついた便箋《びんせん》を一枚取り出して引き出しを閉めると、その便箋をタイプライターに挿し込んだ。

そして、自分に宛てた手紙を打ちはじめて〝敬具〟で終えると、便箋をタイプライターから外して読み直し、レイドローを見た。「これを注意深く読んで、サインをしてもらいたい」

レイドローは読み終えるはるか以前に驚きを顔に表わしたものの、羽根ペンをホルダーから外してインク壺《つぼ》に浸け、ゆっくりと書きはじめた——〝S・マクファーソン〟。アーサーは感心し、これまで偽筆と見破れなかったことを思いながら、ここまで完璧《かんぺき》に似せられるまでにどのぐらいかかったんだろうと訝った。そして、レター・ラックから封筒を取ると、タイプライターに挟んで宛先を打ち込んだ。

ナショナル銀行トロント支店

上級副支店長

ミスター・A・ダンバー

手紙を封筒に収めて封をしたとき、レイドローの妻がお茶とショートブレッド・ビスケットを盆に載せて戻ってきた。一口飲んでみて、文句のつけようのない淹《い》れ方だとわかった。カップをソーサーに戻し、二通目の手紙を書きはじめた。それが終わると、またもやレイドローに偽《にせ》のサインをさせたが、今度は内容に目を通させなかった。

「こっちは今日、投函《とうかん》して」アーサーは言った。「こっちは一週間後に投函するように」そして、二通の封筒を渡す前に釘《くぎ》を刺した。「二通目の手紙が二週間後に私の机に届いたら、数週間後に私自身がここへ戻ってくる。さもなければ、今度ここを訪ねてくるのは警察官ということになる」

「あなたがいないあいだ、おれたちはどうやって生き延びればいいんです?」レイドローが訊いた。

アーサーはブリーフケースから三通の小切手帳を取り出した。「これを使えばいい。ただし、ほどほどにだぞ。使いすぎだと私が判断したら、その小切手は清算されないからな。わかったか?」夫婦がうなずいた。「それから、便箋と封筒をもう少し注文しておいてくれ」アーサーは引き出しを開けた。「切手もだ」

引き出しを閉めようとしたとき、奥に押し込まれている書類が目に留まった。ミスター・マクファーソンの古いパスポート、出生証明書、遺言書だった。それらを手にすると、心臓が早鐘を打ちはじめた。その三つの書類を発見したことで、将来役に立ってくれるかもしれない情報が少なからず手に入ったのだ。〝S〟が何の頭文字かがついに明らかになったし、パスポートはマクファーソンが十六歳年上であることを教えてくれた。その写真は写りがいいとは言えなかったから年齢は十分にごまかせそうだったが、それでもトロントへ戻る前に差し替えるべきだろうと思われた。アーサーはパスポート、出生証明書、遺言書をブリーフケースに収めて鍵をかけると、立ち上がって出口へ向かった。レイドロー夫婦が従順にあとにつづいた。

「ミセス・レイドロー、埃よけの布を全部取り去って、この屋敷をミスター・マクファーソンが生きて住んでいたときと同じ状態に戻してもらいたい。それにかかる経費は惜しまなくていい。ただし、請求書は必ず私に送るように。この目で確認しなくてはならないからね」アーサーは夫婦と一緒に階段を下りながら言った。

「お戻りになるまでに、ミスター・ダンバー、何から何まであなたの期待に添うようにしておきます」彼女が請け合った。

「ミスター・マクファーソンの期待に添うように、だ」アーサーは訂正した。

「ミスター・マクファーソン」彼女が繰り返した。「主寝室も以前とまったく変わりがないように整えます」

「ほかにしておいたほうがいいことはありますか？」階段を下りきったところで、レイドローが訊いた。

「さっきの二通の手紙を間違いなく投函することと、ミスター・マクファーソンがまだ存命であるかのようにしつづけることだ。なぜなら、まだ存命なんだからな」アーサーが言ったとき、レイドローが玄関を開けた。

客がレイドロー夫婦――夫は帽子を握り締めているだけで、もう銃は手にしていなかった――と一緒に屋敷を出てきたのを見て、ジョックは運転席を飛び出し、上客のために後部座席のドアを開けた。

「今度はどちらへ、サー？」ジョックは訊いた。

「駅へ頼む」客が窓の向こうで手を振るレイドロー夫婦に応えた。もうアンブローズ・ホールの主であるかのようだった。

ヒースロウ空港へ戻る機内で、アーサーはミスター・マクファーソンの最後の遺言書を一行一行検討した。かなりの資産がレイドロー夫婦――それ以外の個人名はどこにもなかった――に遺《のこ》され、土地は地元のいくつかの協会と慈善団体に分割遺贈されていて、なかでも最も大きな部分がスコットランド寡夫《かふ》と孤児救済基金と少年犯罪更生信託基金に割り当てられていた。それにしても、スコットランドの若者がはるばるカナダくんだりまで行き、故国の人里離れたところで隠遁《いんとん》者のような人生を送ったあげく、どうしてこんなにあっさりした遺産分配をするのか、アーサーには理解しにくかった。

この詐欺《さぎ》計画を前へ進めるのであればパスポートと出生証明書が役に立つのはわかった。

っていたが、ミスター・マクファーソンの遺言書については、彼が死んだ時点で、それを執行する人間が所在をはっきり知っているものと考えなくてはならなかった。

ヒースロウ空港に帰り着くと、列車でパディントン駅へ向かい、そこからタクシーで内務省へ行った。建物に入るや結構な時間をかけて申請書の数ある項目を埋めていかなくてはならなかったが、それはアーサーの得意とするところだった。

すべての項目を一つ残らず見直し、のろのろとしか進まない列に並んでようやく先頭に出ると、カウンターの向こうに坐っている若い女性に書類を手渡した。彼女は申請書に注意深く目を通したあと、ミスター・マクファーソンの古いパスポートを返還するよう言った。アーサーがすぐさま差し出したそれには一つだけ、ほとんど気づかれる恐れはないと思われるわずかな変更が加えられていた。一九五〇年が一九六六年に変わり、元々の写真がアーサー自身のものに差し替えられていたのである。女性係官は申請書に訂正を要する部分が一カ所もないこと、不足している情報が皆無であることに明らかに驚いた様子で、笑顔でアーサーを見上げると、〈承認〉のスタンプを捺してくれた。

「明日の午後においでいただければ、ミスター・マクファーソン」彼女が言った。「新しいパスポートをお渡しできます」

今夜のトロント行きの便を予約しているのだと抗議しようかとも思ったが、顔を覚えられたくなかったからこう言うにとどめた。「承知した」

最寄りのホテルにチェックインすると、シューベルトの第五の演奏会の宣伝ポスターが目に留まった。会場はフェスティヴァル・ホール、演奏はベルリン・フィルハーモニック、指揮はサイモン・ラトル。

これ以上の旅はあり得なかったのではないか、とアーサーは思いはじめていた。

3

アーサーは自分の机の電話の支店長室へつながるボタンを押した。

「バーバラ、アーサー・ダンバーだ」

「お帰りなさい、アーサー。ヴァンクーヴァーは愉しかったですか？」

「最高だったよ。実際、退職したら向こうへ引っ越そうかと思っているぐらいだ」

「そうなったら、みんな寂しがりますよ」バーバラが言った。「あなたがいらっしゃらなかったら、この支店が立ち行くかどうか」

「大丈夫、立ち行くさ」アーサーは応《こた》えた。「ところで、ミスター・ストラットンはいつお戻りの予定かな？」

「ご夫妻は金曜にマイアミへ発《た》たれました。お戻りになるのは三週間後ですから、わたしたちがこの銀行を襲うには願ってもない好機ですよ」

「そして、一緒に逃げる」アーサーは笑った。「トロント版『俺たちに明日はない《ボニー・アンド・クライド》』か！　それはともかくとして、バーバラ、私はまだ上級管理職だからね、何か重要なことがあったら教えてもらえるかな？」

「もちろんです」バーバラが言った。「でも、副支店長もよくご存じのとおり、八月はお客さまの多くが休暇を取っておられますからね、大したことは起こりませんよ。でも、何かあったらお知らせします」

アーサーは毎朝欠かさず郵便物を確認したが、二通の手紙の最初の一通が届いたのは六日目で、アーサーは七日目も同じことをした。そして、レイドロー夫婦が指示どおりにやってくれているという確信がようやく生まれた。というわけで、今度は電話の別のボタンを押した。

「自動振替依頼担当」知っている声が応えた。

「スティーヴ、アーサー・ダンバーだ。たったいまミスター・マクファーソンから手紙が届いて、レイドロー夫妻の毎月の手当を増額するとのことだ」

「だれでもいいから、私のためにもそういうことをしてくれませんかね」スティーヴが言った。

「手紙のコピーを送るから、きみのところでファイルしておいてくれ」アーサーは冗談を無視して指示した。「九月の支払いに間に合うように手配できるか？」

「もちろんです、ミスター・ダンバー」

二通目が届くまでにはもう少し長くかかり、レイドロー夫婦が心変わりしたのではないかと不安にさえなりはじめたが、ついに月曜の午前中、郵便配達係がアンブローズの消印のある封筒を持ってきてくれた。計画の次の部分を完了するのに五日しかなかったが、優秀なボーイスカウトもかくやといわんばかりに、準備は万端整っていた。

アーサーは時計を見た。バカンはまだ少なくとも二時間は席にいるはずだったが、エディンバラと接触する前に内線電話を一本かける必要があった。受話器を上げてまた別のボタンを押し、口座管理部長が電話に出るのを待った。

「マクファーソンの手紙のコピーを見てくれたか、レグ？　今朝、きみのオフィスへ送っておいたんだが？」

「ああ、見たとも」カルダークロフトが答えた。「残念だったな、アーサー、長年尽くしたのに、さぞがっかりしてるんじゃないか？」

「いつかは起こることだったんだよ」アーサーは言った。

「それでも、きみの退職と重なるとはな。ミスター・マクファーソンに連絡して、考えを変えてくれるよう説得してみたらどうだ？」

「意味はないだろうな」アーサーは言った。「二十年近く、それをしていないんだぞ。いまになってやるはずがないだろう」

「それはそのとおりだが」カルダークロフトが抵抗した。「ストラットンが戻ってくるまで待って、やっこさんがどうしたいと考えるかを見てみるべきじゃないか？」

「残念ながら、新しい銀行法がそんな贅沢《ぜいたく》は許してくれないよ」アーサーは言った。「クライアントが他行へ口座を移すよう要求してきたら、われわれはそれを十四日以内に実行しなくちゃならない。それに、きみも見てわかっているだろうが、あの手紙の日付は十一日になっているんだ」

「マイアミへ電話をして、ストラットンに状況を知らせるべきじゃないのかな？」

「そうしたいのなら、きみがしてくれ、レグ……」

「いや、それは駄目だ」カルダークロフトが逃げ腰になった。「支店長が留守のあいだはきみが責任者だ。で、私に何をしてほしいんだ？」

「ミスター・マクファーソンの債券、株、その他すべての金融商品をまとめて、スコットランド王立銀行エディンバラ支店のミスター・バカンに送ってもらいたい。こっちから移した口座の管理を引き継ぐ人物だ。口座の移動を完了するのはいつがいいか、これからミスター・バカンに電話で問い合わせるから、また連絡する」アーサーは受話器を置いた。

深呼吸をしてもう一度台本を確認し、ふたたび受話器を上げると、交換手にエディンバラの番号を告げ、つながるのを待った。

「おはようございます、ミスター・バカン。ナショナル銀行トロント支店副支店長のアーサー・ダンバーと申します」

「おはようございます、ミスター・ダンバー」電話の向こうの声が応えた。「あなたの電話をお待ちしていました。二週間前にミスター・マクファーソンという方が訪ねてみえて、あなたから連絡があるとおっしゃいましたのでね」

「そうなんですよ」アーサーは言った。「私どもとしてはミスター・マクファーソンを失うのは残念なのですが——何しろ最高のお客さまでしたからね——、口座の移設先が私どもと提携している貴行だとわかって、それがせめてもの慰めでもあり、喜びでもあるところです。ミスター・マクファーソンの指示を滞りなく実行するために――」アーサーはもったいぶって聞こえるように努めた。「すべての必要な書類を至急お届けすべくすでに指示をして、今週末には処理を完了できると考えています」

「ありがとうございます」バカンが言った。「それで、ミスター・マクファーソンの現在の口座を当行へ移していただくのはいつが都合がよろしいでしょう？」

「木曜の午前中、いまぐらいの時間でいかがでしょうか」

「結構です。木曜の午後に口座を開設できるよう、すべての手配を整えておきます。それで、私どもが引き受けることになる金額はどれほどでしょうか？」

「正確な数字はいまは申し上げられません」アーサーは答えた。「というのは、ドルとポンドの交換比率がその日の朝になるまでわかりませんからね。しかし、四百万ポンド以上であることは確かです」

返事がなく、電話が切れたのではないかとアーサーは思った。「もしもし、ミスター・バカン？」

「ああ、失礼しました、ミスター・ダンバー」バカンがようやく応えた。「木曜のご連絡を楽しみにお待ちします」

ミスター・ストラットンは次の月曜にマイアミから戻ると、支店長室に入るや何分と経《た》たないうちに上級副支店長を呼びつけた。

「どうしてマイアミへ連絡をくれなかったんだ?」というのが、アーサーが部屋へ入って最初に浴びせられた言葉だった。

「読んでもらえばわかるはずですが」アーサーは自分がタイプで打った手紙を机の上に置いた。「ミスター・マクファーソンの指示に曖昧《あいまい》なところは一切なく、しかも、郵便以外に彼と連絡をとる方法がないということもあって、なすすべがほとんどありませんでした」

「その指示とやらを留保し、スコットランドへ飛んで、考えを変えてもらう努力をすることぐらいはできたはずだ。私が反対するはずもない」

「それをしても意味はなかったと思いますよ」アーサーは言った。「ミスター・マクファーソンはすでにスコットランド王立銀行エディンバラ支店を訪れ、ミスター・バカンという人物にでき得る限り速やかに口座を移すよう指示していましたから」

「そして、この前の木曜にそれをやったということだな」

「そのとおりです」アーサーは答えた。「政府が新しく設定した期限内に何とか処理を終えることができました」ストラットンの口元が強《こわ》ばった。「それでも、ささやかながら得をしてもいて、支店長もそれは評価してくださると思っているんですがね」

アーサーは愉快さを噛《か》み殺しながらつづけた。「つまり、ドルからポンドへの交換作業をわれわれのほうがやって、七万三千百四十一ドルの儲《もう》けを出したということです」

「確かにささやかな代償だな」ストラットンが不本意そうに認めた。

「そう言ってもらえれば嬉しい限りだよ、ジェラルド」

最後のひと月はすべてに遺漏《イン・アップル・パイ・オーダー》がないようにする——こういう言い方をするのは母親ぐらいだろうが——ことに費やされ、レグ・カルダークロフトが次の上級副支店長としてオフィスにやってきたとき、アーサーが果たすべき責任は一つしか残っていなかった。退職送別パーティでの挨拶の準備である。

「たぶんだれにも異論はないと思うが」ストラットンが言った。「アーサー・ダンバーほど誠実に尽くしてくれた行員はいないと言ってもいい。また、これほど長きにわたって支えてくれた者は絶対に彼を置いてほかにはいない。実に二十九年という年月だ」

「二十九年と七カ月です」アーサーは多少の感慨とともに訂正すると、古参の行員の何人かが笑いをこらえた。

「あなたがいなくなると、みんな寂しくなりますよ、アーサー」支店長の口元に偽りの笑みが戻った。「退職したらヴァンクーヴァーへ移り、一族のみなさんと新たな生活を始められるそうだが、そこでの日々が幸福で長くつづくことを、ここにいる全員が祈っています」

それにつづいて、「そうだ」と同意する大きな声があちこちから上がった。

「僭越《せんえつ》ながら当行を代表して」ストラットンがつづけた。「あなたにロレックス・オイスターを記念品として贈呈します。これを見るたびに、在職時を思い出してもらえれば幸いです。では、アーサー・ダンバー上級副支店長に乾杯」

「アーサーに」百を越える声が唱和し、高々とグラスが差し上げられたと思うと、すぐにまた、いくつもの声が催促した。「一言聞かせてくれ」会場が静まり、アーサーは前に出て、ストラットンと位置を代わった。

「まず最初に」彼は始めた。「こんな素敵な機会を作ってくれたみなさん、とりわけバーバラと、この素晴らしい記念品をくださったみなさんに感謝します」そして、支店長を見てつづけた。「あなたにもお礼を言います、ジェラルド。そして、これだけは申し上げなくてはならないのですが、この時計をくれた人たちのことを、〝アーサーに、NBTの仲間全員から〟という文字が裏に刻まれた日を、私は忘れることができないでしょう」全員が笑い、喝采《かっさい》するなか、アーサーは時計を手首に巻いた。「もしヴァンクーヴァーへくることがあって暇をもてあますようなことになれば、どうぞ私を訪ねてください」そして、内心で付け加えた。「もっとも、私が見つかることはないでしょうが」

アーサーは温かい拍手に感動しながら、みんなのところへ戻った。

「わたしたち、あなたが懐《なつ》かしくてたまらなくなるでしょうね」バーバラが言った。

アーサーは支店で最も光り輝いている宝石に笑顔で告げた。「私もきみが懐かしくてたまらなくなるだろうね」

4

アーサーは四季支払い日の午後六時に銀行を出ると、バスで自分の小さなアパートへ帰り、持ちものを全部スーツケースに収めて、トロント最後の夜を過ごした。

翌朝、鍵《かぎ》を管理人に渡し、タクシーを使って空港へ向かった。途中、一回だけタクシーを止め、自分の過去を詰めた四つのスーツケースを地元の赤十字の売店に持ち込んで、ヴォランティアに感謝された。

国内線ターミナルでチェックインをすませ、正午のヴァンクーヴァー行きの便に乗った。西海岸に着くと、一つだけ残しておいたスーツケースをコンベヤから回収し、シャトル・バスで国際線ターミナルへ向かった。列に並んで、ロンドン行きのビジネスクラスの航空券を最後のカナダ・ドルで購入した。機上の人となったときにはもはや疲れ切っていて、離陸から着陸までのほとんどを眠って過ごした。

ヒースロウ空港に着いて税関を通過するや、ふたたび第五ターミナルへ移動し、エディンバラまでの航空券をやはり現金で買った。搭乗案内を見るとまだ一時間の余裕があったが、ゆっくりと時間をかけて四三番搭乗口へ向かった。その途中にある洗面所のすべてに立ち寄り、個室に閉じこもってカナダのパスポートを一ページずつちぎり取っては、細かく引き裂いてトイレに流した。

チェックイン・カウンターが近くなったとき、古いパスポートは表紙だけになっていて、ミスター・ダンバーはそれをマクドナルドの前のごみ箱に捨てた。

「ご搭乗のお客さまにご案内いたします……」

ミスター・マクファーソンは機内に入った。

エディンバラに到着すると、タクシーでカレドニアン・ホテルへ行って滞在手続きをした。

「お帰りなさいませ」フロント係が迎え、クレジットカードと予約表を照合したあと、部屋の鍵を差し出して言った。「この前よりいいお部屋を準備してございます、ミスター・マクファーソン」

「ありがとう」七階のこぢんまりしたスイートへ案内されてみると、アイス・バケットにシャンパンが一本冷えていて、支配人手書きの歓迎カードが待っていた。アーサーはベルボーイへのチップを奮発した。

荷ほどきをすませると、ミスター・バカンに電話をして、今日の午後に面会する約束を取り付けた。ブラスリーで軽い昼食をとったあと、ゆっくりとプリンス・ストリートを歩いて、約束の何分か前に銀行の前に着いた。

「またお目にかかれて何よりです、ミスター・マクファーソン」口座管理部長室へアーサーが入ったとたんに、バカンが机の向こうで勢いよく立ち上がった。

「こちらこそ」アーサーは答え、握手をした。

「お茶かコーヒーでもいかがですか?」顧客が腰を下ろすや、バカンが訊《き》いた。

「いや、お気遣いなく。トロントの銀行が私の口座の移設を実行してくれて、それについて問題がないかどうかを確かめにうかがっただけだから」

「私の知る限りでは、問題は何もありません」バカンが答えた。「事実、ミスター・

ダンバーのおかげで、移設はこの上なく順調に完了しました。これからは私が口座の管理をさせていただくわけで、それを楽しみにしているのですが、ミスター・マクファーソン、現時点で何かご要望はありませんか?」

「新しいクレジットカードと小切手帳をお願いできるかな?」

「当行のゴールド・クラブ・カードでよろしいですか?」バカンが訊いた。「一日当たりの使用限度額は千ポンドで、身元証明は不要です。小切手帳についてはすでに指示をして、月曜には私どもの手元に届くことになっています。アンブローズ・ホールへお持ちしますか?」

「いや、それには及ばない」アーサーは言った。「何日かエディンバラで過ごして、それからアンブローズへ戻ることにしているのでね。月曜に私が受け取りにくるということでどうだろう」

「では、急ぐように言って、そのときに間違いなくお渡しできるようにしておきます」

「これまで使っていた、ナショナル銀行トロント支店のカードはどうなるのかな?」

「月曜に新しいカードをお渡しした時点で、私どものほうで失効手続きをさせていただきます。週末に不自由なさらないだけの現金はお持ちですか?」

「たっぷりとね」アーサーは答えた。

銀行を出ると、プリンス・ストリートをふたたび歩いて引き返した。バカンには黙っていたが、アンブローズを目指す前に買っておきたいものがあったし、コンサートやリサイタルへも出かけるつもりでいた。実際、ホテルまでの道々、四軒の店でスーツを三着、シルクのシャツを六枚、〈チャーチ〉の靴を二足と、特売でオーヴァーコートを手に入れた。この三年より多くのものを三時間で買っていた。プリンス・ストリートを下っていると、マンローのウィンドウにペプローの絵が掛かっているのが目に留まった。皿に盛られた果物を描いた作品で、大いに気に入ったが、彼の絵はすでに六点もあった。いずれにしても、過去にミスター・マクファーソンがたくさんの絵を買っている画廊に姿を見せるのは、賢いとは言えないかもしれない。というわけで、足を止めずにホテルへ引き返した。

冷たいシャワーを浴びて着替えると、ホテルの食堂へ下りて、余分な部分をきれいに切り落としたアバディーン・アンガス・ステーキと、新聞の色刷りの広告ページで読んだことのある赤ワインを一本堪能した。

請求書にサインするときには――書くべき名前を危うく忘れるところだった――、

眠る準備がすっかり出来上がっていた。エレヴェーターに乗ろうと〈スコッツ・バー〉の前を通りかかったとき、鏡に映る女性を見て振り返った。彼女はバー・カウンターの奥の端でシャンパンを飲んでいた。アーサーはそのまま歩きつづけたが、エレヴェーターの扉が開いたところでためらい、結局は踵《きびす》を返して、ゆっくりとバーのほうへ戻っていった。あんな美人がそもそも存在し得るだろうか？　それを突き止める方法は一つしかなかった。いずれにせよ、隣りにはもうだれかいるのかもしれないが。

もう一度見たとたん、アーサーはもっと虜《とりこ》になった。年の頃は四十かそこら、上品な緑の服は膝《ひざ》のわずか上までを見せているだけで、おそらく独身であるはずはないと思わざるを得なかった。さりげなくカウンターへ歩み寄り、ストゥール二つ分の間隔を置いて腰を下ろした。飲み物は注文したものの、彼女のほうを盗み見る度胸もなく、話をするなど論外だった。

「あなたも会議でこちらに？」彼女のほうが声をかけてきた。

アーサーは弾《はじ》かれたように彼女のほうを向き、緑の瞳《ひとみ》を見つめて、もごもごとつぶやくように言った。「会議、ですか？」

「ええ、ガーデン・センターの毎年の定例会議です」

「いや」アーサーは言った。「私は休暇です。あなたはその会議に出席するためにここに？」

「ええ、ダーラムで小さなガーデン・センターをやっているんです。ひょっとして園芸がお好きなんてことはありませんか？」

アーサーはトロントのアパートを思い浮かべた。窓台に植木箱を一つ置いてあるだけだし、アンブローズ・ホールに至っては敷地が四百ヘクタールを越えていた。

「残念ながら、そうだとは言えませんね」アーサーは何とか答えた。「ずっと街中に住んでいるものですから」そして、彼女のシャンパン・グラスが空になるのを見て付け加えた。「もう一杯どうです。ご馳走《ちそう》しますよ」

「ありがとうございます」彼女がバーマンにお代わりを注がせながら言った。「わたし、マリアンヌです」

「サンディです」アーサーは応えた。

「お仕事は何をなさっていらっしゃるの、サンディ？」

「株や何かの投資をちょっとだけね」アーサーはマクファーソンになりすまして答えた。「さっき、ガーデン・センターを〝やっている〟とおっしゃったけれども、経営者だということかな？」

「そうだといいんですけど」マリアンヌのお代わりが三回目になったときには、彼女が離婚していて、夫は彼女の半分にしかならない年齢《とし》の女と逃げてしまい、子供はなく、今夜はアッシャー・ホールでのシューベルトのコンサートを聴きにいくつもりだったけれども、チケットが売り切れていて叶《かな》わなかったことを聞き出していた。四杯目が空になるころには、ブラームスとベートーヴェンは同格だと見なしていることまでわかった。エディンバラからダーラムまでの距離はどのぐらいだろう、とアーサーは早くも考えはじめていた。

「もう一杯どうです?」アーサーは訊いた。

「いえ、もうやめておきます」彼女が応えた。「明日の朝の会議に最初から出るためにはそろそろ寝《やす》まないとね」

「私のスイートへ寄りませんか? シャンパンが一本あるんだが、一人で飲むのも味気ないから」われながら信じられないことを口走ったとアーサーは後悔し、きっと返事もしないで席を立たれてしまうに違いない、下手をすると横面《よこつら》の一つも張られるのではないかと覚悟した。詫《わ》びようとしたとき、マリアンヌが言った。「面白そうね」

そして、ストゥールを滑り降り、アーサーの手を取った。「何階なの、サンディ?」

これまでこういう夜は、夢で見るか、ハロルド・ロビンズの小説で読んだことしかなかった。三度身体を合わせたあとで、マリアンヌが言った。「わたし、そろそろ部屋へ戻らなくちゃ。さもないと、会長の開会の挨拶の最中に眠ってしまいそうだから」

「会議が終わるのはいつ？」アーサーは起き上がり、彼女が服を着るのを眺めながら訊いた。

「例年は四時ごろだけど」

「シューベルトのコンサートのチケットを手に入れる努力をしてみるから、それができたら二人で聴きにいって、そのあとディナーというのはどうだろう」

「素敵」と、マリアンヌ。「明日の夕方七時にフロントで待ち合わせましょう」そして、含み笑いを漏らしながら腰を屈《かが》めてキスをした。「おやすみなさい」

「それじゃ、明日」アーサーは言い、ドアが閉まるか閉まらないかのうちに深い、夢も見ない眠りに落ちた。

翌朝目覚めたときもマリアンヌのことが頭を離れず、プレゼントを買って今夜のディナーのときに渡すことにした。が、その前にコンサートのチケットを二枚、しかも売り切れていること必定の特等席を手に入れなくてはならなかったし、エディンバラ一のレストランをコンシェルジュから聞き出す必要があった。

時間をかけてシャワーを浴びているとき、気づいてみるとメンデルスゾーンの「夏の夜の夢」のアリアを口ずさんでいた。鼻歌をつづけながら新しいシャツを着て新しいスーツをまとっているあいだも、マリアンヌの喜びそうなプレゼントは何だろうと考えはじめた。やり過ぎは駄目だぞ、とアーサーは自戒した。だが、あれを一夜限りのこと以上のものだとおれが考えていると、疑いの余地なく思わせる必要はある。

ベッドサイド・テーブルを見ると、そこに置いてあるはずの財布と時計がなかった。引き出しを開けても、ギデオン版の聖書が一冊あるきりだった。急いでベッドの反対側のテーブルを検《あらた》め、バスルームを確かめて、ついには床に散らばっている新しいスーツのポケットまで探ってみた。ベッドの端にしばらく腰かけ、受け容《い》れがたい事実と戦った。この世のものとも思えないあんなに美しい生き物がそこいらの盗人《ぬすっと》だとは信じたくなかった。

仕方なくベッドサイドの電話の受話器を上げ、スコットランド王立銀行のミスター・バカンの直通回線をダイヤルした。くらくらするような思いで待っていると、耳が憶《おぼ》えている声が聞こえた。

「煩《わずら》わせて申し訳ない」アーサーは言った。「実はクレジットカードを紛失してしまってね」

「問題ありませんよ」バカンが応えた。「よくあることです。すぐに失効手続きをして、昨日のお約束どおり、月曜の午前中にお見えになったときに新しいカードをお渡しできるようにしておきます。それまでに現金が必要でしたら、立ち寄っていただければ融通しますが」

「いや、ご心配なく。月曜までは十分に持ち堪《こた》えられる」アーサーは嘘《うそ》を言った。金を盗まれたことまで知られたくなかった。

朝食をとろうと一階へ下りて驚いたことに、ガーデン・センターの会議など開かれていなかったし、マリアンヌという名前の女性も宿泊していなかった。食事をすませて長い散歩に出たものの、ウィンドウ・ショッピングでもするしかなかった。マリアンヌに打ってつけのプレゼントまで目に留まったが、だからといってどうなるものでもなかった。帰る途中でアッシャー・ホールの前を通りかかると、早くもキャンセルされたチケットを求める列ができていた。少なくとも、コンサートがあるのは本当のことらしかった。

歴史ある町を歩きまわり、ホテル限定で食事をし、B級映画を部屋で繰り返し観《み》るだけの週末はとても長く感じられた。土曜の夜にスコッツ・バーの前を通ったとき、若いブロンドの美人が見えたが、さすがになかなかに入る気は起きなかった。

月曜にはホテルのダイニングルームのメニューにも、部屋のテレビで観ることのできる映画にもうんざりして、早くアンブローズ・ホールへ戻って新しい人生を始めたくてたまらなくなっていた。唯一《ゆいいつ》意外なのは、この期《ご》に及んでもマリアンヌが忘れられないことだった。

5

月曜の午前中、荷物をまとめ終えるころには、二百ポンドとどうでもいいような時計を失ったのは、人生最高の夜を過ごした代償としては高くないと思うようになっていた。

時間を確かめようとしたが、手首に時計はなかった。この何日かで、アーサーは初めて笑みを浮かべた。バカンとの面会がすんだら、最初に間に合うアンブローズ行きの列車に乗り、マリアンヌのことも、金と時計を盗まれたことも忘れてしまうつもりだった。が、そうはいかないこともわかっていた。ミスター・バカンとの約束に遅れないようホテルを出たときには多少気分もよくなり、銀行に入ると出迎えの秘書が待っていてくれた。こんなたいそうな真似《まね》は最高の顧客にしかしないんだろうな、とアーサーは考えた。

「いい週末をお過ごしになれましたか、ミスター・マクファーソン?」秘書が尋ね、バカンのオフィスへアーサーを導いた。

「ありがとう、とても愉《たの》しかったよ」アーサーがそつなく答えたとき、秘書がドアを開けて、客が入室できるよう脇《わき》へ下がった。

とたんに凍りついたことに、バカンの右隣りの席にストラットンが、左隣りの席にはアーサーの知らない、がっちりした体格の大男がいた。

「坐《すわ》りたまえ、ダンバー」ストラットンが言い――口調が変わっていた――、ドアが閉じられた。

アーサーはここがトロントであるかのように支店長の命令に従ったが、口は開かなかった。

「一年前からきみが何を企《たくら》んでいたか、それを突き止めるのは難しいことではなかったよ」ストラットンが言った。「少なくとも、深刻な被害を被《こうむ》る前にきみに追いつくことができたしな」そして、三人目の男の正体を明らかにした。「それについては、エディンバラ市警察のマリンズ警部のおかげだがね」

アーサーは依然として黙ったまま、どのぐらいの刑期をつとめることになりそうかを警察官に訊きたい誘惑に駆られたが、こう質問するだけで我慢した。「どうして露見したんでしょう？」

「時計だよ」マリンズ警部が淡々と答えた。「〝アーサーに、NBTの仲間全員から〟と刻んであったからな。〝NBT〟が何を意味しているかがわかれば、あとは簡単だ。それに、あの女があんたのことを、きちんとした紳士で中部大西洋沿岸の訛《なま》りがあると教えてくれた。ナショナル銀行トロント支店へ電話を一本かけて、ロレックス・オイスターをあんたにプレゼントしたのがミスター・ストラットンだとわかったとたんに一件落着だ」

「どうやってマリアンヌにたどり着いたんだろう？」

「あんたのクレジットカードを使ってダーラムまでの列車の切符を買おうとしたんだが、運悪く、ミスター・バカンが失効手続きをしたあとだったというわけだ」

「私にわかっている限りでは」ストラットンが引き継いだ。「きみが遣ったミスター・マクファーソンの金は二千七百八十二ドルに過ぎない。だが、為替レートの差額でわが行が儲けたことになっている、いまとなってはミスター・マクファーソンの個人口座に戻さなくてはならない七万三千百四十一ドルは、そこに含まれていない」

「さらに、われわれとしては四百万ポンドをドルに交換したときに為替レートのせいで損をした四万九千百二十四ポンドを、ナショナル銀行トロント支店に請求しなくてはならない」バカンが付け加えた。

「ミスター・バカンはすでに株券と債券をはじめとしてすべての金融商品を返してくださっているから、私は今日、それを持ってトロントへ帰る。銀行へ着いたらすぐに、ミスター・マクファーソンの口座を完全復活させるつもりだ。だから、多少の運があれば、何があったかを彼に知られずにすむだろう。だが」ストラットンがつづけた。「きみはナショナル銀行トロント支店に十二万三千四百六十八ドルの損害を与えている。それに、この話が外に漏れたらわが行の評判を回復不可能なほどに毀損《きそん》しかねない原因を作ってもいる。しかし、ここにいるエディンバラ市警察官は寛容にも――われわれは彼に永遠に感謝しなくてはならないだろうな――」そして、マリンズ警部のほうへ顎《あご》をしゃくった。「きみが損失をすべて補塡《ほてん》することに同意すれば、必ずしも罪を問うことはしないと言ってくれている」

「同意しなかったら?」アーサーは訊いた。

「信頼されるべき地位にある上級銀行員だから」マリンズ警部が答えた。「スコットランドの刑務所に服役することになるかもしれない、刑期は六年から八年というところだろう。選択肢を与えられたら、私ならそっちは選ばないいな」

テーブルの向かいに坐っているストラットンが立ち上がってやってくると、ナショナル銀行トロント支店宛《あて》に作られ、あとはサインするだけになっている、額面十二万三千四百六十八ドルの小切手をアーサーに渡した。

「しかし、これにサインしたら、私はほぼ一文無しだ」

「きみのことだ、こうなることも想定していたのではないのかな」ストラットンが言い、ペンを差し出した。

アーサーは刑務所行きはお薦めでないというマリンズのほのめかしを受け容れ、渋々小切手にサインした。

ストラットンは小切手を取り戻して財布に入れると、警部を見て言った。「あなたと同じく、私どもも罪を問わないことにします」

マリンズの顔に失望が浮かんだ。

いかにもストラットンらしいな、とアーサーは思った。自分の背後は万全に固めて、他人のことなど知ったことかというわけだ。重役会すら何があったか、本当のことは知らされないのではあるまいか？　だが、ストラットンのすることにはまだ続きがあった。椅子《いす》の下からキャリー・バッグを引っ張り出し、それを空にして、アーサーの前のテーブルにカナダ・ドルを積み上げたのである。

「きみの口座は閉じさせてもらった」彼は言った。「わが行は未来永劫《えいごう》、きみとは一切関わりを持たないことにした」

アーサーはきちんとセロファン紙で包装された紙幣の束をゆっくりとキャリー・バッグに戻した。ストラットンがトロントへ帰る便のファーストクラスの代金もおれが払うことになるんだろう。

「時計はどうなるんです、警部？」アーサーはマリンズに向き直った。

「明朝十時にミセス・ドーソンが法廷に立つことになっているから、そのあとならいつでも返却可能だ。と言っても、判決が下るまでは無理だがね」マリンズが初めてアーサーを見て微笑した。

そして、片眉《かたまゆ》を上げて訊いた。「検察側証人になるつもりはないよな？」

アーサーは笑みを返した。「ご明察ですよ、警部。たとえそれが私の罪を問わない条件だとしても、お断わりします」

マリンズが眉をひそめるのを尻目《しりめ》に、アーサーは席を立って部屋を出た。笑顔も、握手も、もちろん、正面入口までの見送りもなかった。茫然《ぼうぜん》として銀行をあとにすると、のろのろとホテルへ引き返した。これからどうしたものか、よくわからなかった。

プリンス・ストリートをほんの百メートルほど歩いたとき、窓に黒々と記されている文字が目に留まった――〈ヘンダーソン&ヘンダーソン法律事務所〉。

6

被告席に着いた彼女は疲れて弱々しく見えた。

廷吏が起立し、告訴状を読み上げた。「本法廷はマリアンヌ・ドーソンを被告とし、以下の三件の容疑を審理する。一つ、ミスター・マクファーソンなる人物のクレジットカードを盗み、それを使ってダーラム行きの列車の切符を購入しようとした容疑。これについて、被告はどう主張するか。有罪か、無罪か？」

「有罪です」被告がほとんどささやくような声で答えた。

「二つ目」廷吏がつづけた。「ミスター・マクファーソンなる人物から約二百ポンドを盗んだ容疑。有罪か、無罪か？」

「有罪です」彼女は繰り返した。

「三つ目、同じ紳士からロレックス・オイスターなる時計を盗んだ容疑。有罪か、無罪か？」

マリアンヌが顔を上げ、裁判官を見て小声で言った。「有罪です」

裁判長が被告席を見下ろして訊いた。「被告側弁護人は出廷していますか?」ピンストライプのスーツを着て白いシャツに黒のネクタイを結んだ、長身で風格を備えた紳士が起立して答えた。「私がミセス・ドーソンの弁護を担当します」治安判事《ザ・ジャスティス・オヴ・ザ・ピース》が驚いたことに、こんな取るに足りない小事件の被告の弁護を引き受けているのは、エディンバラで指折りの弁護士だった。

「ミスター・ヘンダーソン、被告は三件すべてについて有罪を認めていますが、あなたとしては情状酌量による刑の減免を申し立てられるのでしょうね」

「もちろん、そのつもりでおります、裁判長」弁護士が上衣《うわぎ》の襟を引っ張って応えた。

「まず本法廷に聴いていただきたいのは、被告は非常に過酷な離婚を経験していて、高等法院家事部が扶助料をもって彼女に報いるよう命じたにもかかわらず、夫は裁判所からの督促命令が出たあとですら、その責任を果たす素振りも見せていないのです。最近まで」ミスター・ヘンダーソンはつづけた。「被告はダーラム・ガーデン・センターにおいて上級管理職の地位にありましたが、そこが〈スコッツデイルズ〉と合併したために余剰人員整理の対象になってしまいました。また、四年前の駐車違反を別にすれば、被告は今回が初犯であることも、本法廷に考慮していただけると確信する次第であります。しかしながら、ミセス・ドーソンはこの上なく深く悔悟しているだけでなく、職が見つかり次第、可及的速やかに、最後の一ペニーまでミスター・マクファーソンに返済すると決意してもいます。最後に、今日までミセス・ドーソンは高潔な市民であると、社会が一点の曇りもなく認めていることを指摘しておきたいと考えます。判決に至る前にそのことも考慮していただきたく、本法廷にお願いする次第です」

「ありがとうございました、ミスター・ヘンダーソン」裁判長が言った。「同僚と協議するあいだ、しばらくの猶予《ゆうよ》をいただきます」

ヘンダーソンがお辞儀をすると、三人の判事が協議を開始し、ついに意見の一致を見た。

裁判長が被告に向き直った。

「ミセス・ドーソン」判決の言い渡しが始まった。「博学なる弁護人から情状酌量を求めての心動かされる訴えがありましたが、あなたのような地位の人であるなら、自らの行ないが法に違背していることはよくわかっておられたはずです」マリアンヌがうなだれた。「したがって、六カ月の禁固刑という判決以外に選択の余地はありません。二年の執行猶予がつきますが、それ以前にまた法廷に引き出されるようなことがあれば、その執行猶予は即座に取り消されます。ですが、本件に関しては二百ポンドの科料を命じると判決すべきだと考えます」裁判長が弁護人を見て訊いた。「被告はその額を支払うことが可能ですか？」

ミスター・ヘンダーソンが法廷の後方を振り返り、そこに坐っている依頼人のほうを見た。アーサー・ダンバーがうなずいた。

7

アーサーは机に置いてあるレターヘッド付きの便箋《びんせん》を取り、一枚をタイプライターに挿し込んだ。

拝啓　ミスター・ストラットン

先日はわざわざ手紙をいただきありがとう。新しい小切手帳三冊、今朝落掌しました。

まずはこのことを公《おおやけ》に明らかにしたいと思うのですが、ミスター・アーサー・ダンバーは私のために献身的に仕事をしてくれました。私からの感謝と、退職後の人生が長く幸せにつづくよう祈っていることを伝えていただきたくお願いします。

このあいだ、口座を確認したところ、問題は何一つ見当たりませんでした。しかしながら、この四半期の終わりにあなたに手紙を送り、現時点で私が考えている将来の投資についてのお願いをするつもりでいます。

それともう一つあなたに知っておいてもらいたいのだが、私は最近妻を娶《めと》り、それ故《ゆえ》、これからの貴行との関係のありように変化が生じるかもしれません。われわれ夫婦はときどき海外へ旅をし、ヨーロッパの偉大なコンサート・ホールやオペラ・ハウスを訪れるつもりでいます。われわれが留守のあいだは、レイドロー夫妻にアンブローズ・ホールを守ってもらうことになるので、その維持にかかる日常的な経費も彼らの毎月の給与に上乗せされることを含み置いてください。

さらにもう一つ……

ドアにノックがあり、アーサーはタイプを打つ手を止めた。「どうぞ」

レイドローの妻のモラグが顔を覗《のぞ》かせて言った。「奥さまとの昼食は何がよろしいかと思いまして。ジビエのミート・パイが取ってありますが」

「それでいい」アーサーは応《こた》えた。「だが、たくさんはいらないよ。肥《ふと》りはじめていると早くも妻に叱《しか》られているのでね」

「奥さまから、今夜はコンサートを聴きにエディンバラへ行くことになっているのをお忘れにならないようにとのことでございます」

「ただのコンサートではないぞ、モラグ。ベートーヴェンの三番だ、しかもアッシャー・ホールときている」

「ほかにご用はございませんか、旦那《だんな》さま」

「ああ、もうすぐミスター・ストラットン宛の手紙を書き終えるから、ハミッシュをここへ呼んでくれ。村まで車を走らせて、投函《とうかん》してもらいたいんだ」

「承知しました、旦那さま」

アーサーはタイプライターに向き直った。


さらにもう一つ、これから先あなたに直接口座を管理してもらえるとわかって、大変喜んでいます。何であれしっかり守られているとわかっていれば、無用の心配をしなくてすむというものです。

敬具

ふたたびドアがノックされ、レイドローが入ってきた。

「お呼びですか、旦那さま」
「ああ、ハミッシュ、サインを一つしてもらいたいんだ」

コイン・トス＊

ミスター・グルーバーは生徒全員に小論文を返し、教室の前の机へ戻った。

「みんな、悪くない出来だった」若い教師は言った。「ただし、ジャクソンは別だ。ゲーテを学ぶ価値があるとは明らかに考えていないらしい。これは必修科目ではなくて自由選択科目だから訊《き》くが、ジャクソン、どうしてこの科目を取ったんだ？」

「父の考えです」ジャクソンが認めた。「多少なりとドイツ語を話せれば、役に立つときがくるんじゃないかと言うんです」

「〝多少なりと〟とはどの程度なんだろうな？」教師は訊いた。

ジャクソンの友人のブルックが隣りの席から、ささやくというには大きすぎる、みんなに聞こえる声で言った。「本当のことを話せばいいじゃないか、オリヴァー」

「本当のこと？」グルーバーが繰り返した。

「実は、先生、父は遠からずドイツと戦争になると確信しているんです」

「父上がそう考えておられる理由は何だ？　いまのヨーロッパはかつてないほど長い

平和がつづいているんだぞ？」

「それはおっしゃるとおりなんですが、先生、父は外務省にいて、ドイツ皇帝《カイザー》は戦争屋だからわずかな隙《すき》を狙《ねら》ってベルギーへ侵攻すると考えているんです」

「だが、ベルギーとイギリスは――フランスもだが――協定を結んでいて、相互に義務を負っている」グルーバーは机のあいだを歩きながら言った。「ベルギーが攻撃されたら、イギリスもフランスも諍《いさか》いに引きずり込まれることになるんだ」そして一息入れて考え、会話を軽い調子にしようとしてつづけた。「だとすると、きみがドイツ語を学ぼうと考える本当の理由は、カイザーがホワイトホールまで進撃してきたときに、彼とおしゃべりができるようになるためではないのかな？」

「いえ、父が考えているのは絶対にそんなことではありませんよ、先生。カイザーが追放されたら、そのときにぼくが多少なりとドイツ語を話せれば、どこかの地方の首長候補の列に加われるのではないかと思ってるんじゃないでしょうか」

教室全体が爆笑し、拍手喝采《かっさい》が始まった。

「きみの国の人々のためにも、私の国の人々のためにも、ジャクソン、その列がとても長いことを願わなくてはならないな」

「もし本当に戦争になったら」ブルックが真面目《まじめ》な声に戻って訊いた。「先生はドイツへ帰らなくてはならないんですか？」

「そんなことにならないよう祈るよ、ブルック」グルーバーは言った。「イギリスは私の第二の故郷だし、いまのところヨーロッパは平和だ。だから、われわれはジャクソンの父上の予想が間違っていることを祈らなくてはならない。そんな意味のない愚行から得られるものは何もない。世界を百年前に引き戻すだけだ。イギリス国王ジョージ五世とカイザー・ヴィルヘルムが従兄弟《いとこ》同士であることに感謝しよう」

「ぼくはこれまでもいまも、従兄弟なんて気にも留めていませんけどね」ジャクソンが言った。

「聞いたか？」数週間後、大食堂へ向かって歩いているときにブルックが言った。

「聞いたって、何を？」ジャクソンは訊き返した。

「グルーバー先生が二週間以内にドイツへ帰るそうだ」

「理由は？」ジャクソンはまた訊いた。

「状況を考えるとそのほうがいいと、校長が判断したらしい」

「それは残念だな」ジャクソンは言い、木のベンチに腰を下ろして昼食が出てくるのを待った。

「だけど、おまえ、ドイツ語の勉強は好きじゃなかっただろう？」ブルックがしなびた人参《にんじん》をフォークで突き刺そうとしながら言った。

「いまでもそうだけど、それはグルーバー先生が好きじゃないってことじゃない。実際、いつだって完全に対等な仲間として扱ってくれた。いつか戦場で敵になるかもしれない相手だなんて、これっぽっちも考えてなかった」

「確かに、何カ月かあとに戦場で先生と戦うことになる可能性もなくはないな」ブルックが言った。「いまも軍で出世しようと考えているんなら、気づいてみたら最前線にいないとも限らないぞ」

「おまえだって兵役から逃れられると思うなよ、ルパート」ジャクソンは食べ物をグレイヴィに浸しながら言い返した。「ケンブリッジ大学へ上がって詩を書く勉強をするなんて理由じゃ許してもらえるはずはないからな」

「それで思い出したが」と、ブルック。「今年の夏の二週間をおまえもグランチェスターで一緒に過ごさないかと母が言ってるんだ。約束してもいいが、なかなか素敵な女子も何人かやってくるぞ」

「あり得ないぐらい最高のお誘いじゃないか、オールド・チャップ。もっとも、カイザー・ヴィルヘルムがおれたちのために別の計画を立てていなければ、だけどな」

オリヴァー・ジャクソンはその夏、何の心配もない暢気《のんき》な二週間を友人のルパート・ブルックと過ごし、そのあとは一緒になることなく別々の道へ進んだ。ブルックは古典を学ぶためにキングズ・カレッジへ、ジャクソンは有給の候補生として士官になる訓練を二年間受けるためにサンドハーストの陸軍士官学校へ。

一九一三年十月、ランカシャー・フュージリアーズのジャクソン少尉《しょうい》は、チェスターの連隊新兵訓練所に出頭した。そこですぐにわかったのは、ドイツとの戦争の話がもはや外務省のなかだけでなく、いまやだれの口にも上っていることだった。が、導火線に火をつけるのが何であるかを知る者はいなかった。

カイザー・ヴィルヘルムの親友であり味方でもあるオーストリアのフランツ・フェルディナンド大公がサライェヴォで暗殺されたとき、ドイツ皇帝はベルギーへ進軍する口実をついに見つけ、帝国を拡大する好機を手にした。

オリヴァー・ジャクソンがチェスターで勤務に就いているときの唯一《ゆいいつ》いい出来事は、外務省にいる父の同僚の娘、ミス・ローズマリー・カーターと恋に落ちたことだった。双方の父親にとって結婚はせいぜいが和親協商《アンタント・コルディアール》でしかなかったが、母親のほうはこの協定が外務省の承認を必要としないことをすぐさま見抜いた。カイザー・ヴィルヘルムは多くのことをしてオリヴァーを苛立《いらだ》たせたが、その一つが、ローズマリーとのハネムーンの最中に宣戦布告をしてくれたことだった。ジャクソン中尉は滞在していたドーヴィルのホテルで電報を受け取り、即刻連隊に復帰せよと命じられた。

数週間後、ランカシャー・フュージリアーズはどの連隊よりも早く船に乗り込み、フランスへ向けて出港した。オリヴァーがそこですぐに発見したのは、ラグビー校で耐えなくてはならなかったよりはるかに劣悪な環境でも生きていけるし、どんなにひどい食い物でも喉《のど》を通り得るという事実だった。陣地になった塹壕《ざんごう》は常に鼠《ねずみ》がうろうろし、泥水が十センチも溜《た》まっていたが、そのうちに、徐々にではあったが、そこで横になって銃声が聞こえていても眠れるようになった。

「クリスマスまでには終わるさ」楽観的な声が塹壕に響いた。

「いつのクリスマスだ?」ロムフォードでバスの運転手をしていた兵士が、コンビーフとベイクド・ビーンズを盛ったブリキの容器にフォークを突き立て、マグに雨水を注ぎ直しながら訊いた。

実際、若き准《じゅん》大尉がその年のクリスマスに受け取ったプレゼントは、すでに肩に縫いつけられている二つの星の隣りに一つ星が増えたことだったが、それは一九一五年を生きて迎えられなかった戦友士官のあとを襲ったからに過ぎなかった。

一九一六年の冬には、ジャクソン大尉はすでに三度も塹壕を出て攻撃に参加していた。最前線の兵士の平均生存日数が十九日であることは、思い出させてもらう必要もなかった。前線暮らしが三年目に入ったころ、三週間の一時休暇をせめて故郷で過ごすこと――古参兵士は〝執行猶予《ゆうよ》〟と呼んでいた――を許可された。ジャクソンはクラットホーンにある田舎のコテッジで、何の心配もないのんびりとした休暇をローズマリーと過ごしたあと、ふたたびマルヌに戻った。ありがたいことに、あの父親でさえ、この戦争は遠からず終わると信じはじめていた。それが正しいことをオリヴァーは祈った。

最前線へ復帰するや、すぐに隊長のところへ出頭した。

「数日のうちに新たな攻撃を行なうことになっている」ハーディング大佐が言った。

「部下に準備をさせるように」

何の準備だ、とオリヴァーは訊きたかった。ほぼ確実な死への準備か、絞首刑《こうしゅけい》のようにあっという間ではなく、おそらくは絶望の苦悶《くもん》に長く苛《さいな》まれながらの死への？

だが、その問いは胸に納めて言葉にはしなかった。

塹壕へ戻ったオリヴァーは、前線へ到着したばかりの、怒りのこもった銃声を一度も聞いた経験のない、感受性の強い若者たちに近づこうと努めはじめた。兵士だと考えることはとてもできず、口髭《くちひげ》を蓄えた老人が指をさし、〝祖国はきみを必要としている〟と呼びかけるポスターに反応しただけの、熱い思いを抱いた子供としか見ることができなかった。

「塹壕を飛び出したら、たった一つだけ憶《おぼ》えていればいい」オリヴァーは彼らに教えた。「殺さなければ、間違いなく殺される、ということだ。最強の敵とサッカーの試合をするようなものだと考えろ。シュートしたら、必ずゴールしなくては駄目だ」

「でも、レフェリーはどっち側なんですか？」若い不安げな声が訊いた。

オリヴァーは答えなかった。神がレフェリーであるとも、それ故《ゆえ》に自分たちが間違いなく勝利するに決まっているとも、もはや信じていなかった。

大佐が合流した直後、ゲームを開始してもいいとキック－オフのホイッスルが吹き鳴らされた。ジャクソン大尉は真っ先に塹壕を飛び出し、そのすぐあとに指揮下の中隊がつづいた。進め、進め、進め。突撃している最中も、部下はまるで戦争ごっこの兵隊のようにばたばたと――運のいい者は即死した――倒れていった。ついには自分一人になってしまったかのような思いにとらわれはじめたとき、突然何の前触れもなく、砲煙が渦を巻いて立ちのぼるなかをたった独りで自分のほうへ走ってくる人影が見えた。その男もオリヴァーと同様、銃剣を装着して、相手を殺す用意をしていた。双方とも生き延びることはあり得ないし、たぶん生き延びられないだろう。オリヴァーはそう覚悟すると、中世の馬上槍試合《ばじょうやり》の騎士のようにライフルを構え、敵を倒す決意を固めて、銃剣を突き出す体勢を取った。が、これから突き刺すのは訓練のときと違って馬の毛を詰めた袋ではなく、正気を失っている――自分のほうがもっとそうかもしれないが――とは言え、生身の人間だった。

敵の目の白い部分が見えるまでは攻撃してはならないと、サンドハーストで鍛えてくれた軍曹が耳にたこができるほど教えてくれていた。これもまた何度言っても繰り返される傾向のある過ち《あやま》だが、一瞬早すぎても、一瞬遅すぎても駄目なんだ、と。しかし、相手の目の白い部分が見えたとき、オリヴァーは銃剣を突き出せなかった。構えを解いて死を覚悟したが、驚いたことにドイツ兵も同じことをして、二人は中間地帯《ノーマンズランド》の真ん中で、足を止めて向かい合った。

しばらくは信じられないまま無言で見つめ合っていたが、頂点に達した緊張を解き放つことだけでもできればと、いきなり笑い出したのはオリヴァーのほうだった。

「ここで何をしているんだ、ジャクソン？」

「ぼくも同じ質問をしてもいいですか、先生？」

「だれかの命令を遂行しているんだ」グルーバーが言った。

「ぼくもです」

「しかし、きみは職業軍人じゃないか」

「戦争での死に区別はありませんよ」オリヴァーは言った。「いま、たびたび思い返すんですが、戦争についての先生の見方は本当に洞察力がありました。戦場を見回したとき、ここでどれほど多くの才能が無駄に失われているかを思うことしかできません」

「双方の才能がな」グルーバーが応じた。「しかし、私の見方が正しいと証明されたところで嬉《うれ》しくはないよ」

「ところで、これからどうします、先生？　平和が宣言されるまでここで哲学談義をしているわけにはいきませんよ」

「しかしまた、お互いこのまま何もしないで自陣へ戻ったら、逮捕されて軍法会議に掛けられ、銃殺刑に処せられるのが落ちだろう」

「だったら、どっちかがどっちかを捕虜にして」オリヴァーは言った。「凱旋《がいせん》するしかありませんね」

「悪くない考えだが、どっちが捕虜になるか、どうやって決める？」

「コイン・トスでどうでしょう？」

「いかにもイギリス人らしいな」グルーバーが応《こた》えた。「戦争もコイン・トスで勝ち負けを決められるといいんだが、そうならないのが残念だよ」そして、ゴルトマルクをポケットから取り出した。「きみからだ、ジャクソン」彼は言った。「だって、きみたちがヴィジター・チームなんだから」

オリヴァーはくるくる回りながら宙高く舞い上がるコインを見つめて叫んだ。

「裏！」ドイツ皇帝の勝ち誇った顔に見上げられるのは耐えられないという、それだけが表を選ばなかった理由だった。

グルーバーが腰を曲げて結果を確認し、鷲《わし》を見て呻《うめ》いた。オリヴァーは素速くネクタイを外すと捕虜の手首を後ろへ回して縛《いまし》め、恩師を連れてゆっくりと自軍の前線へ引き返した。

「ブルックはどうした？」ぬかるんだ泥に足を取られ、倒れた兵士の死体をまたぎながら、グルーバーが尋ねた。

「この前届いた手紙では、海軍分艦隊に配属になったそうです」

「グランチェスターを唄《うた》った彼の詩を読んだよ。翻訳したいと思うぐらいの出来だった」

「『古い牧師館』ですか」オリヴァーは訊いた。

「そう、それだ。あれを書いたのがベルリンを訪れていたときなのは皮肉だな。本当に稀有《けう》な才能だよ。彼がこのおぞましい戦争を生き延びてくれることを祈ろう」グルーバーが言ったとき、太陽が地平線の向こうへ沈んだ。

「奥さまはいらっしゃるんですか、先生？」オリヴァーは訊いた。

「ああ、レナテというんだ。息子が一人、娘が二人いる。きみはどうなんだ？」

「ローズマリーという妻がいます。結婚したとたんに戦争になってしまいました」

「それは運が悪かったな、オールド・チャップ」グルーバーが言い、直後にかつての教え子を驚かせた。「きみに下の息子のハンスの名親《ゴッドファーザー》になってもらえるなんてことはないんだろうな。まあ、どうしてこんなことを言うかというと、この戦争が終わったら二度とこんな愚行を繰り返さないようにするのが、せめてもの自分の義務だと考えるからなんだ」

「喜んでならせてもらいますよ、エルンスト。名誉この上ないことです。もしかしたら、いずれ……」

「お互いのために提案させてもらってもいいかな、オリヴァー」イギリス軍の前線が見えてくると、グルーバーが言った。「私を引き渡したら、われわれが古い友人だということを余りあからさまにしないことにしようじゃないか」

「確かにそうですね、エルンスト」オリヴァーは同意し、捕虜の肘《ひじ》を荒っぽくつかんだ。

そのとき、声が聞こえた。「だれだ?」

「ランカシャー・フュージリアーズのジャクソン大尉だ、捕虜を連行してきた」

「そのまま進んで、顔を見せろ」オリヴァーは恩師を前へ押しやった。「お見事です」歩哨《ほしょう》の軍曹が言った。「捕虜はここで私が引き受けます。さあ、もたもたするな、ドイツ野郎」

「軍曹」オリヴァーは鋭い声で咎《とが》めた。「彼は士官だぞ、それを忘れるな」

戦争はクリスマスには終わっていた。一九一八年のクリスマスである。

エルンスト・グルーバー大尉はウェールズ北部の島、アングルシーの捕虜収容所で二年を過ごし、午前中は仲間の捕虜に、多少なりと話せれば役に立つとわかるときがくるかもしれないというジャクソンの言葉をそのまま繰り返しながら英語を教えつづけた。

　オリヴァーはルパート・ブルックの作品の選集をグルーバーに送り、グルーバーは戦争が終わるのを待ちながらそれを翻訳した。

　エルンスト・グルーバーは一九一九年十一月に船でフランクフルトに帰り着き、数日を経ずしてオリヴァーに手紙を書いて、いまも息子のハンスのゴッドファーザーになってくれるつもりがあるかどうかを問い合わせた。数週間後、オリヴァーの妻のローズマリーから、以下の返事が届いた――夫は休戦協定が調印されるほんの数日前、西部戦線で戦死しました。わたしたちにもアーサー・オリヴァーという息子がいますが、最後の休暇で帰ってきたとき、夫はエルンストがアーサーのゴッドファーザーの一人になってくれないだろうかと願っていました。

　オリヴァーの父親の力添えでヘル・グルーバーはイギリスを訪れることを許され、洗礼式での役目を無事に果たすことができた。オリヴァーの一族とともに洗礼盤のそばに立っているとき、もし自分があのコイン・トスに勝っていたらどうなっていただろうと考えずにはいられなかった。

その後

一九四三年九月十九日
ハンス・オットー・グルーバー中尉は西部戦線で地雷を踏み、三日後に死亡した。

一九四四年六月六日
アーサー・オリヴァー・ジャクソン大尉（戦功十字章）は、ノルマンディー海岸で中隊を指揮しているときに戦死した。

一九四四年十一月十五日
エルンスト・ヘルムート・グルーバー教授は、〈狼の巣《ヴォルフスシャンツェ》〉でのアドルフ・ヒトラー暗殺計画――未遂に終わった――に加担したかどで、ベルリンで銃殺刑に処せられた。

三人の魂が安らかならんことを。

だれが町長を殺したか？＊

コルトリアはカンパニア州の中央部、ナポリの北六十キロほどの、東にタブルノ山、南にヴェスヴィオ山を一望できる丘陵の高みにあって、ほれぼれするほど美しい町である。ガイドブックの〈フォダーズ・イタリア〉はそこを、多くの言葉は無用とばかりに、実にあっさりと一言で褒め讃《たた》えている――〝この世の楽園〟。

人口は千四百六十三、その数は百年以上にわたって大きく変動していない。収入源は主に三つ、ワイン、オリーヴ・オイル、トリュフ。コルトリアの白は香り高く、舌を震えさせる絶妙の酸味がある。世界で最も手に入りにくいワインの一つだが、それは生産量が限られていて、瓶詰めされるはるか以前に予約で売り切れてしまうからだ。オリーヴ・オイルについては、どこのスーパーマーケットでも一本も見当たらないはずだが、その理由はたった一つ、ミシュランが星をつけて認めているレストランの大半が、ほかのブランドのものを使おうとは夢にも思わないからにすぎない。

そして、おまけがついている。トリュフである。そのおかげで、そこの人々は普通の生活——と言っても、近隣の町や村が羨《うらや》む水準だが——を営むのを許されている。コルトリアのトリュフを求めて、この星の四つの隅のすべてからレストランの経営者がはるばるやってくる。それを口にできるのは、その店の最高の客に限られる。

さらなる富を求めてコルトリアを出て行く人々がいるのは事実だが、賢明な者は割合早く戻ってくる。また、中世の丘の町の平均寿命は男が八十六、女が九十一で、国の平均を八歳上回っている。

中央広場にはガリバルディ——いまや戦《いくさ》よりビスケットで有名だが——の銅像が鎮座し、商店が六軒とレストランが一軒しかないことが、町の自慢である。町議会はそういう店が増えることを認めそうにない。なぜなら、これ以上観光客を惹《ひ》きつけるのを恐れるからだ。鉄道は通じていない。バスは週に一度だけ姿を見せるが、それはナポリへ行きたがる愚か者がいまだ皆無ではないからである。車を持つ者がまったくないわけではないが、実際に使われることは滅多にない。

町を運営するのは六人の長老で構成される町議会で、最も下《した》っ端《ぱ》の議員は三代しか先祖をさかのぼることができず、故《ゆえ》に、生粋《きっすい》の地元の人間だと無条件に見なされているわけではない。その六人とは、町長のサルヴァトーレ・ファリネッリ、その息子のロレンツォ・ファリネッリ（議長であり、かつては役人だった）、オリーヴ・オイル会社の社長のマリオ・ペレグリーノ、ワイナリー経営者のパオロ・カッラフィーニ、そして、トリュフ採取加工会社を経営しているピエトロ・デ・ロサで、この五人は永世議員、残る一人は五年ごとに選挙で選ばれることになっている。肉屋のウンベルト・カッターネオと議席を争おうとする者はこれまでいなかったから、この十五年というもの、有権者は選挙のやり方をほとんど忘れてしまっていた。

現地の警察に警官はたった一人、ルカ・ジェンティーレというナポリ市から派遣してもらっている巡査で、不必要な介入はなるべくしないよう心がけている人物だった。これは介入が必要だったときの物語である。

町のだれもがディノ・ロンバルディがどこからきたのかを知らなかった。だが、彼は黒雲のごとく、しかも一夜にして現われ、明らかに夕立より雷雨を好む傾向があるように見えた。身の丈は百九十センチを超えているに違いなく、ヘヴィー級のボクサーのような体軀《たいく》を見ると、相手が二ラウンド以上立っていられるとは思えなかった。

彼の恐怖による支配はより立場の弱い住民、すなわち、商店主、職人、一人しかいないレストラン経営者から始められた。保護が必要だと、無理矢理認めさせたのである。だれから護《まも》られる必要があるのかもわからなかったし、いまも人の記憶に残っているような重大な犯罪が起こったこともないのに――あのナチス・ドイツでさえ、この丘陵地帯へわざわざ登ってこようとはしなかったぐらいだ――である。

実を言うと、ジェンティーレ巡査はいまや六十五歳で定年を間近に控えていたが、町議会は後任を見つける努力をしていなかった。しかし、さらなる問題が起こったのは、町長のサルヴァトーレ・ファリネッリが百二歳で世を去り、次の町長を選ぶ選挙をしなくてはならなくなったときだった。

町民はみな、息子のロレンツォが後を襲って町長になり、マリオ・ペレグリーノが議長に就任し、そのあとは席が一つずつ繰り上がって、それによってできた空席は地元レストランの経営者のジャン・ルーチョ・アルタナが埋めるものと思い込んでいた。しかし、それはロンバルディが町役場にやってきて、町長選挙の立候補者名簿に自分の名前を書き加えさせるまでだった。ロレンツォ・ファリネッリの圧勝を疑う者はもちろんいなかったから、役場職員が左脚をギブスで固められ、松葉杖《まつばづえ》をついて役場の階段を上がって、ロンバルディの得票数を五百十一、ファリネッリの得票数を四百八十六と発表したとき、それはまったくの想定外として迎えられた。その結果を聞いた瞬間、そこに集まっている人々はわが耳を疑って息を呑《の》んだ。ロンバルディに票を入れた者を誰一人として知らないのだから尚更《なおさら》だった。

ロンバルディはすぐさま町役場を乗っ取り、町長官舎を占拠して、議会を解散した。そしてわずか数日のうちに、町民は町の主要三社に売上税が課せられることを知らされた。間もなく六軒の商店主と一軒しかないレストランの経営者も同じ目にあうはめになり、それでもまだ十分でないとばかりに、買い手までがリベートを要求されはじめた。

一年足らずで〝この世の楽園〟は〝この世の地獄〟になり、町長は実に嬉々《きき》として悪魔《ベルゼブル》の役を演じつづけた。というわけで、ロンバルディが殺されたとき、大きなショックを受けた者は、正直なところ一人もいなかった。

ジェンティーレ巡査は殺人事件は自分の手に負える犯罪ではないと町議会議長に告げてナポリの当局に協力を仰ぎ、その報告書のなかで、容疑者は千四百六十二名、真犯人がだれなのか、自分にはまったく見当がつかないと認めた。

殺人事件について多少の経験と知識があるナポリ警察は、最も優秀な若い刑事を一人派遣して捜査に当たらせ、犯人を逮捕してナポリへ連行し、法廷に立たせることにした。

指名されたのは三十二歳という若さで警部補に昇任したばかりのアントニオ・ロセッティ、しかし、彼はこの事件を担当するのを迷惑に感じていた。第一線を離れたくなかったから、片田舎の殺人事件になどいつまでもかかずらっているつもりは当然のことながらなかった。ロンバルディの犯罪記録はすでに手に入れてあった。強請《ゆすり》、贈《ぞう》賄《わい》、収賄は数のうちに入らないほどだったから、ロンバルディが死んで悲しむ者などほとんどいないはずであり、コルトリアの人々もそれは同じだろうと思われた。というわけだから、可及的速やかに事件を解決してナポリへ戻り、大物の犯罪者の相手をできるようにするつもりだと、ロセッティはナポリの署長に請け合った。

しかし、ロセッティ警部補がコルトリアに足を踏み入れもしないうちに、あろうことかルカ・ジェンティーレ巡査が姿を消してしまった。今度の事件がストレスになったせいだろうとほのめかす者もいた。何しろこの町で人が殺されたのは一八四六年、彼の曾々々祖《そうそうそうそ》父《ふ》がこの町の治安官だった時代以来なのだから、と。しかし、ジェンティーレはどこへ消えたのか、なぜ消えたのか？　町長がどのような殺され方をしたのかを知っている、二人しかいないうちの一人なのに。

ロセッティが愕然《がくぜん》としたことに、ロンバルディは死んで何時間も経《た》たないうちに火葬に付され、灰はタブルノ山の向こう側にまかれてしまっていた。それほどまでに地元の人々に忌《い》み嫌われていたということだった。

「だから、どういうふうに殺されたかを知る者はジェンティーレと検死官しかいないわけだ」署長が検死報告書をロセッティに渡しながら言った。

「それに、犯人と、ですね」ロセッティは付け加えた。

アントニオ・ロセッティ警部補がその日の昼近くにコルトリアに着くと、犯人が逮捕されるまで町長の家に住んでもらうよう、議会が決めたと教えられた。

「いずれにせよ」議長は言った。「あの若者ができるだけ早くこの件を片づけてナポリに戻れるよう、そして、われわれに平穏が戻ってくるようにしようじゃないか」

翌日、ロセッティは現地の警察署で仕事を始めた。そこには狭い部屋が一つ、だれもいない留置場、トイレがあるだけだった。関連書類のファイルを鞄《かばん》から出して机に置き、ふと壁に目をやると大きな告知板に何も貼《は》ってなかったので、真ん中にロンバルディの写真をピンで留めた。

そのあと、外へ出て町を歩いてみることにした。情報提供をしたがるだれかに遭遇するのではないかと期待したのだが、どんなにゆっくり歩いても、どんなに愛想《あいそ》のいい笑顔を作っても、人々は彼に話しかけるより道を渡るほうを優先しなくてはならないようだった。困っている者に援助の手を差し伸べるよきサマリア人だとは、明らかに見なされていないらしかった。

実りのないまま午前中を費やしたあと、警察へ戻り、ロンバルディが死んだら最も得をする人々のリストを作った。不本意ながら認めざるを得なかったことに、まず名前が浮かぶのは町議会議員の面々だった。ワイン、オリーヴ・オイル、トリュフ、とノートに書き留めると、五人の町議会議員の写真を関連書類のファイルから取り出し、ロンバルディの写真を囲むようにして告知板に留めた。そして、トリュフから始めることにしてシニョール・デ・ロサのオフィスに電話を入れ、その日の午後の遅い時間に彼の店で会う約束を取り付けた。

「ワインを一杯どうです、警部補？」警察官が腰を下ろしもしないうちにデ・ロサが言った。「コルトリアの白は通に贔屓《ひいき》にされていて、一九四七年は当たり年でもあったんです」

「いや、結構です。仕事中は飲みませんから」

「そりゃそうだ」デ・ロサが言った。「申し訳ないが、私は飲《や》らせてもらいますよ。しばらく味わえなくなるかもしれないのでね」ロセッティは驚いたが、口には出さなかった。デ・ロサが一口飲んでから訊《き》いた。「それで、ご用件は？」

ロセッティはノートを開くと、準備してきた質問に目を落とした。「あなたの一族は二百年以上前からコルトリアに住んでおられて――」

「三百年以上ですよ」トリュフ採取加工会社の社長が笑顔で訂正した。

「あなたならディノ・ロンバルディを殺した犯人を見つける力になってもらえるのではないかと、かなり期待してうかがったんですが」ロセッティはつづけた。

デ・ロサがグラスを一息に空にして言った。「もちろん、なれますとも。もう探し回る必要はありませんよ、警部補。なぜなら、この私がロンバルディを殺したんだから」

ロセッティはびっくりしたが、嬉《うれ》しくもあった。捜査の初日に自白が得られたのだ。すぐにもナポリへ凱旋《がいせん》し、重大犯を捕まえる仕事に戻れるのではないかという思いが早々に頭をよぎった。

「署にきてもらって供述書を作成し、それに署名していただけますか、シニョール・デ・ロサ?」

デ・ロサがうなずいた。「いつでも結構ですよ」

「わかっておられるでしょうが、シニョール・デ・ロサ、あなたが殺人を自白したら、私はあなたを逮捕し、ナポリへ連行しなくてはなりません。あなたはそこで裁判を受け、一生をポッジョレアーレの刑務所で過ごすことになる可能性がありますよ?」

「あのろくでなしを殺した日から、頭にあるのはほとんどそのことばかりです。だが、文句を言うつもりはありません。これまで十分にいい人生でしたからね」

「ロンバルディを殺した理由は何でしょう？」ロセッティは訊いた。彼の見方では、動機がわかれば犯罪もわかるとほぼ決まっていた。

デ・ロサが二杯目をグラスに満たした。「ディノ・ロンバルディは邪悪な冷血漢でしたよ、警部補。これはと目をつけた相手を必ず餌食《えじき》にしないではいなかったんですから」そして言葉を切り、ワインをまた一口飲んでからつけ加えた。「あいつのせいで、みんな耐え難い日々を送るはめになったんです、私を含めてね」

「邪悪な冷血漢とは、具体的にはどういうことでしょう？」

「商人や職人を脅して、この町のレストランの経営者のジャン・ルーチョまで無理矢理に言うことを聞かせたんです」

ロセッティはメモを取りつづけた。「そのやり方は？」

「みかじめ料を要求するんですよ、だれから護ってくれるのか教えもしないでね。まあ、いまも記憶に残っているような重大な犯罪は、コルトリアでは起こっていないんですがね。それから、町長になるやいなや――どうしてそういうことが起こりえたのかいまだに謎《なぞ》なんだが――、われわれの商品すべてに税金をかけました。あの男が町長をつづけていたら、われわれはみな倒産せざるを得なかったでしょう。私の小さな会社も、三百年で初めて赤字になりました。それで、あの悪鬼をこの町の人々のために排除する責任を引き受けたんです」デ・ロサがグラスを置いて微笑した。「話によれば、議会が町の中央広場に私の銅像を建ててくれるそうです」

「最後の質問です、殺害の方法を教えてください」ロセッティはノートから顔を上げて訊いた。

「トリュフ採取用のナイフで刺したんです」デ・ロサが躊躇《ちゅうちょ》なく答えた。「あのときは、それがふさわしいように思えたのでね」

「刺した回数は憶《おぼ》えていますか？」

「六回か七回だったと思います」そして机に置いてあったナイフを手に取り、やり方を示して見せた。

ロセッティはメモを取るのをやめ、ノートを閉じた。「必ずや知っておられると思いますが、シニョール・デ・ロサ、警察に時間を無駄にさせるのは重罪ですよ」

「知っていますとも、警部補」デ・ロサが答えた。「しかし、私は自白した。だとしたら、あなたは私を逮捕し、ナポリへ連れていって、刑務所へ入れることができるのではないですか？」

「もちろん、喜んでそうさせてもらいますが、シニョール」ロセッティは言った。「それはロンバルディの死因が刺殺だった場合に限ります」

デ・ロサが肩をすくめた。「しかし、あいつがどうやって死んだかなんて、どうしてあなたにわかるんです？　もう灰になってしまっているんですよ？」

「検死報告書を読んだからです」ロセッティは答えた。「だから、どうやって死んだかははっきりわかっています。わかっていないのは、だれが殺したかです。しかし、あなたでないことは確かですね」

「それが本当に問題なんですか？」デ・ロサが言った。「それなら、ロンバルディがどうやって殺されたのかを教えてください。そのとおりに自供しますから」

やってもいない犯罪をやったと主張する人物に、ロセッティは初めてお目にかかった。

「そろそろ失礼します、シニョール。さもないと、あなたをもっと面倒な立場に立たせることになりそうですからね」

デ・ロサの顔に失望が表われた。

ロセッティはノートを閉じて立ち上がると、無言のままデ・ロサの店を出て広場へ引き返した。

豚小屋の前を通りかかったとき、そこにいるたくさんの豚が彼の知る限りで最も満ち足りているらしいのを見て、危うく笑ってしまいそうになった。自分たちが食肉にされることなどあり得ないと確信しているかのようだった。署へ戻る途中、広場の向かい側の薬局に気がついた。そういえば、石鹸《せっけん》と練り歯磨きを手に入れる必要があった。店に入ると、ドアの上の小さなベルが鳴った。カウンターの前でしばらく待っていると、若い女性が調剤室から姿を現わした。「こんにちは、シニョール・ロセッティ、何かご入り用ですか？」

ナポリの裏通りに巣くう犯罪常習者といえどもアントニオ・ロセッティ警部補を沈黙させることはできなかったが、コルトリアの薬剤師はいとも簡単にそれをやってのけて、客の返事を辛抱強く待った。

「その……石鹸を買いたいと思って」ロセッティはようやく、口ごもりながら答えた。

「石鹸なら後ろの棚の上から三番目に最高級のものが揃《そろ》っていますよ、警部補」

「警察官なのがそんなに見え見えですか？」ロセッティは不思議に思って訊いた。

「町でだれも知らないだれかが一人いたら、町のだれもがそのだれかを知っているということですよ」彼女が言った。

ロセッティはできるだけ早く再訪する口実が欲しかったので練り歯磨きは買わない

ことにし、石鹸を一つだけ選んで、彼女を見つめないようにしながらカウンターに置いた。

「これだけでよろしいんですか、シニョール？」

「取りあえずはね」ロセッティは石鹸をつかみ、出口へ向かおうとした。

「代金をお願いできますか？　それとも、ナポリでは警察官はわざわざそんなことをしないのが普通なのかしら？」彼女が笑いを嚙《か》み殺しながら訊いた。

「これは失礼」ロセッティは紙幣を一枚、慌《あわ》ててカウンターに置いた。

「ほかに何か、わたしでお役に立てる入り用のものが出てきたら、またいつでもいらっしゃってくださいね」彼女が小さな紙袋と釣り銭を渡しながら言った。

「実は一つだけあるんですが、もしかして町長殺しの犯人を知っているなんてことはありませんか？」

「ロンバルディ殺しならシニョール・デ・ロサがもう自供して、いまごろはあなたに逮捕勾留《こうりゅう》されているんだと思っていましたけど」

ロセッティはそれ以上何も言わずに薬局をあとにし、訝《いぶか》りながら署へ戻った。机に向かい、デ・ロサとの実りのない面会の報告書を作りはじめたが、気がついてみると、頭のなかは別の方向へ移ろっていた。それでも何とか報告書の作成を終えるや、告知板に留めてある写真のところへ行って、デ・ロサの顔に大きな×印をつけた。

次に訪ねるべきはオリーヴ・オイルを製造販売しているマリオ・ペレグリーノだったが、今度はあらかじめ連絡をしないことにした。

翌朝、ロセッティは朝食をすませるとすぐに署を出て、広場にあるペレグリーノの店へ向かった。その途中に薬局があるのが嬉しかった。そこへ近づくと足取りを緩め、窓越しになかをうかがった。入口の向こうに彼女がいて、〝準備中〟の札を〝営業中〟のそれに取り替えていたが、通りかかったロセッティに気づいて顔を上げた。視線が絡《から》み合い、ロセッティは足取りを速めた。

オリーヴ・オイルの店の前に着くと、マリオ・ペレグリーノが入口で待っていて挨《あい》拶《さつ》をした。

「おはようございます、警部補。世界一上質のオリーヴ・オイルを買いに見えたのですか？　それとも、不意をついての家宅捜索とか？」

「電話しなかったことも、約束を取り付けなかったことも、申し訳なく思っています。しかし――」ロセッティはなかに案内されながら謝った。

「私の不意をつきたかったんでしょうが」ペレグリーノが言った。「実を言うと、警部補、それは成功しませんでしたね」

「私がくるのを待ち受けておられたんですか？」ロセッティはカウンターの横に立ち、ノートとペンを取り出した。

「もちろんです。あなたがナポリから派遣された目的がロンバルディの死の捜査をすることだと知らない者は、この町にはいません。真っ先に事情聴取すべき候補のなかに自分が入っているに違いないと睨《にら》んでいたんです」

「どうしてでしょう？」

「私があの男を蛇蝎《だかつ》のごとくに嫌っていたことは秘密でも何でもありませんからね。だから、私を逮捕するつもりなら、あなたが一番したくないのは電話をかけて面会の約束を取り付けることでしょう。だって、逃げる時間をくれてやるようなものなんだから」

ロセッティはペンを置いた。「しかし、なぜ逃げるのですか、シニョール・ペレグリーノ？」

「それは私がロンバルディを殺したことを知らない者がいないからであり、もうすぐあなたのような優秀な刑事がやってきて犯人を突き止めるだろうとわかったからです」

「しかし、あなたが彼を殺す理由は何なんですか?」ロセッティは訊いた。

「あいつはみかじめ料を取り立てるだけでなく、売上税までかけてきました。おかげで、事業が立ちゆかなくなりはじめていました。それでもまだ足りなければ付け加えますが、私の買い手にリベートを要求することまでしていたんです。そのせいで、コルトリアへ足を運ぶのを避ける買い手が出てきはじめてもいました。自分があいつの次の標的になるのではないかと恐れてね。あのろくでなしがもう一年生きていたら、私は子供たちに何一つ遺《のこ》してやれなくなっていたでしょう。幸いなことに息子のロベルトが育ってくれていて、私が刑務所にいるあいだの事業を引き受けてくれることになっているんですよ」ペレグリーノが立ち上がり、手錠をかけてくれと言わんばかりに、カウンター越しに両手を差し出した。

「あなたを逮捕する前に、シニョール・ペレグリーノ」ロセッティは言った。「どうやって町長を殺したか、それを教えてもらう必要があります」

ペレグリーノはためらわなかった。「絞め殺したんです」

「何を使って絞め殺したんです?」

今度はためらった。「それが問題なんですか?」

「いや、問題というわけではありませんが――」ロセッティは答えた。

「結構、では、さっさと終わらせてしまいましょう」ペレグリーノがふたたびカウンター越しに両手を差し出した。

「一つだけ小さな問題があるんです」ロセッティはつづけた。「残念ながら、それについて言うなら、ロンバルディはあなたにも、あなた以外のだれにも絞め殺されたのではないんです」

「しかし、あの男はすでに灰になっているんですよ。なぜそんなことがあなたにわかるのかな？」

「なぜなら、あなたと違って検死報告書を読んだからです。お教えしますが、シニョール・ペレグリーノ、死因は絞殺《こうさつ》ではありません」

「それは残念ですが、あの男を絞め殺したいと私が思っていたのは確かだから、殺人未遂でお願いできませんか？　それですべては解決でしょう？」

「真犯人が特定されないという問題を除いてはね」ロセッティは応《こた》えた。「ですから、シニョール・ペレグリーノ、私が必ずロンバルディ殺しの真犯人を見つけて鉄格子《てつごうし》の向こうへ送り込むつもりでいることを、友だちのみなさんに伝えていただければとてもありがたいのですが」そして、音を立ててノートを閉じた。ペレグ引き上げようと立ち上がったとき、カウンターの奥の写真が目に留まった。

リーノが微笑し、誇らしげに明らかにした。「娘の結婚式ですよ。相手は私の親友のシニョール・デ・ロサの息子です。油と水は合わないかもしれないが、警部補、オリーヴ・オイルとトリュフはとてもよく合うんです」そして、自分の冗談に自分で笑った。これまで数え切れないほど使ってきた冗談なんだろうな、とアントニオは思った。

「この第一新婦付添いはどなたです？」アントニオは花嫁の後ろに立っている若い女性を指し示した。

「フランチェスカ・ファリネッリ、町長の娘です。ロレンツォも私も、あの子は私の次男と結婚するものと思っていたんですが、そうはなりませんでした」

「なぜです？」アントニオは訊いた。「オリーヴ・オイルが足りなかったとか？」

「とんでもない、余るほどでしたよ。しかし、いまどきのイタリアの女性は自分自身の考えを持っているらしくてね。私は彼女の父親を責めました。大学なんかへ行かせるべきじゃなかったんだとね。そもそも自然の道理に外れているじゃないですか」

ロセッティは思わず笑ってしまいそうになったが、老人は至って本気で言っているようだった。

「もしよかったら、ささやかなお願いがあるんですが」ペレグリーノがオリーヴ・オイルの大瓶を掲げて言った。

「私にできることであれば、喜んでうかがいましょう」

「ロンバルディがどうやって殺されたのか、それを教えてもらうわけにはいきませんか？」

ロセッティはオリーヴ・オイルの大瓶をそのままにして、足早に店を出た。

またもや実りのなかった事情聴取の報告書を書くべく署へ戻ろうとしていたロセッティは、薬局の前まできてためらった。意を決して入っていくと、フランチェスカがカウンターにいて、客とお喋《しゃべ》りをしているところだった。

「それで痛みは和らぐはずです、シニョーラ。でも、服《の》むのは一日一錠、寝る前ですよ、必ずそれを守ってくださいね。効果がなかったら、連絡をください」それを客に伝え終わったフランチェスカがロセッティに向き直った。「今日はわたしを逮捕しにいらっしゃったのかしら、警部補？」

「いや、はるかに簡単な用事ですよ。練り歯磨きを使い切ってしまったんです」

「ねえ、石鹼と練り歯磨きと剃刀《かみそり》の刃をまとめて買うお客さまも普通にいらっしゃるんですけど、これは容疑者を疲れさせて町長殺しを認めさせるための、警察の巧妙な作戦なのかしら？」

ロセッティは噴き出した。

「でも」フランチェスカがつづけた。「仕事が終わったあとでわたしを飲みに連れ出そうという作戦なら、明日だったら応じるにやぶさかではないかもしれないけど」

「そんなにわかりやすかったですか？」ロセッティは訊いた。

「六時にジャン・ルーチョのレストランでどうかしら？」

「楽しみにしています」ロセッティは店を出ようとした。

「練り歯磨きをお忘れよ、警部補」

次の日の朝、署に出てみると、長い白衣の上に青と白の縞《しま》のエプロンを着けた、がっちりした体格の大男が正面入口で待っていた。

「おはようございます、警部。私、ウンベルト・カッターネオです」

「警部補です、シニョール・カッターネオ」ロセッティは訂正した。

「実は自信を持っているんですよ、警部補、これから私が話すことを聞いたら、あなたの昇任も遠くないはずだとね」

「お願いですから、町長を殺したのは自分だなどとは言わないでくださいよ？」

「そんなことを言うつもりはありません」肉屋が声をひそめた。「しかし、だれが殺したかは教えられます」

ようやく情報提供者が現われてくれたかとロセッティは内心で喜び、署の正面入口の鍵《かぎ》を開けると、カッターネオを狭いオフィスに通した。

「まずは確認させてもらいたいんですが」カッターネオが腰を下ろしながらつづけた。「ロンバルディ殺しの犯人を教えたとしても、それが私だということが町の連中の耳に絶対に入らないようにしてもらえますよね」

「それは保証します」ロセッティは確約し、ノートを開いた。「もっとも、裁判になれば証人として出廷してもらうことになるかもしれませんが」

「証人なんかいりませんよ」カッターネオが言った。「だって、犯人が銃を隠した場所を、いまここでお教えするんですから」

ロセッティはとたんにノートを閉じて深いため息をついた。

「待ってください、まだ犯人の名前を言ってもいないじゃないですか」カッターネオが抵抗した。

「その必要すらありませんよ、シニョール・カッターネオ。なぜなら、ロンバルディは射殺されたのではないんですから」

「だけど、ジャン・ルーチョが私に言ってるんです、自分が撃ち殺したって」カッターネオは言い張った。「凶器まで見せてくれたんですから」

「あなたたち二人に二日ばかり留置場に入ってもらうことになる前に訊きますが、あなたの友だちが私の時間を無駄にするのをやめさせるという以外の理由がないのだとしたら、おそらくはやってもいない罪をジャン・ルーチョに着せようとする理由は何ですか？」

「ジャン・ルーチョ・アルタナはただの友だちじゃなくて、最も古くからの、最も仲のいい友人です」肉屋が訂正した。

「それなら、どうしてそんな友人に人殺しの罪を着せるんです？」

「コイン・トスで私が負けたからです」

「コイン・トスで負けた？」

「そうです。だれであれ勝った者が犠牲になって、町長を殺したと認めるという話し合いができていたんです」

「それなら、どうして彼が名乗り出てきていないんです？」ロセッティはじりじりと苛立《いらだ》ちはじめていた。

「シニョール・デ・ロサがもっといい方法を忠告してくれたんです。彼が直接名乗り出るよりも、私が垂れ込んできたとあなたに思わせるほうが説得力があるだろうから、彼が逮捕される可能性も高くなるはずだってね」

「単なる好奇心で訊くんですが、シニョール・カッターネオ」ロセッティは言った。「コイン・トスであなたが勝っていたら、どうやって町長を殺すつもりだったんでしょう？」

「やはり拳銃《けんじゅう》を使ったでしょうね。ですが、残念なことに銃は一挺《ちょう》しかないので、捨てるわけにもいかず、ルーチョの家の庭に埋めるしかなかったんです。いまでもそこにありますよ」

「これも彼の動機を知るためだけにお訊きするんですが、自分が犯してもいない殺人の罪で告発されるのをジャン・ルーチョが厭《いと》わない理由は何でしょう？」

「ああ、その説明は簡単ですよ、警部補。町長だったときのロンバルディは、一日三度の食事を毎日必ずルーチョのレストランでとって、一度も金を払わなかったんです」

「それは人を殺すに足る理由にはほとんどならないでしょう」

「いつもあの町長がいるのが原因で常連客を一人残らず失ったら、十分な理由になるんじゃないですか？」

「しかし、それはあなたがロンバルディを殺したかった理由の説明にはなりませんよね」

「ジャン・ルーチョは私の一番のお得意さんなんですが、もはや最高級の肉を買う余裕がないんです。このままだと、二人とも遠からず倒産の憂き目《うめ》にあうはずでした。ところで、警部補、ロンバルディはもしかして感電死だったとか?」

「お引き取りください、シニョール・カッターネオ。さもないと、私自身があなたを殺した罪で自分を逮捕しなくてはならなくなりますから」

まったく無駄な午前中というわけでもなかったな、とロセッティは評価した。ロンバルディの死因を知っているのはおれとジェンティーレ巡査と検死官と犯人だけだとはっきりしたわけだから。しかし、ジェンティーレはどこにいるのか?

六時になる少し前、ロセッティはルーチョの店に着いた。フランチェスカに会うのが楽しみだった。外側のテーブルに腰を下ろし、花束にした百合《ゆり》を隣りの椅子《いす》において笑みを浮かべたとき、レストランの主《あるじ》のジャン・ルーチョ・アルタナがやってきた。

「飲み物をお持ちしますか、警部補?」

「いや、結構。待ち合わせた人がくるまで待つことにします。それから、ジャン・ルーチョ」ロセッティは退《さ》がろうとする経営者を呼び止めた。「一応お知らせしておきます。今朝、お友だちのシニョール・カッターネオが署に見えたんですが、あなたを殺人罪で逮捕させる計画は失敗に終わりましたよ」

「知っています。しかし、私はコイン・トスに勝ってしまいましたからね」ジャン・ルーチョがため息をついた。

「あなたもシニョール・カッターネオもロンバルディ殺しの真犯人を知っていると、私は確信しているんですが」

「お待ちになるとしても、ワイン一杯ぐらいはいかがですか、警部補？」ジャン・ルーチョが急いで話題を変えようとした。「フランチェスカの好みはコルトリアの白なんです」

「では、二杯にしてもらいましょうか」

ジャン・ルーチョはすぐさま踵《きびす》を返した。

薬局のほうへ目をやっていると、フランチェスカが店を閉め、広場を横断してやってくるのが見えた。すぐに気づいたのだが、長い白衣を着ていない彼女は初めてだった。いまは赤いシルクのブラウスと黒のスカートに、コルトリアで買ったのでないことが確かなハイヒールを履いていた。あまりじろじろ見ないようにしながら、ほかに違っているところがないかどうか確かめると、案の定、髪を下ろしていた。これ以上はあり得ないと思われるほど美しかった。

「あなたはとても訓練された刑事だから」隣りに腰を下ろすや、彼女が言った。「わたしの名前がフランチェスカだということは先刻ご承知でしょうけど、わたしのほうはあなたがアントニオなのか、それともトニなのか、まだ知らないわ」

「母はアントニオと呼びますが、友人はトニと呼んでいます」

「ナポリ出身のご一家なの？」

「ええ」ロセッティは答えた。「両親は二人とも教師で、父はミケランジェロ・イリオネオ・スクールの校長をしています。母はそこで歴史を教えているんですが、どっちが学校を仕切っているかを疑う者はいません」

フランチェスカが笑った。「兄弟や姉妹は？」

「ダリウスという弟が一人います。弁護士なもので、私が犯罪者を捕まえると、必ず黒くて長いガウンをまとって出てきて、そいつらを守ろうとするんですよ。まあ、そういう一家ですね」

フランチェスカがまた笑った。「昔から警察官になりたかったのかしら？」彼女が訊いたとき、ジャン・ルーチョがやってきて、二人にワインのグラスを渡した。

「だれかに菓子を盗まれた六つのときからね。でも、公平を期して言うなら、ナポリで育ったら、法律の側につくか、その反対側につくか、早い時期に決めなくちゃならないんです。あなたはどうなのかな、昔から薬剤師になりたかったんですか？」

「十二のときに初めてあのお店を手伝ったの」彼女が広場の向こうを見て言った。「ミラノ大学で薬学を勉強した四年間を除けば、あそこはわたしの実家同然だったんです。だから、前の経営者が引退したときに後を引き継いだというわけ」

「お父さまはそれをどう思われたのかな？」

「当時の父は町長選挙で戦っていて――文字通りの戦いでした――、気づく余裕もなかったわ」

「町の全員がお父さまの勝利を確信していた、あの選挙ですね」

「しかも、地滑り的な圧勝でね。だから、ロンバルディの勝利を事務官が告げたときには驚きしかなかったわね」

「しかし、ロンバルディに投票したという人に、私は一人も出会っていませんよ」ロセッティは言った。

「あの選挙では、だれに投票したかはどうでもよかったのよ、トニ。だれが票を数えたかだけが問題だったの」

「しかし、ロンバルディが殺された直後に、お父さまは町長になられていますよね」

「そのときはだれも立候補すらしなかったんですもの。今度の土曜日が就任式なんだけど、あなたにもきてもらえないかしら？」

「必ず行きますとも」ロセッティはグラスを挙げた。「それまでにロンバルディ殺しの犯人を捕まえるのは無理かもしれませんがね」

「昨日から今日にかけて、何人が町長殺しを自供したの？」

「二人です。ペレグリーノと、花屋のシニョール・ブルゴーニ」

「ブルゴーニはどうやってロンバルディを殺したんですって？」フランチェスカが訊いた。

「自分のフェラーリで轢《ひ》いて、そのあと絶対に殺し損じないよう、バックしてもう一度轢いたと言っていました。この中央広場でね」

「わたしにはかなり説得力があるように聞こえるけど、どうして逮捕しなかったのかしら？」

「彼はフィアットも持っていないんですよ、フェラーリなんて論外です。それに、運転免許すらありません」ロセッティはそう答えて、百合の花束を彼女に差し出した。

「だから、彼は花を売りつづけられるはずです」

フランチェスカが笑ったちょうどそのとき、ジャン・ルーチョがやってきてワインのおかわりを勧めた。

「もう結構よ、ジャン・ルーチョ」フランチェスカが言った。「そろそろ帰ります。土曜までにやらなくちゃならないことがたくさんあるんですもの」

「土曜と言えば、お父上がコルトリア町長として就任される式の日でしたね。それが本来のありようだったんですよ。でも、その前に、もう一度ここでお二人にお目にかかりたいものですな」ジャン・ルーチョが小さくお辞儀をした。

「二度目のチャンスを与えてもらえればね」ロセッティはフランチェスカと一緒に立ち上がり、広場を薬局のほうへ渡りはじめた。店の上のアパートに住んでいるのだとフランチェスカが教えてくれた。

「あなたはどこに住んでいるの？」彼女が訊いた。

「ここにいるあいだはロンバルディの昔の住まいを使わせてもらっています。あんな豪華なところで暮らしたことなんかないから、これが当たり前だと思わないよう用心しているんですよ。だって、もうすぐナポリの狭いアパートに戻ることになるでしょうからね」

「犯人を捕まえなかったら、いつまでだっていられるじゃない」フランチェスカがからかった。

「いい考えだけど、上司が辛抱できなくなりはじめていましてね。二週間後には戻ってくるように言われているんです、犯人が一緒であろうとなかろうとね」

アパートの前に着くと、フランチェスカが鍵を取り出した。それが鍵穴に差し込まれる前に、ロセッティは屈《かが》んで彼女にキスをした。

「明日、会えるのを楽しみにしているわ、トニ」

ロセッティが怪訝《けげん》な顔をすると、フランチェスカが付け加えた。「そろそろ石鹸が切れてるんじゃないかと思ってね。ところで、トニ、お客さんのなかには箱で買う人もいるのよ。三箱とか、六箱まとめる人だっているんだから」

フランチェスカがドアを開けて玄関へ消えた。ロセッティは広場を引き返しながら、何人かの住人がにやにや笑っているのに気がついた。


次の日はロセッティにとっていい始まりとは言えなかった。いまや写真で埋め尽くされている告知板を検《あらた》め、そのうちの何人かに×印を付けた。考えをさえぎったのは町の郵便配達人、リカルド・フォルテだった。彼は意気揚々と入ってくると、朝の郵便物を渡すより早く言った。「もう緊張に耐えられないんですよ、警部補。というわけで、諦《あきら》めて自首することにしました。町長を殺したのは私です」

「いまコーヒーを淹《い》れようと思っていたところなんです、リカルド、あなたも一杯どうです？」

「その前に、私を逮捕して、締め上げてください」

「それは後でやるかもしれませんが、その前にいくつか質問に答えてください」

「もちろんです」

「ブラックですか、それとも、ミルクを入れますか？」

「ブラックでお願いします。砂糖はいりません」

ロセッティはコーヒーを注いだカップを郵便配達人に渡し、これ以上時間を無駄にするまいと単刀直入に切り出した。「それで、どうやって町長を殺したんです、リカルド？」

「溺死《できし》させました」郵便配達人が答えた。

「海で？」ロセッティは片眉《かたまゆ》を上げて示唆《しさ》した。

「いや、浴室です。不意を襲ったんですよ」

「そうだとしたら」ロセッティはノートを開いた。「よほどの不意を襲ったんでしょうね。しかし、あなたを告発する前に、リカルド、一つか二つ、聞いておかなくてはならないことがあるんです」

「何なりと。何でも認めます」郵便配達人が答えた。

「きっとそうなんでしょうが、まず一つ目、あなたの年齢を教えてください」

「六十三です」

「身長は？」

「百六十二センチ」

「体重は？」

「七十六キロかそこらです」

「その体格のあなたが身長ほとんど二メートル、体重百キロ前後もある大男を力ずくで溺《おぼ》れさせたと、それを私に信じろと言うんですか？　しかも、その男は風呂《ふろ》に入らないという話じゃないですか。教えてください、リカルド、そのとき、ロンバルディは眠っていたんですか？」

「眠ってはいませんでしたが」郵便配達人が答えた。「酔っていました」

「なるほど、そういうことなら説明はつきますね」ロセッティは言った。「ただし、率直に言うなら、溺死させようとあなたが企てる前に彼が意識を失っていれば、といという条件が付きます。それでもまだ完全には納得できませんがね」郵便配達人の顔に不快が浮かんだ。「いずれにせよ、あなたが見落としていることがあるんですよ」

「何ですか？」

「ロンバルディは風呂で溺死できないんです、あの家にはシャワーしかありません」

「海ならどうです？」郵便配達人が一縷《いちる》の望みにすがった。

「問題外です。すでに十一人ものあなたより年下の人たちが彼を海で溺れ死なせたと自供しているとあれば尚更《なおさら》です」ロセッティはノートを閉じた。「でも、いい線は行っていましたよ、リカルド。それより何より、私に手紙が届いているんですか？」

「ええ、三通届いています」郵便配達人が開封された封筒をテーブルに置いた。「一通はお母さまからです、日曜日にナポリで昼食を一緒になさりたいようですね。二通目はナポリ警察の署長からで、まだ犯人を逮捕できない理由を知りたいそうです。三通目は弟さんからです」

「弟は何と言ってきているんですか？」ロセッティは信書が違法に開封された事実に目をつぶった。

「あなたがだれかを逮捕したらすぐに知らせてほしい、もしその人物が金を持っているようなら自分を推薦してもらえないだろうか、とのことでした」

「この町では秘密は存在しないんですか？」

「いや、一つだけ存在します」郵便配達人が答えた。

ジャン・ルーチョのレストランでのフランチェスカとのディナーは公開処刑と言ってもいいぐらいで、彼女の手を握ろうと考えただけでも〈コルトリア・ガゼッタ〉の一面を賑《にぎ》わすのではないかと思われた。

「こんな小さな町に住んでいて、退屈することはないのかな?」ウェイターが皿を下げたあとで、ロセッティは訊いた。

「ないわね。だって、都会と田舎、両方の一番いい部分が手に入るんですもの」フランチェスカが答えた。「あなたと同じ新聞や本を読めるし、同じテレビ番組を観《み》ることができるし、同じ料理を食べて、同じワインを半額で飲めるんだもの。それに、新しい服を買いたくなったり、美術館へ行きたくなったり、オペラを観たくなったりしたら、いつでもナポリへ行って、明るいうちにコルトリアへ帰ってこられるわ。あなたは気づいていないかもしれないけど、ここの山脈《やまなみ》はほんとに素晴らしいし、空気は新鮮なの。そのうえ、通りで擦れ違う人々はみんな笑顔で、みんな知り合いよ」

「でも、賑やかさとか、刺激とか、日々の変化とか——」

「混雑、汚ない空気、落書き、あなたのお仲間のナポリっ子のマナーの悪さは言うまでもないわよね。しかも、彼らは女性はキッチンか寝室にいるべきで、必ずしも同じ女性でなくてもいいと考えているのよね」

ロセッティはテーブル越しに身を乗り出し、フランチェスカの手を握った。「ぼくと一緒にナポリへ行ってくれと頼むことはできないかな？」

「一日ならいいわよ」フランチェスカが言った。「でも、夜までにはコルトリアへ帰りたいわ、あなたと一緒にね」

「そのためには、きみたちは町の人を殺しつづけなくちゃならないぞ」

「そんなことはないわよ。二百年に一人で充分だわ。それで、ロンバルディを殺したと自白してあなたを納得させようとした最新の人物はだれなのかしら？」

「パオロ・カッラフィーニだ」

「いまわたしたちが飲んでいるのは彼のワインよ」フランチェスカがグラスを挙げた。

「そして、これからも飲みつづけることになるだろうな」ロセッティは応じた。「だって、ロンバルディを殺したのは自分だと証明しようとする彼の企ては、いままでのところそれまでのだれの企てよりも説得力がないからね」

「ロンバルディがワイン・セラーの跳ね上げ戸《トラップ・ドア》から転落して首の骨を折ったんでしょ？　それのどこがおかしいの？」

「考え方としてはおかしいところはないよ」ロセッティは答えた。「ただ、トラップ・ドアをあらかじめ開けておかなければ、シニョール・カッラフィーニがロンバルディを突き落とすことはできないはずなんだ。自分がやったとこれから名乗り出てきそうな人たちに教えておいてくれないか、たとえ無実であっても、ことが間違う可能性はあるから、それを覚悟しておくようにとね」

「で、あなたのリストに載っている次の人はだれなの？」

「残念だけど、きみのお父さんだ。一番逮捕したくない人だけど、はっきりした動機があるからね、目こぼしするわけにいかないんだ」

「どうして？」

「いまやわれわれが知っているとおり、ほぼ手中にしていた町長の座をロンバルディのせいで失い、彼が殺されて何日もしないうちにその座に就いているからね」

「それは父のお友だちも同じでしょう」フランチェスカが思い出させた。

「いまや無実だとわかっている人たちばかりだよ。というわけだから、きみのお父さんがどうやってロンバルディを殺したのか、早く知りたくてたまらないんだ」

フランチェスカがテーブルの向こうから身体《からだ》を乗り出してロセッティの頬に触れた。

「心配ないわ、父は殺人を認めないから」

「それはお父さんがやったと信じる更なる理由になるな」

「ただし、父の場合は鉄壁のアリバイがあるの。事件当日は、フィレンツェで開かれていた州政府の会議に出席しているんですもの」

「それなら安心だ。もっとも、目撃者がいればだけど」

「百人以上でしょうね」

「それならお釣りがくる。だけど、ロンバルディを殺したのがきみのお父さんでないとしたら、もうすぐ容疑者がいなくなってしまうな。まあ、警察官が行方不明になっているという謎が残ってはいるんだけどね。ロンバルディが殺された日以降、ルカ・ジェンティーレの姿がコルトリアから消えてしまっているんだ。それ自体、疑わしいだろう」

「ルカ自身は人殺しのできるような人じゃないけど」フランチェスカが言った。「だれがやったかを知っているような気がわたしはするの。だから、あなたが何事もなくナポリへ帰ってしまうまでは、コルトリアへ戻って警官としての務めを再開はしないんじゃないかしら」

「では、この町の人たちみんなを驚かすのに、まだ何日かはあるわけだ」ロセッティは言った。

「少なくともあと三人は、自分を犠牲にして人殺しになろうとする人がいるんじゃないかしら」

「きっと殺害方法が種切れになっていると思うけどね」

「明日は面白い一日になるかもよ、トラップ・ドアや、トリュフのナイフや、拳銃での殺し方にびっくりするような改良が加えられていたりして」

「明日はやめてくれと、彼らにそう伝えてくれないかな。仕事を休んで、きみのお父さんの町長就任式に行こうと思っているんだ。でも、どうして勘定書がこないんだ？」

「そんなものはこないわよ、トニ、あなたがどんなにいつまで待っていようともね」フランチェスカが言った。「ジャン・ルーチョがみんなに言ってるんだけど、自分はロンバルディを撃ち殺したと自供して、拳銃の在処《ありか》まで明らかにしたのに、あなたはそれでも逮捕するのを拒否したんですってね」

「だって、彼はやっていないんだから当然だろう」ロセッティはさすがにむっとして言い返した。「まあ、今夜ここでこうやってきみと食事をしていなかったら、銃器不法所持で彼を拘束はしていただろうけどね」

「でも、あれは彼のものですらないわ」

「ああ、そうか。だけど、彼はコイン・トスに勝ったんだ」ロセッティは言った。

「コイン・トスに勝った？」

「ようやくきみの知らないことが出てきたな」彼はそう言って店を出ると、フランチェスカの手を取って、彼女のアパートへと広場を渡った。

彼女が玄関の扉を開けると、今夜のロセッティは一緒になかへ入った。

翌日、町長就任式の前にナポリから電話があり、進展はあったかと署長が訊《き》いてきた。

「あるとは言えませんね」ロセッティは認め、分厚くなったファイルを開いた。「これまでに四十四人が町長殺しを自供しているんですが、間違いなく真犯人はそのなかにはいません。さらに悪いことに、全員が真犯人を知っているようなんですよ」

「だれかが必ずぼろを出すはずだ」署長が言った。「そうなると決まっているんだからな」

「ここはナポリじゃないんです、署長」アントニオは思わず口走った。

「で、自供したという直近の一人はだれなんだ？」

「それが一人じゃないんです、十一人なんですよ。ここのサッカー・チームが、ロンバルディを崖《がけ》から突き落として、海で溺死させたと主張しているんです」

「そうでないときみが確信する理由は何なんだ?」

「十一人全員を個別に事情聴取したんですが、一番近い海岸でも六十キロ離れていて、どこの崖から突き落としたのか、どこで死体を引き上げたのか、どうやってコルトリアへ運んだのか、どうやってベッドに横たえたのか、それすら一人一人の言うことが違っているんです。まあ、いずれにしても彼らにロンバルディを殺せたとは到底思えません」

「そこまで確信する根拠は何なんだ?」

「彼らはこの十五年、一勝もできていないぐらい弱いサッカー・チームなんです。それに、忘れないでください、これはアウェー・ゲームではないんです。率直に言わせてもらえば、ロンバルディが十一人全員を崖から突き落とす可能性のほうが高いと思いますよ。彼らに指一本触れさせずにね」

「それはきみがこっちへ帰る尚更の理由になるな」署長が言った。「ロンバルディがコルトリアの人々から惜しまれることは絶対にない。というのは、財務警察からたったいま内々の報告があったんだが、マフィアでさえやつを破門したそうだ。凶暴すぎると感じたらしい。だから、来週末までにやつを殺した犯人が見つからなければ、本物の犯罪者がいまも通りをうろついているナポリへ帰ってきてもらいたい」

ロセッティは返事をするチャンスを与えられなかった。

みんな――そこにはロセッティも含まれていた――が仕事を休み、新町長の就任を祝った。ロレンツォ・ファリネッリは無投票で選出されていたが、だれにとってもそれは当然のことで、六人の議員もそのまま留任した。中央広場では――ロセッティの寝室の窓の真下だった――飲めや歌えやの騒ぎが日付が変わってもつづいたが、彼が眠れない理由はそれだけではなかった。

翌朝、母に電話をして、ある女性と出会い、結婚するつもりでいること、きっと気に入ってもらえること、その理由は美しさだけではないことを告げた。

「そんな素敵な人ならすぐにでも会いたいわね」母は言った。「週末にナポリへ連れていらっしゃいよ」

「お母さんとお父さんがこっちへくればいいじゃないか」

それからの数日、ロンバルディ殺しを自白した町民は四十四人から五十一人に増え、ナポリの署長がまた電話をしてきて捜査の打ち切りを提案したとき、ロセッティは敗北を認めないわけにいかず、尻尾《しっぽ》を巻いて現実世界へ戻るときかもしれないことを受け容《い》れた。

実際、新町長が私事で相談があるので会えないだろうかと電話をしてこなかったら、本当にそうしていたかもしれない。

若い刑事は広場を渡って役場へ向かいながら、この町の人殺しが五十一人から五十二人に増えようとしているのではあるまいかと疑った。というのは、いまやロンバルディ殺害を自白していないのは議会ではファリネッリが残っているだけだったし、殺人のあった日に彼がフィレンツェの会議に出席していなかったことが、ここへきて明らかになっていた。が、出席していたのがだれかはわかっていた——ルカ・ジェンティーレである。

「賛成の諸君は?」町長が自分と五人の同僚議員がふたたび取り戻した議場を見渡した。

五人の議員全員——ペレグリーノ、デ・ロサ、カッラフィーニ、カッターネオ、そして、アルタナ——の手が挙がった。

「彼に申し出る金額にも同意してもらえますか?」

異議ありのつぶやきもなく、ふたたび五本の手が挙がった。

「しかし、その額で充分かな？」ペレグリーノが訊いたとき、ドアにノックがあった。「それについては、もうすぐ答えがわかるのではないかな」ファリネッリが答えると同時にロセッティが入ってきて、町長以下全議員が自分を待っているのを見て驚きを顔に浮かべた。ファリネッリがテーブルの反対側の空席を顎《あご》で示した。ロセッティがグラスに水を注いで着席するや、町長が言った。「新議会の第一回目がいま終わったところです。それで、あなたの捜査の最新の進展状況を教えてもらえないかと思いましてね」

「十分な証拠があるとは言えませんが、町長、それでもロンバルディ殺しの真犯人がようやくわかったと、かなりの確信を持つに至りました」その日はテーブルの向かい側に坐《すわ》っている人物から離れなかった。「しかし、そうであるにもかかわらず、署長からの指示で、この事件の捜査を閉じてナポリへ帰ることになりました」テーブルを囲んでいる六人が一斉に安堵《あんど》の吐息を漏らすのを、ロセッティは聞き逃しようがなかった。

「署長は賢明な判断をされたと思いますよ。しかし、実を言うと」町長がそこで口をつぐみ、ロセッティは彼を見つめつづけた。「われわれがあなたに会いたかったのは、それが理由ではないのです。たぶんご存じと思いますが、警部補、ルカ・ジェンティーレから最近連絡があって、個人的な事情でコルトリアへは戻らないと告げてきたのです。それを受け、われわれ議会は満場一致で、あなたにこの町の警察署長をお願いすると決しました」

「しかし、この町に警察官は一人だけなんじゃないですか？」

「これまではそうでした」デ・ロサが言った。「しかし、われわれ全員もあまりに多くの人殺しが野放しになっていると感じているのですよ。というわけで、あなたに部下をつけることにしました」

「でも、警察署は一人でも狭いぐらいなんですよ。机は一つだけだし、留置場には鍵すらありません」

「確かに。まあ、これまで留置場を必要としたことはないのでね」ペレグリーノが言った。「しかし、議会は新しい警察署を建設するべきであると決めました。あなたの地位にふさわしいものをね」

「しかし――」

「それから、いま住んでおられるところに住みつづけてもらえると、これまた嬉《うれ》しいのですがね」カッターネオが言った。

「信じられないほど気前のいい申し出をしてもらっていますが、それでも、私としては——」

「さらに、ナポリの警察署長と同額の報酬を約束します」ファリネッリがとどめを刺そうとした。

「それは気前がいいどころの話ではない——」ロセッティは言おうとした。

「しかし」町長は〝しかし〟を重ねつづけた。「採決こそしていませんが、全員が強く願っていることがあるのですよ。この町の娘と結婚してもらえたら……」

アントニオ・ロセッティとフランチェスカ・ファリネッリの結婚式の朝、新郎の招待客が何人か——彼の両親と弟も含まれていた——ナポリからやってきた。ロセッティが町長に確約したところでは、みな翌日に引き上げることになっていた。

結局のところ、町全体——招待されていない者も何人か含まれていた——が、アントニオ・ロセッティとフランチェスカ・ファリネッリの永遠の愛の誓いの証人になった。ヴェニスへのハネムーンに出発すべく披露宴をあとにしながら、ロセッティは二週間後に新居へ戻ってきたときもまだ祝いがつづいているのではないかという気がしてならなかった。

新婚夫婦はスパゲッティ・アッレ・ヴォンゴレを食べ過ぎ、ワインを飲み過ぎ、そうでありながら体重が増えすぎない方法を見つけてハネムーンを過ごした。

最後の夜、ロセッティは妻が服を脱ぐのをベッドに坐って見つめ、シーツの下に滑り込んできた彼女を両腕で抱きとめた。

「最高の二週間だったわ」フランチェスカが言った。「帰ったら、とてもたくさんの思い出をみんなに話してあげられるわね」

「サン・マルコ寺院を上っているときのきみの下手な芝居を含めてね。そうでない振りをしてたけど、上りきったときには息も絶え絶えだっただろう」

「ため息の橋の下をくぐろうとしたときのあなたなんか、わたしとは較《くら》べものにならないぐらい悲惨だったじゃない。船頭さんが運河で一番幅の広いところを指さして教えてくれてるのに、全然そのとおりにゴンドラを操れなかったんだもの」

「だれにも言わないでくれ！」

「言わないけど、写真があるわ」フランチェスカがからかった。

「でも、白状すると、何より最高だったのは、今夜のハリーズ・バーでの、リアルトを望んでのキャンドルライト・ディナーだったな」

「忘れられないわ」フランチェスカが吐息を漏らし、夫にキスをした。「だけど、ジャン・ルーチョ・アルタナがヴェニスでレストランを開いたら、彼らの本当の強敵になるでしょうね」

「ナポリへ行ったら、フランチェスカ、きみが同じぐらい気に入るレストランの一軒や二軒はたちどころに紹介してあげるよ」

「いつか、ランチにでも行こうかしら。でも、本当のところは早くコルトリアへ帰りたいわ」

「ぼくもだよ」ロセッティは認めた。「まだマーケット広場でお祝いがつづいていたとしても驚かないけどね」

「わたしの父が殺されていないことを祈りましょう」

「前町長殺しの犯人をぼくがまだ捕まえていないとあれば尚更だ。ところで、考えてみると、ロンバルディ殺しを自白していないのはいまやきみだけだな」

「あなたが初めて薬局にきた日に自白するつもりでいたんだけど、あなた、わたしの気を惹《ひ》くほうに関心がありそうだったんですもの」

ロセッティは笑った。「だとしたら、愛《いと》しい人、ぼくが知る必要があるのはあと一つだけ、どうやって殺したかだけだ」

「スプーン一杯の青酸カリを、ディナーのあとでコーヒーに入れたのよ。あの男がベッドに入る直前にね。時間のかかる苦しい死に方だけど、あいつにはふさわしいわ」

ロセッティは思わず起き上がって妻を見つめた。

「それから、念を押すまでもないとは思うけど、愛しい人」フランチェスカがつづけた。「イタリアでは、男は妻が不利になる証拠を与えてはいけないのよ。だれにもね」

完全殺人

偶然は小説では眉《まゆ》をひそめられるが、現実世界ではたびたびあり得ることだ。私がちょうどこの短編集の校正を終えて出版社へ返したとき、百語で作るショート・ショートのコンテストを今年の後半にまた行なうことをリーダーズ・ダイジェストが明らかにした。

その担当編集者が性懲《しょうこ》りもなく、二十四時間で百語の話を作る気はないかと挑戦してきた。

その答えが、この「完全殺人」である。読者諸氏に最新の作品を愉《たの》しんでいただけることを願うものであり、また、あなたが隠れ作家なら、ついに姿を現わして挑戦を受けてみるのもいいかもしれない。

＊これも百語で構成されている。

（訳者註　これも翻訳は二百五十語です）

アルバートは被告席を見た。その男が人殺しでないことはわかっていた。ほかに男がいることをイヴォンヌが認めた直後、アルバートは致命傷となる一撃を喰らわした。彼女のアパートを抜け出すと、道の反対側の公衆電話ボックスへ行き、その男がやってくるのを見てから警察に通報した。

二十分後、二人の刑事が無実の男をアパートから引きずり出してパトカーの後部座席に押し込み、サイレンとともに走り去った。

「この被告の殺人容疑に関して有罪か無罪か判定は出ましたか？」

陪審長が立ち上がった。

「有罪です」答えたのはアルバートだった。

（訳者註　これも原文は百語、翻訳は二百五十字です）

次作についてのお知らせ

敬愛する読者のみなさん

ここまでの十五の短い物語を作っていくのは面白い作業でしたが、それ以前は「クリフトン年代記」という七部からなる作品に挑戦していました。

その最中《さなか》、思いがけないことに、私のこれまでのどの作品よりもあらゆる点において書く技量を必要とし、どの作品よりもあらゆる点において読んで興奮すること間違いなしの、他の追随を許さない小説の構想を得たのです。

しかし、「クリフトン年代記」最終巻の『永遠《とわ》に残るは』をお読みの読者には、まったく意外ではないかもしれません。なぜなら、ハリー・クリフトンが最終章でそのことをほのめかしているからです。

とはいえ、私はハリーよりさらに一歩踏み込み、次の作品の最初の三章をみなさんと共有しようと考えました。完全版は二〇一八年十一月に世に出ることになっています。

それを愉《たの》しんでいただけることを願うばかりです。

二〇一八年三月　ジェフリー・アーチャー

1　アレクサンドル

レニングラード　一九六八年

「卒業したらどうするんだ?」アレクサンドルは訊《き》いた。

「KGBに入りたいんだが」ウラジーミルが答えた。「大学にも行けなかったら、洟《はな》も引っかけてもらえないだろうな。おまえはどうなんだ?」

「ロシア初の民主的に選ばれた大統領になる」アレクサンドルは笑いながら言った。

「そうなったら」ウラジーミルが真顔のままで言った。「おれをKGBの長官に任命してもらえるよな」

「おれは親族重用主義《ネポティズム》を信じないんだ」ゆっくりと校庭を横切って通りへ出ながら、アレクサンドルは言った。

「ネポティズム？」二人で帰宅の途につきながら、ウラジーミルが訊き返した。

「元々は甥《おい》を意味するイタリア語で、十七世紀の法王たちが自分の親類縁者や近しい友人に高位を与えることが日常化していたことから、そういう意味にも使われるようになったんだ」

「それのどこがいけないんだ？」ウラジーミルが言った。「法王がＫＧＢに置き換わるだけだろう」

「土曜日の試合は観《み》にいくのか？」アレクサンドルは話題を変えた。

「いや、行かない。レニングラードがカップ戦の準決勝に進出したとたんに、おれなんかにチケットが手に入る可能性はなくなったよ。だけど、おまえのお父さんは港湾監督官だから、党員用に予約してある席のチケットが二枚、自動的にもらえるんだよな」

「共産党に入党するのを親父《おやじ》が拒否しているあいだは駄目だな」アレクサンドルは言った。「チケットが手に入るかどうか、このあいだ訊いてみたんだけど、見込みのありそうな口振りじゃなかった。頼みの綱があるとしたらニコ叔父さんだけだ」

歩きつづけながらアレクサンドルが気づいてみると、二人ともお互いの頭のそう深くないところに常に居坐《いすわ》っている話題を避けていた。

「いつになったらわかるんだろう」

「さあな」アレクサンドルは応《こた》えた。「教師連中はおれたちが苦しむのを見て愉しんでるんじゃないか？　だって、自分の力を生徒に及ぼす最後の機会なんだから」

「おまえは心配する必要なんかないじゃないか」ウラジーミルが言った。「レーニン奨学生になってモスクワの外国語学校へ進むか、大学で数学を勉強するか、どっちにするかを話し合われるだけなんだから。ところがおれの場合は、そもそも大学へ行けるかどうかもわからないときてる。それが駄目だったら、ＫＧＢに入るなんて夢物語だ」そして、ため息をついた。「たぶん港湾労働者がいいところだろうよ、そして、おまえの父親に使われるんだ」

アレクサンドルはそれについて何も言わず、自分と友人の一家が暮らしているアパートに帰り着いて、擦り減った階段を上がった。

「せめて二階に住めたらな。十五階なんて勘弁してほしいよ」

「三階までは党員専用なんだ。それはおまえだってよく知ってるだろう、ウラジーミル。だけど、ＫＧＢに入ったら、おまえもその世界に仲間入りできるさ」

「それじゃ、また明日の朝にな」ウラジーミルがその冗談を無視し、六階上を目指して階段を上がりはじめた。

一家が暮らしている小さなアパートのドアを開けたとき、アレクサンドルは国が発行している雑誌で最近読んだ、アメリカではあまりに犯罪が多いので、だれもが玄関に鍵《かぎ》を二つ、ときには三つもつけているという記事を思い出した。ソヴィエト連邦がそうでないのは、と彼は思った。盗むほどの価値があるものがないからかもしれない。

母は仕事に出かけていないとわかっていたから、自分の部屋へ直行した。通学用の肩掛け鞄《かばん》から罫線《けいせん》入りの紙を数枚と鉛筆、手垢《てあか》のついた本を一冊取り出し、部屋の隅の小さなテーブルに置いた。そして、『戦争と平和』の一七九ページを開き、トルストイの言葉を英語に翻訳する作業を再開した――〝ロストフの一家が夕食の席に着いたとき、レフは心ここにあらずのように見えた。その理由は一つだけでなく……〟。

綴《つづ》りの間違いがないか一語一語を再確認しながら、もっとふさわしい英語を見つけられないか考えていると、玄関が開く音が聞こえた。空《す》いている腹が鳴りはじめ、港の将校クラブで料理人をしている母が多少の食料をくすねてこられただろうかと考えながら『戦争と平和』を閉じると、キッチンへ行った。

テーブルのそばの木のベンチに腰を下ろした息子に、エレーナが優しい笑顔を向けた。

「今夜は何かいいものがあるの、お母さん？」アレクサンドルは期待を込めて訊いた。

母がまた笑顔になり、ポケットを空にしはじめて、大振りなじゃがいもが一つ、にんじんに似たパースニップという根菜が二本、悪くなる直前のパンが半斤、そして、今夜の戦利品の、おそらくは士官の昼食の皿に残っていたのだろう、ソーセージの半分が姿を現わした。ウラジーミルの今夜の食事に較《くら》べれば、とアレクサンドルは思った。きっと大変なご馳走《ちそう》に違いない。うちはいつだって恵まれているほうだ。

「知らせはない？」エレーナがじゃがいもを剝《む》きながら訊いた。

「お母さんは毎晩同じことを訊き、ぼくは同じ答えを返しつづけるってわけだ。少なくともあと一カ月は知らせはないと思う。もう少し長くかかるかもしれないな」

「あなたがレーニン奨学生になれたらお父さんがどんなに誇りに感じるかって、それだけよ」エレーナがじゃがいもを剝き終え、皮も横に取り置いた。無駄にしていいものは何もないということだった。「知ってるでしょうけど、戦争がなかったらお父さんは大学に行っていたはずなのよ」

そのことはよく知っていたが、レニングラードが包囲されたとき父親が若き伍長《ごちょう》として前線にいて、九十三日のあいだ精鋭パンツァー戦車部隊の途切れない猛攻にさらされたにもかかわらず、ドイツ軍が後退して自分の国へ引き上げるまで持ち場を離れなかったという話を思い出すたびに胸が躍った。

「その功績をたたえられて、レニングラード防衛勲章をもらえたんだよね」アレクサンドルはタイミングを外さなかった。

母はその話を数え切れないほどしていて、アレクサンドルは何度聞いても飽きることがなかった。もっとも、父親がそれを話題にしたことは一度もなかったが。そして、二十五年近く経《た》ったいまは港の同志主任監督官になり、三千人の労働者を指揮していた。共産党員ではなかったが、この職務に打って付けの人物だとKGBでさえ認めているということだった。

玄関が開き、大きな音とともに閉まって、父親の帰還を告げた。キッチンへ入ってきた父を見て、アレクサンドルは微笑した。背が高くてがっちりした体格のコンスタンチン・カルペンコはいまでも若い娘を振り向かせることができるほどハンサムで、日焼けした顔には堂々として豊かな口髭《くちひげ》が蓄えられていた。アレクサンドルは子供のころ、勇気が出るまで何年もかかったあと、それを撫《な》でた記憶があった。その父親が息子の向かいにどすんと腰を下ろした。

「あと三十分で用意ができるから、ちょっと待っていてちょうだいね」エレーナがじゃがいもを賽《さい》の目《め》に切りながら言った。

「われわれだけのときは英語を使おう」コンスタンチンが言った。

「どうして?」エレーナがロシア語で訊いた。「イギリス人なんて一度も会ったことがないし、これからだってないと思うけど」

「奨学金を得てモスクワへ行くことになったら、アレクサンドルは敵の言葉が流暢《りゅうちょう》でなくちゃならないだろう」

「でも、この前の戦争では、イギリスもアメリカもぼくたちの味方じゃなかったの、お父さん?」

「たしかにそうだったが」父親は答えた。「それはあいつらが、われわれのほうが悪としてはナチスよりましだと考えたからに過ぎん」

アレクサンドルがそれについて思案していると、父親が立ち上がって言った。「待っているあいだ、チェスでもどうだ?」

アレクサンドルはうなずいた。一日のお気に入りの時間だった。

「手を洗ってくるから、用意をしておいてくれ」

夫がキッチンを出ていくと、エレーナが小声で言った。「たまには勝たせてあげればいいのに」

「駄目だね」アレクサンドルは拒否した。「いずれにせよ、わざと負けてあげようなんてしても見抜かれるに決まってるよ」そして、キッチン・テーブルの下の引き出しから古い木製のチェス盤と駒《こま》の入った箱を取り出した。駒は一つなくなっていたから、毎晩、プラスティックの塩の瓶にビショップ役をやらせなくてはならなかった。

アレクサンドルが自分のキングの前のポーンを二升《ます》進めたところで父親が戻ってきて、すぐに自分のクイーンの前のポーンを一升進めた。

「試合はどうだった？」

「3－0で勝ったよ」アレクサンドルは自分のクイーン側のナイトを動かしながら答えた。

「また完封勝ちか、よくやった」父親が言った。「だが、奨学金を勝ち得るほうが大事だからな。まだ知らせはないのか？」

「ないよ」アレクサンドルは答えて駒を動かすと、父親が手をどう進めるか考えている隙《すき》に訊いた。「土曜の試合だけど、お父さん、何とかチケットが手に入らないかな？」

「無理だな」父親が認めたが、目は盤を睨《にら》んだままだった。「ネフスキー大通りの処女より数が少ないんだ」

「コンスタンチン！」エレーナが諌《いさ》めた。「仕事中は港湾労働者のような口のきき方をしてもいいけど、うちではやめてちょうだい」

父親が息子を見てにやりと笑みを浮かべた。「だけど、ニコ叔父ならテラス席のチケットを二枚保証されてるし、おれはあいつに付き合う気はないから……」アレクサンドルが跳び上がると、父親は息子の集中力が一瞬途切れたのを幸い、その隙をついて駒を動かした。

「あなただって好きなだけチケットを手に入れられるはずよ」エレーナが言った。「党員になることに同意するだけでいいんだもの」

「おれにその気がないことはおまえも知ってるだろう。おまえが教えてくれた言い方をするなら〝クイド・プロ・クオ〟、それ相応の代償を支払うことになる。それが嫌なんだ」コンスタンチンがテーブル越しに息子を見て言った。「忘れるな、あいつらは必ず見返りを要求する。おれはたかだかサッカーの試合のチケット二枚ごときで友人を売り、川に浮かばせる気はない」

「でも、カップ戦の準決勝に進出するなんて本当に久し振りなんだよ」アレクサンドルは抵抗した。

「そして、おれが死ぬまでないだろうな。だが、おれは死んでも共産党員になる気はない」

「ウラジーミルはもう共産少年団員《ピオネール》だし、共産主義青年同盟《コムソモール》に入ることになっているけど」アレクサンドルは駒を動かしたあとで言った。

「特に驚くことでもないだろう」コンスタンチンが応えた。「そうでもしないと、あいつがKGBに迎えられる望みはないだろうからな。KGBなんて、井の中の蛙《かわず》でも特殊な種類が棲息《せいそく》しているところだ」

アレクサンドルの集中力がふたたび途切れた。「お父さんはどうしていつもウラジーミルに厳しいの？」

「信用できない馬鹿者《ばかもの》だからだ。父親そっくりの小物じゃないか。いいか、あいつを絶対に信用するな。秘密を打ち明けるなんて論外だぞ。おまえが家へ帰り着くより早く、KGBに伝わってるに決まってるんだから」

「そんなことができるほどあいつの頭はよくないよ」アレクサンドルは言った。「実際、大学に進めれば運がいいぐらいなんだから」

「頭はよくないかもしれないが」父親が言い返した。「狡猾《こうかつ》で冷血だ。危険な組合わせだ。嘘《うそ》じゃない、あいつはカップ戦の決勝のチケットを手に入れるためなら母親でも売るぞ。準決勝でやったとしても不思議はないだろうな」

「用意ができたわよ」エレーナが呼んだ。

「引き分けにするか？」父親が水を向けた。

「お断わりだね」アレクサンドルは拒否した。「あと六手でチェックメイトなんだ、わかってるくせに」

「二人ともつまらない口論はやめて」エレーナが言った。「テーブルを片づけなさい」

「最後におまえに勝ったのはいつだったかな」父親が負けを認めてキングを横に倒した。

「一九六七年十一月十九日だよ」アレクサンドルは答え、父親と一緒に立って握手をした。

アレクサンドルは塩の瓶をテーブルに戻して駒を箱に収め、父親は流しの上の棚から皿を下ろしてテーブルに並べた。息子はキッチンの引き出しから時代がそれぞれに異なるナイフとフォークを三本ずつ取り出し、ついさっき翻訳した『戦争と平和』の一節を思い出した。ロストフ家の正餐《ディナー》——夕飯《サパー》より適切で、自分の部屋へ戻ったらすぐに訂正するつもりだった——は常に五皿からなるものと決まっていて、皿が替わるごとに銀のナイフやフォークも取り替えられた。それに、揃《そろ》いの仕着せの召使いが十二人、一人一人が椅子《いす》の後ろに控えて、厨房《ちゅうぼう》から出ることがないように思われる三人の料理人が作った食事を供していた。それでも、とアレクサンドルは確信があった。その三人といえども料理の腕は母に敵《かな》わないはずだ、だって、そうでなかったら、母が将校クラブで働いているはずがないのだから。

いつの日か……と内心でつぶやきながら、テーブルの支度を終えて父親の向かいのベンチに腰を下ろした。エレーナが三人分に分けた、しかし量は均等ではない料理の最後の皿を持って合流した。三つに分けられたソーセージの残り、賽の目に切ったじゃがいも、焼いた皮が、上品に見えるように盛りつけられていた。夫と息子にはパースニップが一本ずつと、厚く切った黒パンとラードが添えられていた。

「今夜は教会の会合があるんだが」コンスタンチンがフォークを手にしながら言った。

「そんなに帰りが遅くなることはないと思う」

アレクサンドルはソーセージを四分割し、一つずつをゆっくり味わって、その合間にパンを食べて水を飲んだ。パースニップは最後に口に入れてみたが、味があるのかないのかよくわからず、好きなのかどうかすらはっきりしなかった。『戦争と平和』では、パースニップは召使いが食べるものだった。時間をかけたにもかかわらず、食事は数分で終わってしまった。

コンスタンチンは水を飲み干し、上衣《うわぎ》の袖《そで》で口を拭《ふ》くと、黙ってキッチンを出ていった。

「勉強に戻っていいわよ、アレクサンドル。片付けはすぐに終わるから」エレーナが部屋へ戻れと手を振った。

アレクサンドルは喜んでお言葉に甘え、部屋へ戻った。〝夕飯《サパー》〟を〝正餐《ディナー》〟に訂正し、次のページへ移って、トルストイの名作の翻訳を再開した。〝フランス軍はサンクトペテルブルクを目指して進みつつあり……〟

アパートから通りへ出たコンスタンチンを、本人は気づいていなかったが、二つの目が見つめていた。

学校の宿題に集中できないまま、十五階の自室の窓からぼんやり下を見ていたウラジーミルは、アパートを出てくるカルペンコに気がついた。今週、三度目だった。夜のこんな時間にどこへ行っているのか？　突き止めてみてもいいかもしれない。ウラジーミルは急いで部屋を出ると、忍び足で廊下を歩いた。居間から大きな鼾《いびき》が聞こえるので覗《のぞ》いてみると、父親が馬の毛の椅子にだらしなくもたれて眠っていて、そばに空になったウォトカの瓶が転がっていた。音がしないように玄関を開け、音がしないように閉めると、石の階段を駆け下りて通りに出た。左を見ると、カルペンコが角を曲がるところだった。すぐさまあとを追って走り出したが、その角の手前でスピードを緩めた。

角の向こうをうかがうと、同志カルペンコは使徒聖アンデレ教会へ入っていった。

まったくの無駄遣いだったか、とウラジーミルはがっかりした。正教会はKGBに眉《まゆ》をひそめられているかもしれないが、実際に禁じられているわけではない。家へ帰ろうと踵《きびす》を返しかけたとき、暗がりからもう一人、男が現われた。日曜の教会で見たことのない顔だった。

ウラジーミルは角を曲がり、姿を見られないよう暗がりに隠れたまま、じりじりと教会のほうへ進んでいった。さらに二人の男が反対方向からやってきて、教会へ入っていった。背後で足音がし、ウラジーミルは一瞬凍りついたが、すぐさま壁を飛び越え、じっと息をひそめた。その男が通り過ぎるのを待って墓地を抜け、建物の裏へ向かった。聖歌隊だけが使う入口がそこにあり、ドアノブを回してみたが動かなかった。

悪態をついてあたりを見回すと、頭上に半分だけ開いている窓があった。そのままでは手が届かなかったから、未使用の分厚い敷石を踏み台にして爪先立《つまさきだ》ち、手を伸ばして窓枠へ飛びつこうとした。三度目の試みで何とか成功し、懸垂の要領で身体《からだ》を引き上げると、細身なのを幸い、窓の開いている部分からなかへ潜り込んで反対側へ降りた。

教会の裏側の部屋の前を音を立てないようにしながらいくつも通り抜けて身廊へたどり着き、祭壇の陰に身を隠した。心臓の鼓動が元通りになるのを待って、祭壇の縁から様子をうかがうと、十二人の男が聖歌隊の椅子に腰掛けて議論に没頭していた。

「で、その考えをいつみんなに打ち明けるんだ？」一人が訊いた。

「今度の土曜だ、ステファン」コンスタンチン・カルペンコが答えた。「月例の全体作業集会で同志全員が集まったときに話す。参加を説得する唯一《ゆいいつ》絶好の機会だ」

「古手の連中には匂《にお》わせもしないんだな？」別の男が訊いた。

「もちろんだ。不意を打つ以外に成功の可能性はない。われわれの計画をＫＧＢに知られる危険は冒せない」

「だけど、集会には絶対にＫＧＢのスパイが潜り込んでいて、あんたの一言一言に耳を澄ませているぞ？」

「それは先刻承知だよ、ミハイル。しかし、そのときにやつらにできることと言えば、われわれが独立した労働組合を作ろうとしていて、しかも強力な後押しがあると、ご主人さまに報告することぐらいだ」

「みんながあんたの後押しをすることについて疑いの余地はないと思うが」四人目の男が言った。「どれほどの量の雄弁も、一発の銃弾を食い止めることはできないんだぞ」何人かがうなずいた。

「おれが土曜日に演説をしてしまえば」カルペンコが言った。「ＫＧＢは何であれそういう愚かな真似《まね》はしにくくなるはずだ。だって、考えてみてくれ、おれを殺したら、みんなが一つになって立ち上がる。そうなったら、あいつらの力をもってしたって事態は収まりがつかなくなる。だが」彼はつづけた。「ユーリイの言うとおりでもある。われわれは長く信じている大義を実現するためにかなりの危険を引き受けている。だから、思い直したい、グループを離脱したいと思っている者がいたら、いまがそのときだ」

「このなかに裏切り者《ユダ》はいないよ」また別の男が言い、ウラジーミルは危うく咳《せ》き込みそうになった。全員が一斉に起立し、カルペンコがリーダーであることを確認した。「土曜の午前中にもう一度集まるが、それまでは全員が口を閉ざしていてくれ。他言は一切無用だ」

ウラジーミルの心臓が破《わ》れんばかりに打ちはじめるなか、男たちがふたたび立ち上がってリーダーと握手をし、教会を出ていきはじめた。ウラジーミルは彼らの声が遠ざかって聞こえなくなるまで祭壇の陰にうずくまり、西の大扉が閉まる音と、鍵のかかる音が両方聞こえてからようやく動き出した。急いで聖具室へ戻り、椅子《ストゥール》の助けを借りて窓によじ登ると、何とか外へ出て窓枠にぶら下がってから、地面に落下した。熟練のレスラーのように上手に受け身を取ったが、それは唯一アレクサンドルに勝っていることだった。

一瞬たりと無駄にできないと焦《あせ》りながら、カルペンコとは逆の方向へ走った。目指すのは〈進入禁止〉の標識の必要のない、党関係者しか入ることのないスターリン大通りだった。ポリヤコフ少佐の住まいはよく知っていたが、夜のこの時間に玄関をノックできるかどうか、いまだに自信がなかった。もっとも、それについては夜の何時だろうと昼の何時だろうと同じだったが。

木々が豊かに葉を茂らせ、整然と舗装された石畳の通りに着くと、ウラジーミルは足を止めてその家を見つめた。一秒が過ぎるごとに怖《お》じ気《け》が募ったが、ついにあるだけの勇気を振り絞って玄関へ歩を進めた。拳《こぶし》を握ってノックしようとしたそのとき、ドアが勢いよく開いて、男が驚いた様子もなく姿を見せた。

「何の用だ、若造？」男がウラジーミルの耳をつかんで訊いた。

「情報があります」ウラジーミルは言った。「去年、求人に見えたとき、情報は黄金にも優《まさ》るとおっしゃいました」

「ろくでもない情報だったら承知しないが」ポリヤコフが耳をつかまれたままの招かざる客をなかへ引っ張り込んだ。「ともかく聞いてやろう」

ウラジーミルは今夜教会で聞いた話を細大漏らさず忠実に報告し、それが終わるころには、耳をつかんでいた手が肩へ回されていた。

「カルペンコ以外に見知っているやつはいなかったか？」ポリヤコフが訊いた。

「いませんでしたが、ユーリイ、ミハイル、ステファンという名前が聞こえました」

ポリヤコフがその名前を書き留めてから言った。「土曜の試合は観戦に行くのか？」

「いえ、チケットは完売ですし、父では手に入れるのが無理ですから――」

KGBの少佐がまるで手品師のように内ポケットからチケットを二枚取り出し、たったいま採用したばかりの新人に渡した。

コンスタンチンは妻を起こしたくなかったから静かに寝室のドアを閉め、頑丈なブーツを脱いだ。明日の朝早く家を出れば、仲間と何を計画しているかを、それより何より、自分が土曜に何をしようとしているかをエレーナに説明せずにすむ。酒を飲みに出かけているとか、愛人に会いにいっているとでも思わせておくほうが、本当のことを打ち明けるよりはましだ。教えたら、演説なんかしないでくれと説得にかかられるのが落ちだ。

思いとどまらせようとするエレーナの声が聞こえるようだった――だって、そんなにひどい生活じゃないでしょう。アパートに住めて、電気も水道も使えるし、わたしは将校クラブでの調理人という仕事がある。息子はモスクワの一流の外国語学校の奨学生になれるかもしれない。これ以上、何を望み得るの？

その声に対して、コンスタンチンは内心でこう答えた――そういう恩恵を全員が受けるのが当たり前になる日だよ。

コンスタンチンは眠れないまま、頭のなかで演説原稿を作っていった。土曜の午前中に三千人の港湾労働者に向けて発表するまで、紙に書く危険は冒せない。五時半に起き出し、またも妻が目を覚まさないように気をつけながら、手が凍るほど冷たい水で顔を洗った。髭を剃《そ》るのはやめておくことにし、生地の粗い開襟《かいきん》シャツとつなぎの作業服を着て、靴底に鋲《びょう》を打ったブーツを履いた。それから寝室を出ると、キッチンに準備してある弁当を手に取った。固ゆで卵と玉ねぎとパン二切れとチーズ、それよりましなものを食べているのはKGBだけだった。

玄関を出て静かにドアを閉め、擦り減った石の階段をゆっくりと下りて、人気《ひとけ》のない通りに立った。仕事場までの六キロを歩くのを日課としていたが、実は労働者を港へ運ぶバスはいつも混んでいるから乗りたくなかったのだ。それに、土曜を生き延びることができたら、高度に訓練された戦場の兵士のような頑健な肉体を維持しつづける必要があった。

途中で仕事仲間に出会うたびに、必ず挨拶《あいさつ》代わりに敬礼の仕草をした。敬礼を返す者もいれば、うなずくだけの者もいた。数は少ないけれども悪《あ》しきサマリア人のようにそっぽを向く者もいないではなかったが、彼らの額には共産党員番号が刻印されているのかもしれなかった。

一時間後、港の正面入口に着くと、すぐに出勤時間を記録した。管理職として、だれより早く出勤し、だれより遅く退勤したかった。波止場を歩きながら、その日の最初の仕事に思いを巡らせた。黒海に面したオデッサへ向かう潜水艦が一一番ドックに入っていて、燃料と食糧を補給したあとで出港することになっていたが、少なくともまだ一時間は余裕があった。今朝、一一番ドックに近づくことを許されているのは、最も信頼されている者たちだけだった。

思いは昨夜の集まりへ移っていった。何かが変だったが、何なのかがわからなかった。何かではなくて、だれかだろうか、とコンスタンチンは考えた。そのとき、ドックの奥の巨大なクレーンが大きな貨物を吊《つ》り上げ、一一番ドックで待機している潜水艦のほうへゆっくりと首を振りはじめた。

クレーンの操作員は慎重に選抜され、四方にわずか数センチしか余裕のない貨物室に水のタンクをぴったりと収める技量の持ち主だった。が、今日の彼は何日も海面下にとどまらなくてはならない潜水艦へ、そのために必要な燃料を積んだドラム缶を移す作業に従事していた。その作業も厳密な正確さを要求されたが、一つ運がいいことがあるとすれば、今朝は風がないことだった。

コンスタンチンは頭のなかにある演説原稿の見直しに集中しようとした。仲間のだれかが口を開かない限り、すべてはきちんとうまくいくはずだ。そう確信すると、思わず口元が緩んだ。

あと三センチだ、とクレーンのオペレーターは自信を持って判断した。貨物は完全なバランスを保って揺れ一つない。長くて頑丈なレヴァーをゆっくりと前に押すと、それまで三本のドラム缶をしっかりつかんでいた、大きなクランプの口が開いた。直後、ドラム缶が墜落し、波止場に激突した。三センチでぴったりだった。コンスタンチン・カルペンコが顔を上げたときはもう手後れで、即死するしかなかった。だれを責めるべくもない、おぞましい事故だ。早番の労働者がやってくる前に、いますぐ姿を消さなくてはならないとわかっていたから、クレーン操作員は伸びきっているアームを急いで元の位置に戻し、エンジンを切ると、運転席を出て梯子《はしご》伝いに地面に降りようとした。

波止場に降り立つと、三人の同志がそこにいた。クレーン操作員は彼らを見て笑みを浮かべたが、刃渡り十八センチの鋸歯状《きょし》のナイフには、それが深々と腹に突き立てられて抉《えぐ》られるまで気づかなかった。呻《うめ》きがついに止《や》むまで、三人のうちの二人が彼を押さえつけ、そのあと両手両足を縛ると、波止場の縁まで押していって水中へ落とした。死体は三度浮かび上がったあと、とうとう水面下へ消えた。その日の彼は公式には出勤していないことになっていたから、いなくなったとわかるまでしばらくかかるはずだった。

コンスタンチン・カルペンコの葬儀は使徒聖アンデレ教会で執り行なわれ、会葬者はあまりの多さに、聖歌隊が入るはるか前に通りまではみ出すありさまだった。司教は頌徳《しょうとく》の辞でコンスタンチンの死を悲劇的な事故と形容し、おそらくは港湾司令官の公式発表――それでさえ、モスクワが正式に承認してからのことだった――を鵜呑《うの》みにしたのだろうが、実はそうでないと考えている者のほうが圧倒的に多かった。満員の信徒席の最前列近くに坐っている十一人はあれが事故ではないとわかっていたし、リーダーを失ってしまっては自分たちの大義が助からないことも覚悟していた。なぜならKGBが徹底的に捜査するに違いなく、国が関わるこの種の調べは結果が報告されるまで少なくとも二年はかかるのが普通で、そのころにはカルペンコの下に集った仲間の勢いは失われているに違いないからだ。

家族と近しい友人だけが墓を囲み、最後の別れを告げた。夫の遺体が地中に降ろされるとエレーナが泣き出し、アレクサンドルはその母の手を本当に久し振りに握った。そのとき不意に気づいたのは、どんなに若かろうといまや自分が一家の柱だという事実だった。

顔を上げると、ウラジーミルが見えた。父が死んでから、一度も話をしていなかった。その彼が半分隠れるようにして、墓を囲む人々の後ろにいた。目が合うと、親友はとたんに顔を背けた。父の言葉がよみがえった——〝あいつは狡猾で冷血だ。嘘じゃない、カップ戦の決勝のチケットを手に入れるためなら母親でも売るぞ。準決勝でやったとしても不思議はないだろうな〟。土曜の試合のテラス席のチケットが二枚手に入ったことを、ウラジーミルはついに誘惑に負けたと見えて教えてくれたが、だれにもらったのか、どうやってもらったかについては口を閉ざしていた。

大学へ行く保証を得るために、KGBに入るという望みを叶《かな》える唯一のチャンスをものにするために、ウラジーミルは何をどれほどしなくてはならないんだろう？ アレクサンドルは訝《いぶか》るしかなかった。そしてその瞬間、あいつはもう友人ではないのだと気がついた。間もなく、ウラジーミルはこそこそと姿を消した。夜の闇《やみ》に消えるユダのように。あいつは、とアレクサンドルは確信した。おれの父の頬にキスをする以外のことはすべてやったに違いない。

みんなが引き上げてからも、母と子は長いあいだ墓前にひざまずいていた。ようやく立ち上がったとき、夫はこんな目にあわされるような何をしたのだろうと、エレーナは考えざるを得なかった。よほど洗脳されている党員以外、ＫＧＢが言いふらしている話を信用する者などいるはずがない。あの悲劇的な事故のあと、クレーン操作員が自殺したですって？ ブレジネフ書記長までが嘘に加担し、コンスタンチン・カルペンコにソヴィエト連邦英雄の称号を与えて未亡人には満額の年金を保証する、とクレムリンのスポークスマンに言わせていた。

エレーナは自分の人生のもう一人の男に早くも目を転じ、モスクワへ移って仕事を見つけて、そのもう一人の男、すなわち息子のキャリアを前に進めるためにできる限りのことをすると決めていた。だが、弟のニコと長い話し合いをしたあと、レニングラードにとどまり、何もなかったかのごとくに振る舞うことを渋々受け容《い》れた。いまの仕事をつづけられるだけでも運がいいと認めざるを得なかった。なぜなら、ＫＧＢは彼女とは何の関係もない人々にまで触手を伸ばし、仕事を失わせていたのだから。

土曜日、レニングラードはソヴィエト・カップの準決勝でオデッサを２－１で破り、決勝でトルペド・モスクワと相まみえる資格を得た。

そのチケットを手に入れるために何をしなくてはならないか、ウラジーミルは早くも答えを探しはじめていた。

2 アレクサンドル

エレーナは早く目が覚めた。いまだ独り寝に慣れることができなかった。アレクサンドルに朝ご飯を食べさせて学校へ送り出すと、アパートの掃除をしてから、コートを着て仕事に出かけた。コンスタンチンと同じく徒歩出勤だった。そのほうが、混雑する車内で〝ご親切に〟とか〝すみません〟とか繰り返さずにすむ。

歩きながら、自分が愛したただ一人の男性の死について考えた。あいつらはわたしに何を隠しているのだろう？ だれも本当のことを教えてくれないのはなぜだろう？ 時期を見て、弟に訊いてみよう。いまは認めようとしていないけれども、はるかに深い事実を知っているに違いない。そのあと、思いは息子へ移っていった。もういつ試験の結果がわかってもおかしくないはずだけど……。

最後に考えたのは仕事のこと、アレクサンドルが学校にいるあいだはそれを失うわけにはいかないということだった。年金支給はわたしをもう必要としていないというほのめかしだろうか？　わたしがいるとみんなに夫の死に方を思い出させてしまうということか？　でも、わたしは料理上手だ。だから、港湾労働者用の食堂ではなく、将校クラブで働いているのだ。

「ようこそお帰りなさい、カルペンコ夫人」彼女が出勤を記録すると、門衛が声をかけた。

「ありがとう」エレーナは応えた。

波止場を歩いていると、何人かの港湾労働者が作業帽を軽く持ち上げ、「おはよう」と挨拶してくれた。夫がどんなに慕われていたかを、それがふたたび思い出させてくれた。

将校クラブの裏口を入ると、コートを掛け、エプロンをして厨房へ直行した。まず昼食のメニューを確認するのが毎朝の慣例だった。野菜のスープと兎《うさぎ》のパイ。今日は金曜日だ。いつもと同じように、二つの料理の準備を同時に始めた。まず肉を検《あらた》めた。三羽分の兎の皮を剝《は》がなくてはならなかったし、野菜を切り、じゃがいもの皮を剝く必要があった。

肩にそっと手を置かれて振り返ると、ノヴァクが同情の笑みを浮かべて立っていた。

「いい葬儀だったが」監督官が言った。「コンスタンチンはもっと報われてしかるべきだ」本当のことを知っている一人だろうが、それを口にするつもりはなさそうだった。礼を言い、調理の手を休めずにいると、サイレンが鳴って午前十時の休憩を知らせた。エプロンを外し、中庭にいるオルガのところへ行った。この友人は昨日半分だけ喫《す》って残しておいた煙草《たばこ》を愉しんでいるところで、それを渡してくれた。

「とんでもなく大変な一週間だったけど」オルガが言った。「わたしたち、あなたが仕事を失わないようにみんなで演技しつづけたのよ。昨日の昼食はわたしが作ったんだけど、ひどいものでね」そして、取り戻した吸いさしの煙を深々と肺に送り込んでつづけた。「スープは冷めているし、肉は焼きすぎで、野菜はしなびているし、グレイヴィは作り忘れるしで、将校連中の全員が、あなたはいつ復帰するんだって訊いてきたわ」

「ありがとう」エレーナは友人を抱擁《ハグ》したかったが、休憩の終わりを告げるサイレンに阻《はば》まれた。

アレクサンドルは父親の葬儀でも泣かなかったから、その夜仕事から帰ったエレーナは息子がすすり泣いているのを見て、原因は一つしかないとわかった。

彼女はキッチンのベンチに並んで坐り、彼の肩を抱いた。

「奨学生になれなかったとしても大したことじゃないわ」彼女は慰めた。「外国語学校に入学を認められるだけで大変なことなんだから」

「でも、どこへも入学を認められなかったんだ」息子が言った。

「大学で数学を勉強することもできないの？」

アレクサンドルが首を横に振った。「月曜の朝に港へ行くよう言われた。港湾労働者になるんだって」

「そんなこと、絶対にあり得ない！」エレーナは思わず叫んだ。「抗議するわ」

「だれも聞く耳なんか持たないよ、お母さん。ほかの選択肢はないって、もうはっきり言われているんだ」

「ウラジーミルはどうなの？　彼も港湾労働者になるの？」

「いや、大学に入学を認められた。九月からだ」

「でも、どの科目でもあなたのほうが勝ってるじゃないの」

「裏切りって科目以外はね」アレクサンドルが言った。

月曜の昼食時間の直前、ポリヤコフ少佐が厨房に入ってきて、メニューでも品定めするような、しかし、いやらしい目でエレーナを見た。背丈は彼女と同じぐらいだったが、体重は倍もあり、オルガに言わせれば、それはエレーナの料理のおかげだった。保安責任者の肩書きがついていたが、実はKGBであることを知らない者はなく、港湾司令官の頭越しに直接モスクワへ報告することを許されていたから、同僚の将校たちでさえポリヤコフには用心していた。

やがて、エレーナを品定めしていた目が仕事ぶりを検める目に変わり、ときどき味見にやってくる将校たちの隙を見て両手が背中に回ったと思うと尻《しり》へ下りてきて、そのうちに自分自身を彼女に押しつけてきた。「昼食時間が終わったら会おう」ポリヤコフはそう言って厨房をあとにし、将校たちの仲間入りをすべく食堂へ戻っていった。エレーナがほっとしたことに、ポリヤコフは一時間後に建物を飛び出していき、彼女の退勤時間になっても戻ってこなかった。だが、時間の問題ではないかという不安は消えなかった。

その日の終わりにニコが厨房へやってきたから、エレーナは午後に耐えなくてはならなかったことを逐一話して聞かせた。

「ポリヤコフについては、われわれにできることは何もないんだ」ニコが言った。

「仕事を失いたくなかったらな。コンスタンチンが生きていたら、あいつだって姉さんに手出しをする度胸はなかっただろうが、いまは……絶対に苦情申し立てをすることのない被征服者のリストに姉さんを加えようとするのを止める手立てはないんだよ。それはオルガに訊いてみるだけでわかるはずだ」

「その必要はないわ。でも、今日、オルガがちょっと口を滑らせたんだけど、コンスタンチンが殺された理由と、その犯人を知ってるみたいなの。すごく怯《おび》えていたから二度と口にしないでしょうけど、ニコ、そろそろ本当のことを教えてくれてもいいんじゃない？　あなたはあの集まりに出ていたの？」

「あれは悲劇的な事故だったんだ」ニコが言い、口の前に人差し指を立てた。

エレーナはすべての蛇口を全開にしてから小声で言った。「あなたの命も危ないの？」ニコはうなずき、黙って厨房を出ていった。

その日の夜、エレーナはベッドのなかで夫に思いを馳《は》せた。夫がもうこの世にいないという事実を、いまだ受け容れにくかった。アレクサンドルは父親を崇敬していたし、その不可能なほどに高い規範を裏切るまいと一生懸命頑張っているけれど、コンスタンチンの代わりにはなり得ない。間違いなくその高い志がコンスタンチンの命を奪い、息子が港湾労働者としての一生を送らざるを得なくさせたのだ。息子が外務省に入り、大使として赴任するのをこの目で見るのがわたしの願いだった。でも、それはもう叶わない。勇敢な男たちが自分の信じることのために危険を引き受けるのを厭ったら、とコンスタンチンは言っていた。何一つとして変わらないんだ、と。コンスタンチンがもっと臆病《おくびょう》だったらよかったのに。でも、もしそうだったら、わたしはあんなに身も世もないほど彼を愛さなかったかもしれない。

エレーナの弟のニコは港湾労働者のなかでは二番目の地位を占めていたが、ポリヤコフは明らかに彼を脅威と見なしていなかった。だからこそ、カルペンコが死んだあとも荷役部門の長をつづけさせているのだった。しかし、ポリヤコフは知らなかったが、ニコは義理の兄以上にＫＧＢを忌《い》み嫌っていて、彼の死後も不満を表わす素振りも見せずにいたものの、実は復讐《ふくしゅう》計画をすでに形にしつつあった。それは激烈な言辞で仲間を煽《あお》ったりはしないけれども、断固たる勇気を必要とするものだった。

火曜の午後、エレーナが退勤を記録して港の門を出ると、思いがけないことにニコが待っていた。

「嬉《うれ》しい不意打ちね」彼女は自宅アパートへ歩きながら言った。

「これから話すことを聞いたら、そうは思えなくなるかもしれないぞ」弟が応えた。

「アレクサンドルに関係すること？」エレーナは不安になって訊《き》いた。

「残念ながら、そういうことだ。初日から最悪だ。命令は拒否するし、KGBをあからさまに馬鹿にしてる。今日、あいつは下級将校を——あいつら、いつだって最悪と決まっているんだが——、うるさいと怒鳴りつけたんだ」エレーナは身震いした。

「遅まきながらでもあんな真似はするなと姉さんから言ってもらわないと、おれもそう長くはかばえないからな」

「申し訳ないんだけど、あの子は父親の強烈な独立心を受け継いでいて」エレーナは言った。「しかも、父親ほど慎重でもないし、知恵もないときているのよ」

「とにかく、周りにいるだれよりも頭がいいとしても、そんなことは何の役にも立たないんだ。KGBもそういう連中に含まれるし」ニコが言った。「あいつらはそれをわかってる」

「だけど、あの子はもうわたしの言うことなんか聞かないのよ、やめるよう注意しても駄目に決まってるわ」

二人はしばらく黙って歩いていたが、通行人がいなくなってだれにも聞かれる心配がないことを確認してから、ニコがふたたび口を開いた。「実は解決策を思いついたかもしれない。でも、姉さんが——アレクサンドルもだ——全面的に協力してくれなかったら諦《あきら》めるしかないけどね」

エレーナの問題は家庭ではそれほどではなかったとしても、職場では悪化の一途をたどっていた。ポリヤコフ少佐がどんどん大胆になっていて、身体を探りまわろうとする手に熱湯を浴びせてやろうかと思うほどだったが、そんなことをしたらどうなるか、結果は火を見るより明らかだった。

一週間ほど経《た》ったころだろうか、エレーナが厨房を片づけて帰宅しようとしていたとき、ポリヤコフがおぼつかない足取りで姿を現わし、明らかに酔っている様子でズボンの前ボタンを外しながら近づいてきた。汗ばんだ手が胸に押し当てられようとしたまさにそのときに下級将校が駆け込んできて、司令官が至急会いたいと言っていると告げた。ポリヤコフは怒りを隠そうともせず、出ていく前に奥歯を食いしばるようにしてささやいた。「どこへも行くんじゃないぞ、戻ってくるからな」エレーナは恐怖のあまり一時間以上もそこにとどまっていたが、ようやくサイレンが鳴った瞬間にコートを羽織り、だれよりも早く退勤を記録した。

その日の夕食をニコととりながら、エレーナはいつか言っていた計画についてもう一度話してくれるよう懇願した。

「危険過ぎて無理だって、姉さんはそう言わなかったか？」

「言ったけど」エレーナは答えた。「あのときはポリヤコフから逃げ切れないとは思っていなかったのよ」

「アレクサンドルに知られさえしなければ我慢できるとも言ったよな？」

「でも、知られたら」エレーナはささやくような声で言った。「あの子は何をするかわからないわ。だから、あなたの頭のなかにあることを話してよ、どんなことでもちゃんと考えるから」

ニコが身を乗り出し、小さなグラスのウォトカを呷《あお》ったあと、自分の考えている計画をゆっくりと説明しはじめた。「知ってのとおり、毎週、複数の外国の船が港にやってきて積み荷を降ろしている。おれたちはできるだけ早くそれを終わらせて、その船がとっとと帰途に就けるようにしてやらなくちゃならない。港の外で待っている船が入ってこられるようにな。そして、それをやるのがおれの仕事だ」

「でも、それがどうしてわたしたちを助けてくれることになるの？」エレーナは訊いた。

「荷下ろしがすんだら、すぐに積み込みが始まるんだが、みんなが塩やウォトカを欲しがっているわけじゃないから、なかには何も積まずに空で帰っていく船もある」姉が黙っているので、弟はあとをつづけた。「金曜に二隻《せき》入ってくることになっていて、両方とも荷下ろしを終えたら土曜の午後に出港するんだが、その貨物室のいくつかは空のままなんだよ。だから、姉さんとアレクサンドルはそこに隠れられるというわけだ」

「でも、捕まったら、シベリア行きの家畜列車に乗せられて終わりだわ」

「だから、土曜なんだよ」ニコが言った。「そのときだけはこっちに勝ち目があるんだ」

「どういうこと？」

「土曜は国立競技場でソヴィエト・カップの決勝戦がある。レニングラードとトルペド・モスクワがやるんだ。将校のほとんどはボックス席に陣取ってトルペドを応援し、労働者のほとんどはテラス席でレニングラードを応援する。三時間の空白ができるから、それを利用するんだ。試合終了の笛が鳴るころには、姉さんとアレクサンドルはロンドンかニューヨークでの新しい生活へ向かって出発しているはずだ」

「それとも、シベリアでの？」

3　アレクサンドル

レニングラード　一九六八年

エレーナとニコは必ず、互いに時間をずらして出勤し、時間をずらして退勤した。仕事中は顔を合わせる理由がなかったから、絶対に遭遇しないようにした。ニコは毎晩、一つ上の階の自分の部屋からやってきたが、計画についてはアレクサンドルが寝てしまってから、ほかの話題を少し持ち出したあとでしか話さないことにしていた。金曜の夜までには間違いが起こる可能性を一つ一つ、何度も繰り返して検討し終えていたが、エレーナは最後の瞬間に何かが起こって失敗するのではないかと強い不安を拭《ぬぐ》えなかった。その夜は目が冴《さ》えつづけたが、このひと月というもの、二時間以上眠れたことはなかった。

ニコによれば、土曜はカップ戦の決勝があるから、港で働く者の大半は午前六時から十二時までの早番を選ぶはずで、正午のサイレンが鳴ったとたん、港には最低限必要な人間しかいなくなるはずだった。

「試合のチケットを手に入れられなかったと言ってやったら、アレクサンドルは渋々午後番の勤務を了承したよ」

「あの子にはいつ計画を打ち明けるの?」エレーナは訊いた。

「あいつには最後の最後まで教えない。KGBが考えるように考えるんだ。あいつらは仲間にすら教えないんだからな」

土曜は仕事を休んでもいいと、エレーナはすでにノヴァクから言われていた。キックーオフを見逃したくないから将校連は昼食をとりに食堂にこないだろう、というのがその理由だった。

「でも、一応顔を出します」エレーナは監督官に言った。「サッカー・ファンというわけでもありませんから。でも、だれも見えなかったら、頃合いを見計らって帰らせてもらいます」

ニコはテラス席のチケットを二枚、実は何とか手に入れていて、アレクサンドルには教えていなかったが、それはすでに貨物部門の副責任者とクレーン操作部門の責任者にくれてやっていた。土曜の午後、その二人を港にいさせないようにするためである。

土曜の朝、アレクサンドルが驚いたことに、朝食をとりにキッチンへ行ったとき、そこにニコ叔父がいた。最後の最後に予備のチケットが手に入ったのではないかと思って尋ねてみると、謎《なぞ》めいた答えが返ってきた。

「今日の午後、おまえははるかに大事な試合をすることになってるんだ。敵は同じくモスクワだが、この試合ばかりは負けは許されない」

黙って坐《すわ》っているアレクサンドルに向かって、ニコは自分とエレーナが一週間がかりで何を計画していたかを明らかにした。アレクサンドルが関わりたくないと言ったら、それがどんな理由であれ、計画は全面的に中止すると、エレーナはすでに決めていた。これから自分たちが引き受ける危険がどれだけのものかを息子が完全に理解したことを、彼女自身が確信する必要があった。甥《おい》の決心がどれだけ固いかを確かめるためにニコは買収まで試み、カップ戦決勝のチケットをかざして見せた。

「こいつをどうにか手に入れたんだが、おまえがこっちのほうがいいと言うなら——」

そして、エレーナと二人で若者の反応を慎重に見極めようとした。「あんな試合なんか糞喰《くそく》らえだよ」アレクサンドルが言った。

「だが、それはロシアを出ることを意味するし、二度と帰れない可能性もあるんだぞ」
「それでも、ロシア人でなくなるわけじゃないし、お父さんを殺したろくでなしども
から逃げる、二度とないかもしれない絶好のチャンスじゃないか」
「では、決まりだな」ニコは宣言した。「だが、おれは一緒に行かないぞ。それはわ
かっておいてもらう必要がある」
「だったら、ぼくが行けるわけがないでしょう」アレクサンドルが父親の古い椅子か
ら飛び上がった。「だって、叔父さんがひどい目にあうとわかっているのに、置いて
はいけないよ」
「行かなかったら、おまえこそひどい目にあうことになる」ニコは言った。「おまえ
とお母さんが逃げおおせるためには、おまえたちの動きを悟られないようカモフラー
ジュするだれかが必要なんだ。おれはおまえのお父さんがやったはずのことをやろう
としているだけだ」
「でも――」
「〝でも〟はなしだ。この計画を成功させるためには、おれが朝番の勤務をしなくち
ゃ駄目なんだ。そうすれば、おれも御多分に漏れず午後はサッカーの試合を観戦して
いたと、みんなに思わせられるだろう」

「だけど、競技場で叔父さんを見た記憶がだれにもなかったら不審に思われるんじゃないの？」

「タイミングさえ間違わなければ大丈夫だ」ニコは言った。「後半が始まるのが四時ごろだから、そのときにはおれは競技場にいて、仲間と試合を観戦してる。多少の運さえついていてくれれば、おまえたちはもうソヴィエトの領海のかなり外へ出ているはずだ。おまえがやらなくてはならないのは、時間どおりに午後番の出勤をし、着替えて、何であれ監督官の指示に従うことだ」アレクサンドルがにやりと笑みを浮かべると、ニコは立ち上がって甥を抱擁した。「お父さんにおまえを誇りに思わせてやれ」

そして、帰っていった。

アパートを出たニコは、アレクサンドルの友だちが階段を下りてくるのに気がついた。

「試合のチケットは手に入りましたか、オボルスキーさん？」彼が訊いた。

「ああ、何とかかね」ニコは答えた。「テラス席の北の端で仲間と一緒に応援するよ。そこで会えるんじゃないかな」

「残念ですが」ウラジーミルが言った。「ぼくは西のスタンドなんです」

「そいつは運がいいな」それを手に入れるために何をしたんだと訊きたかったが、やめておいた。

「アレクサンドルはどうなんです？　チケットはあるんですか？」

「いや、運の悪いことに、あいつは午後番の勤務があるんだ。何しろカップ戦の決勝を観《み》られないんだから、ひどくがっかりしているよ」

「夕方にでも寄って、試合経過を逐一報告してやりますよ」

「ありがとう、ウラジーミル、そうしてくれればあいつも喜ぶだろう。せいぜい試合を堪能《たんのう》してくれ」ニコは言い、二人は別々の方向へ別れた。

叔父が仕事に出かけるや、アレクサンドルはいくつか残っている疑問を母にぶつけた。エレーナにも答えられないものがいくつかあり、行くのはイギリスなのかアメリカなのかという質問もそこに含まれていた。

「午後三時ごろに二隻が出港するんだけど」母が言った。「どっちの船にするかは最後の最後にニコ叔父さんが決めることになっていて、いまはまだわからないの」

エレーナはすぐに見抜いたが、アレクサンドルはサッカーの試合のことなど忘れて、頭には逃げ出すことしかないようだった。興奮して部屋を歩きまわる息子を見て母は不安になり、はっきりと注意した。「これはゲームじゃないの。わたしたちが捕まったら、叔父さんは銃殺刑だし、あなたもわたしも強制収容所へ送られて、サッカーの試合を観にいけばよかったと後悔しながら一生暮らすことになるの。考えを変えるんだったらまだ間に合うわよ」

「お父さんならどうすると思う？　怖じ気づいて諦めたりは絶対にしないんじゃないかな」

「それなら、さっさと準備をしなさい」母親は言った。

アレクサンドルが何も言わずに自分の部屋へ引き上げると、エレーナは息子が毎朝持っていくランチボックスを出した。今日、そのランチボックスに入るのは食べ物ではなく、長年コンスタンチンと貯《た》めてきた紙幣と硬貨のすべて、多少は価値のある宝石類をいくつか、見知らぬ国に着いたらすぐに売れるかもしれない母親の婚約指輪、そして、露英辞典だった。コンスタンチンとアレクサンドルが毎晩英語で話しているのをもっと集中して聴いておけばよかったと、いまさらながらに悔やまれた。そのあと、自分の荷造りをした。小さなスーツケースを選んだのは、その日の仕事場で人目を引きたくないからだった。何を持っていって、何を置いていくかを決めるのが難しかった。コンスタンチンと家族の写真は全部持っていくと真っ先に決め、その次が着替えを一着と石鹼《せっけん》になった。ブラシと櫛《くし》も、最後の最後に何とか押し込んで蓋《ふた》を閉めた。アレクサンドルは『戦争と平和』を手放したがらなかったが、どこであれ着いた国でまた買えるからと保証して断念させた。

アレクサンドルは居ても立ってもいられないと言わんばかりに逸《はや》っていたが、エレーナは少しでも早すぎる時間に出勤するつもりはなかった。サイレンが十二時を告げる前に港の門の前に現われたらだれかに見られる恐れがあると、ニコに警告されていたのだ。ようやくアパートを出たのは、十一時を少し過ぎてからで、エレーナは知り合いに出くわす可能性の低い迂回路《うかいろ》をたどった。港の門の前に着いたときは十二時を何分か過ぎていて、逆方向から殺到してくる労働者の群れに迎えられた。

アレクサンドルは押し寄せる人の波に懸命に抗《あらが》って前進し、エレーナは顔を見られまいと俯《うつむ》いてその後ろについていった。出勤を記録するや、母は息子に念を押した——「二時にサイレンが鳴って午後の休憩を告げたら、わたしたちは二十分で——それがぎりぎりよ——すべてをやらなくちゃならないから、できるだけ早く将校クラブへきてちょうだい。そこで待ってるから」

アレクサンドルがうなずくと二人はそこで別れ、息子は午後番の仕事を始めるために六番ドックへ、母はその反対の方向へ歩き出した。エレーナは将校クラブの裏口に着くと用心深くドアを開け、首を挿し込んで耳を澄ませた。静まり返っていた。

コートを掛けて厨房《ちゅうぼう》へ行ってみると、驚いたことにオルガがテーブルに坐って煙草を喫っていた。将校がいるときには考えられもしないことで、エレーナは思わず苦笑した。ノヴァクでさえ正午を告げるサイレンが鳴って間もなく帰ってしまったとオルガは教えてくれて、紫煙を盛大に吹き上げた。せめてもの反抗の印というわけだった。「わたしたちの食事を作らない？」エレーナはエプロンをしながら提案した。「たまには坐ってお昼を食べるのもいいんじゃない？　将校みたいにね」

「昨日のお昼の飲み残しだけど、アルバニアの赤ワインがボトルに半分あるわ」オルガが言った。「だから、あの愚か者どもの健康に乾杯してやるのも悪くないかもね」エレーナはその日初めて声を上げて笑い、レニングラードでの最後の食事になってほしいと願うものの準備にかかった。

一時に食堂へ移り、将校用のテーブルを整えて、一番上等の銀器を並べ、リネンのナプキンを置いた。オルガが二つのグラスにワインを注ぎ、一口味わった。エレーナが相伴にあずかろうとグラスを挙げたそのとき、ドアが跳ね開けられ、ポリヤコフ少佐が勢い込んだ様子で入ってきた。

「ちょうどお食事の用意ができたところです、同志少佐」オルガがすかさず取り繕い、ポリヤコフが二つのワイン・グラスを見て不審そうな顔をしたのに気づいて急いで付け加えた。「どなたかと御一緒ではないかと思いまして」

「いや、みんなサッカーの試合を観戦に行ってしまったから、私一人だ」ポリヤコフが答え、エレーナに向き直った。「私の食事が終わるまではどこへも行ってはならんぞ、同志カルペンコ」

「承知しました、同志少佐」エレーナは答え、オルガと一緒に厨房へ引っ込んだ。

「あの言葉の意味は一つしかあり得ないわね」オルガが温めた魚のスープを深皿によそうエレーナに言った。

最初の料理を運んでテーブルに置いたオルガが引き下がろうとすると、ポリヤコフが言った。「最後の皿を持ってきたら、おまえはすぐに帰っていいからな」

「ありがとうございます、同志少佐。ですが、少佐が食事を終わられてお帰りになったら、片付けをしなくてはなりませんので――」

「最後の料理を運んだらすぐに帰れと言っているんだ」ポリヤコフが繰り返し、スープのスプーンを手にした。「わかったか？」

「はい、同志少佐」厨房に戻ったオルガは、ドアが閉まったとたんにポリヤコフの命令をエレーナに教え、こう付け加えた。「あなたを助けるためにできることなら何でもするけど、あのろくでなしに逆らう勇気だけはないのよね」エレーナは何も言わずに、兎のシチュー、かぶ、マッシュポテトを皿に盛りつけた。「でも、いますぐ帰ってしまったらどう？」オルガが提案した。「今日、あなたは具合が悪かったんだって、あいつにはそう言っておくから」

「それはできないわ」エレーナは言い、オルガがブラウスのボタンを上から二つ外すのを見て付け加えた。「ありがとう、あなたはほんとにいい友だちだわ。でも、あの男は新しい料理の味見をしたいんじゃないかしら」そして、皿をオルガに渡した。

「あんなやつ、殺せるものなら喜んで殺してやるんだけど」オルガが吐き捨てるように言い、食堂へ戻っていった。

温かいシチューの皿がテーブルに置かれたとき、ポリヤコフはすでにスープの皿を脇《わき》へ押しやっていた。

「私が食事を終えたときにまだここにいたら」彼は言った。「月曜からは労働者用の食堂でごみのような食い物を出させてやるからな」

厨房へ戻ったオルガはエレーナが落ち着き払っているのを見て驚いた。これからどんな目にあわされるかわかっていないはずはないのに、よく冷静でいられるわね。しかし、エレーナはその理由を打ち明けたくても打ち明けることができなかった。それで自分と息子が軛《くびき》を逃れられるなら、どんなことにも耐えるつもりだということを。

「ほんとにごめんなさい」オルガがコートを羽織りながら謝った。「でも、わたしにできることは何もないの。じゃ、月曜にね」エレーナはいつより長く彼女を抱擁した。「そうならないことを祈ってるんだけどね」オルガが出ていってドアが閉まると、エレーナは声に出さずに言った。焜炉《こんろ》の火を落とそうとしていると、食堂のドアが開くのが背後で聞こえた。振り返ると、ポリヤコフがゆっくりと近づいていた。まだ口のなかに残っていたシチューをようやく呑み込み、その口を袖《そで》で拭うと、勲章だらけの――戦場で得たものは一つもなかった――上衣《うわぎ》のボタンを外していった。ベルトを取り、拳銃《けんじゅう》と一緒にテーブルに置くと、ブーツを蹴《け》り脱いで、ボタンを外したズボンが床に落ちるに任せた。普段は仕立てのいい制服の下に隠れている、余分な脂身《あぶらみ》がふんだんについただらしない肉体が隠しようもなく露《あら》わになった。

「やり方は二つある」KGBの少佐がエレーナに向かって歩きつづけ、ついには身体《からだ》が触れ合わんばかりになった。「だが、どっちにするかはおまえに選ばせてやろう」

エレーナは無理矢理に笑顔を作った。可能な限り早くすべてを終わらせてしまいたかったから、エプロンを取ってブラウスのボタンを外しはじめた。

ポリヤコフはエレーナの胸を不器用に愛撫《あいぶ》しながら、得意げな笑みを浮かべて言った。「おまえもほかの女どもと同じだな」そして彼女をテーブルのほうへ押しやりながら、同時にキスをしようとした。その息の臭さに辟易《へきえき》して顔を背けたおかげで唇が触れることはなかったが、太い指がスカートの下でうごめきだした。今度は抵抗せず、汗ばんだ手が腿の内側を撫《な》でながら上へ上がってくるのを、ポリヤコフの肩の向こうを虚《うつ》ろに見つめて堪え忍んだ。

とうとうテーブルに押し倒されてスカートがめくり上げられ、両脚を広げられたと思うと、ポリヤコフがその腰を押し込んで前後に動き出した。エレーナは固く目をつぶって歯を食いしばった。首筋にポリヤコフの喘《あえ》ぎが感じられ、早く終わってくれることを願った。

サイレンが二時を告げた。

顔を上げたとき、部屋の奥のドアが開く音がした。ぎょっとしてそのほうを見ると、アレクサンドルが突進してきていた。ポリヤコフが振り向きざまにエレーナを脇へ突き飛ばし、拳銃に手を伸ばした。が、アレクサンドルはいまや目の前に迫っていた。その手が焜炉の上にあった鍋《なべ》をつかみ、そこに残っていた熱いシチューをポリヤコフの顔に浴びせた。ＫＧＢの少佐がよろよろと後退して崩れ落ちながら、それでも中庭の向こうまで届くのではないかとエレーナを恐怖させたほどの大声で罵《のの》りの言葉を連ねつづけた。

ま、いまや大の字になって倒れている敵を恐ろしそうに見下ろすばかりだった。
て、糸の切れた操り人形のように床に崩れ落ちた。母と息子は身じろぎもできないま
の振り下ろした鉄鍋の底がまともに顔面に衝突し、ポリヤコフは鼻と口から血を流し
ち上がろうとしながら喚《わめ》いた。が、次の言葉が発せられるより早く、アレクサンドル
「おまえたちは縛り首だ」尻餅《しりもち》をついたポリヤコフが、テーブルの縁に手をかけて立

の振り下ろした鉄鍋の底が

最初に気を取り直したのはアレクサンドルだった。ポリヤコフのネクタイを床から拾い上げ、両手首を後ろに回して縛り上げると、テーブルにあったナプキンで猿轡《さるぐつわ》を嚙《か》ませた。エレーナはまだ動けず、麻痺《まひ》したかのように正面を見つめていた。

「ぼくが戻ってきたらすぐに逃げ出せるよう準備をしておいて」アレクサンドルは母にそう指示をしてポリヤコフの両足首をつかむと厨房から引きずり出し、足を止めることなく便所へ向かった。一番奥の個室のドアを開け、力を振り絞ってポリヤコフの肥満した身体を便器の上へ持ち上げると、パイプに結わえつけた。内側から鍵《かぎ》をかけ、少佐の両腿を踏み台代わりにドアを乗り越えて反対側の床へ下りた。厨房へ駆け戻ってみると、エレーナはまだ両膝《りょうひざ》をついたまますすり泣いていた。

アレクサンドルは母の横に膝をついて優しく声をかけた。「泣いている時間はないんだよ、お母さん。さっさと逃げるんだ。さもないと、あのろくでなしに追跡のチャ

ンスを与えることになりかねないからね」エレーナは息子の手を借りてのろのろと立ち上がり、コートを着て、食器棚の上に置いておいた小型スーツケースを降ろした。アレクサンドルはポリヤコフの制服とベルトと拳銃を掻《か》き集め、手近なごみ箱に捨てた。そのあと、母親の手をしっかりと握って厨房を出ると、裏口を目指した。その扉をそろそろと開けて外に出て、あらゆる方向を確認してから母をあとにつづかせた。

「ニコ叔父さんとはどこで会うことになってるの?」アレクサンドルは訊いた。主導権は母へ戻っていた。

「あの二つのクレーンの方向よ」エレーナが港の向こうを指さした。「それから、アレクサンドル、何があろうと、さっきのことは叔父さんには内緒ですからね。彼はサッカーの観戦に行っているとみんなが思ってくれている限り、わたしたちとの関連を疑われる恐れはないんだから」

アレクサンドルに連れられて三番ドックへ向かいながら、エレーナはまったく脚に力が入らず、左右の足を交互に踏み出すことさえ難しいような気がした。しかし、最後の瞬間に心変わりしたとしてももう前に進む以外に道がないことはいまやはっきりしていたから、目印だとニコが言っていた二基のクレーンから目を離すことはなかった。近づくにつれて、人気《ひとけ》のない倉庫の入口の前に一つの人影が見えてきた。

「何をぐずしていたんだ?」追い詰められた動物のように四方八方へ目を走らせて、ニコが心配そうに咎《とが》めた。

「これでも精一杯急いだのよ」エレーナは答えたが、事情は説明できるはずもなかった。

アレクサンドルは二つの木箱を見た。それぞれにウォトカのボトルを収めたケースが半ダース、きちんと積み上げられていた。もしかしてこれが片道の旅の運賃の代わりということか……。

「このあとは」ニコが言った。「アメリカかイギリスか、行きたいほうを選ぶだけだ」

「これに運命を決めさせるのはどうだろう」アレクサンドルはポケットから小さな硬貨を取り出し、上手に親指の爪《つめ》の上に載せた。「表ならアメリカ、裏ならイギリスだ」そして、宙高く弾《はじ》き上げた。見守っていると、硬貨は波止場に落ちて弾み、彼の足元まで転がって止まった。アレクサンドルは腰を屈《かが》めてちらりと確かめただけで、母のスーツケースと自分のランチボックスを選ばれたほうの木箱の底に置き、自分もそこに入って、母を待った。

二人が腰を下ろしてしっかり寄り添ったのを確認したニコが、木箱にしっかりと蓋をした。十数本の釘《くぎ》が打ち込まれるのに時間はかからなかったが、エレーナの耳には早くも別の音が聞こえていた。こっちへ向かって走ってくる、いくつものブーツの音、木箱の蓋が剝がされ、外へ引きずり出されて、ポリヤコフ少佐の勝ち誇った顔がそこに……。

ニコが木箱の腹を優しく掌《てのひら》で叩《たた》くと、それがいきなり地面から持ち上げられた。木箱はゆっくりと左右に揺れながら宙に吊《つ》り上げられ、徐々に高さを増していった。すると、持ち上げられたときと同じぐらいいきなり、今度は船倉へとゆっくり下降していって、ついには音を立ててそこに収まった。

もう一つの木箱が選ばれなかったことを死ぬまで後悔することになるのではないかと、エレーナの頭にはその不安しかなかった。

訳者あとがき

戸田裕之

ジェフリー・アーチャーの最新短編集『嘘《うそ》ばっかり』をお届けします。

日本語版は――経緯は後述のとおりですが――まずマクミラン社から刊行されたハードカヴァー版を翻訳し、そのあとパン・ブックスから刊行されたペイパーバック版を底本として翻訳し直したものであることをお断わりしておきます。

この作品の前の短編集『15のわけあり小説』から七年がたっての刊行ですが、筆は変わることなく冴《さ》えています。

今回は舞台をイギリスのみならず、フランス、アメリカ、ドイツ、イタリアなどの各地方に取り、時代を第二次世界大戦から現代のあちこちに設定して、虚実皮膜《ひまく》のあいだを巧みに縫いながら、神を欺《あざむ》こうとしたり、親友を出し抜いたつもりが実は自分が出し抜かれていたり、法の網の目を上手《うま》く擦り抜け、だれも傷つけずに金持ちになったり、父祖の過《あやま》ちを悔いて人生を変えたりといった物語が十五編、すべて市井《しせい》の人たちを主人公にして作り上げられています。どれをとっても、因果応報だったり、そうでなかったりの結末が用意され、人間の善なる性《さが》、悪なる性が、重厚に、あるいはウィットをきかせて軽妙に縒《よ》り合わせられて、悲喜こもごもの、一ひねりも二ひねりもある、いつものアーチャー・ワールドです。結末を三通りに作って、どれを選ぶかを読者に委《ゆだ》ねるという趣向を凝らした一編まであるのですから、たまりません。

それにしても、この著者の人間観察眼、洞察力には、これまでもいまも、脱帽するほかはありません。彼の最初の短編集『十二本の毒矢』の解説のなかで、訳者の永井淳さんが〝技巧を凝らしたおちのあるもの、さりげない筆致でしみじみとした読後感を抱かせるものと、タイプはさまざまだが、全体を通して流れる通奏低音は、ひとことでいえばイギリス的なるものへの愛着であって、それがイギリスの伝統的な短編小説の手法で語られているのだから、アングロファイルにとってはまさにこたえられない〟と評しておられますが、それはいまも変わっていません。

また、この前の短編集『15のわけあり小説』は前述のとおり日本で翻訳刊行されて七年になりますが、いまだに版を重ねていて、それがアーチャーが短編の手練《てだ》れである、もう一つの証《あかし》でもあるのではないでしょうか。

ここで、この作者がただ者でない証拠を二つ。
一つ目――実はハードカヴァー版に収録されていた短編作品は十四編でした。ところが、ペイパーバック版では一編増えて十五編になっていて（「最後の懺悔《ざんげ》」がそれです）、既存の十四編についても、一編には（「だれが町長を殺したか？」です）大幅な加筆修正が加えられ、残る十三編にも細々とした修正が為《な》されていました。ハードカヴァーで刊行された作品をペイパーバックに移すときにここまで大きく手を入れる作家は、そうはいないのではないでしょうか。おかげで、ハードカヴァー版を訳し終えてほっとしていた訳者は慌《あわ》てることになりましたが、それはまた別の話です。
それに、七部、六年に及んだ「クリフトン年代記」が完結してこんなにすぐに次作を完成させてしまうのも、アーチャーならではでしょう。「クリフトン年代記」が終わったら、次にとてつもない作品を予定しているとアーチャー自身が言っていたので、その間は新作は出ないだろうと訳者などは思っていたのですが……もっとも、間を置かずにアーチャーのもう一つの世界を堪能《たんのう》できるのだから有り難いことではあります。
二つ目――アーチャーはこの短編集の付録（？）として、次作長編の冒頭部分を読者に明らかにしています。そういうことをする作家を訳者は寡聞《かぶん》にして知りませんが、下手をしたら刊行以前に読者の興味を削《そ》いでしまいかねない危険を平然というか、自信満々でというか企てて、しかも成功させてしまうあたり（実際、続きを読みたくなること請け合いです）、これまたアーチャーの面目躍如と言うべきかもしれません。

因《ちな》みに、その次作“HEADS YOU WIN”はすでに執筆が終わり、イギリス本国では今秋刊行されることになっていて、実はその完全原稿が訳者の手元にも届いています。『永遠《とわ》に残るは』のあとがきでも書いたとおり、“『ケインとアベル』以来、一番の大作”と著者本人が豪語している作品です。日本の読者のみなさんにもいずれ愉《たの》しんでいただけるはずですから、どうぞご期待ください。

アーチャーは過去に六冊の短編集を上梓《じょうし》しています。それを以下に掲げておきます。

『十二本の毒矢』永井淳訳　一九八七年
『十二の意外な結末』永井淳訳　一九八八年
『十二枚のだまし絵』永井淳訳　一九九四年
『十四の嘘と真実』永井淳訳　二〇〇一年
『プリズン・ストーリーズ』永井淳訳　二〇〇八年
『15のわけあり小説』戸田裕之訳　二〇一一年
（いずれも新潮文庫）

最後に、アーチャー本人についてです。

ジェフリー・ハワード・アーチャーは一九四〇年生まれ、オックスフォード大学を卒業して最年少で庶民院議員になり、詐欺《さぎ》にあって全財産を失い、同議員も辞職するはめになったものの、『百万ドルをとり返せ!』がミリオンセラーになって借金をすべて返し、コールガールを相手のスキャンダルをすっぱ抜いた新聞を相手取って裁判を起こして勝ち、ロンドン市長選に立候補したときに前の裁判の偽証が発覚して実刑判決を受け、服役していたあいだの体験をもとに『獄中記』三部作と『プリズン・ストーリーズ』を出版してベストセラーにし、さらには一代貴族になり、いまは貴族院議員という人物です。これもまた、ただ者ではできない技には違いありません。

（二〇一八年七月）

J・アーチャー
戸田裕之訳

永遠に残るは（上・下）
―クリフトン年代記　第7部―

幸福の時を迎えたクリフトン家の人々を襲う容赦ない病魔。悲嘆にくれる一家に、信じ難い結末が。空前の大河小説、万感胸打つ終幕。

J・アーチャー
永井淳訳

百万ドルをとり返せ！

株式詐欺にあって無一文になった四人の男たちが、オクスフォード大学の天才的数学教授を中心に、頭脳の限りを尽す絶妙の奪回作戦。

J・アーチャー
永井淳訳

ケインとアベル（上・下）

私生児のホテル王と名門出の大銀行家。典型的なふたりのアメリカ人の、皮肉な出会いと成功とを通して描く〈小説アメリカ現代史〉。

J・アーチャー
戸田裕之訳

15のわけあり小説

面白いのには〝わけ〟がある――。時にはくすっと笑い、騙され、涙する。巨匠が腕によりをかけた、ウィットに富んだ極上短編集。

C・カッスラー
D・カッスラー
中山善之訳

カリブ深海の陰謀を阻止せよ（上・下）

カリブ海の〝死の海域〟を探査するダーク・ピット。アステカ文明の財宝を追う息子と娘。親子を〝赤い島〟の容赦ない襲撃が見舞う。

フリーマントル
松本剛史訳

クラウド・テロリスト（上・下）

米国NSAの男と英国MI5の女。二人の天才的諜報員は世界を最悪のテロから救えるか。スパイ小説の巨匠が挑む最先端電脳スリラー。

T・クランシー
M・グリーニー
田村源二訳

米中開戦（1〜4）

中国の脅威とは——。ジャック・ライアンの活躍と、緻密な分析からシミュレートされる危機を描いた、国際インテリジェンス巨篇！

T・クランシー
M・グリーニー
田村源二訳

米露開戦（1〜4）

ソ連のような大ロシア帝国の建国を阻止しようとするジャック・ライアン。ロシア軍のウクライナ侵攻を見事に予言した巨匠の遺作。

M・グリーニー
田村源二訳

米朝開戦（1〜4）

北朝鮮が突然ICBMを発射！　核弾頭の開発は、いよいよ最終段階に達したのか……。アジアの危機にジャック・ライアンが挑む。

M・グリーニー
田村源二訳

機密奪還（上・下）

合衆国の国家機密が内部告発サイトや反米国家の手に渡るのを阻止せよ！〈ザ・キャンパス〉の工作員ドミニクが孤軍奮闘の大活躍。

M・グリーニー
田村源二訳

欧州開戦（1・2）

原油暴落で危機に瀕したロシア大統領が起死回生の大博打を打つ！　最新の国際政治情報を盛り込んだジャック・ライアン・シリーズ。

J・グリシャム
白石朗訳

汚染訴訟（上・下）

ニューヨークの一流法律事務所を解雇され、アパラチア山脈の田舎町に移り住んだエリート女弁護士が石炭会社の不正に立ち向かう！

O・エル＝アッカド
黒原敏行訳
アメリカン・ウォー（上・下）
全米騒然の問題作を緊急出版！　分断されたアメリカ、引き裂かれた家族の悲劇、そしてテロリズム。必読の巨弾エンターテイメント。

D・タート
吉浦澄子訳
黙　約（上・下）
古代ギリシアの世界に耽溺し、世俗を超越する教授と学生たち……。運命的な二つの殺人を緊張感溢れる筆致で描く傑作ミステリー！

H・A・ジェイコブズ
堀越ゆき訳
ある奴隷少女に起こった出来事
絶対に屈しない。自由を勝ち取るまでは——残酷な運命に立ち向かった少女の魂の記録。人間の残虐性と不屈の勇気を描く奇跡の実話。

T・R・スミス
田口俊樹訳
チャイルド44（上・下）
CWA賞最優秀スリラー賞受賞
連続殺人の存在を認めない国家。ゆえに自由に凶行を重ねる犯人。それに独り立ち向かう男——。世界を震撼させた戦慄のデビュー作。

T・パーカー
沢木耕太郎訳
殺人者たちの午後
人はなぜ人を殺すのか。殺人を犯した後、人はどう生きるのか……。魂のほの暗い底から静かに聞こえてきた声を沢木耕太郎が訳出。

E・ハレヴィ
河野純治訳
イスラエル秘密外交
—モサドを率いた男の告白—
世界最強のスパイ組織「モサド」を率いた人物による回想録。中東世界を裏側から動かしてきた男が語るインテリジェンスの精髄とは。

S・シン
青木　薫訳
暗号解読（上・下）
歴史の背後に秘められた暗号作成者と解読者の攻防とは。『フェルマーの最終定理』の著者が描く暗号の進化史、天才たちのドラマ。

M・デュ・ソートイ
冨永　星訳
素数の音楽
神秘的で謎めいた存在であり続ける素数。世紀を越えた難問「リーマン予想」に挑んだ天才数学者たちを描く傑作ノンフィクション。

J・B・テイラー
竹内　薫訳
奇跡の脳
―脳科学者の脳が壊れたとき―
ハーバードで脳科学研究を行っていた女性科学者を襲った脳卒中――8年を経て「再生」を遂げた著者が贈る驚異と感動のメッセージ。

T・トウェイツ
村井理子訳
ゼロからトースターを作ってみた結果
トースターくらいなら原材料から自分で作れるんじゃね？と思いたった著者の、汗と笑いの9ヶ月！（結末は真面目な文明論です）

D・ボダニス
吉田三知世訳
電気革命
―モールス、ファラデー、チューリング―
電信から脳科学まで、電気をめぐる研究と実用化の歴史は劇的すぎる数多の人間ドラマの集積だった！愛と信仰と野心の科学近代史。

M・クマール
青木　薫訳
量子革命
―アインシュタインとボーア、偉大なる頭脳の激突―
現代の科学技術を支える量子論はニュートン以来の古典的世界像をどう一変させたのか？量子の謎に挑んだ天才物理学者たちの百年史。

S・モーム 金原瑞人訳

英国諜報員アシェンデン

国際社会を舞台に暗躍するスパイが愛と裏切りと革命の果てに立ち現れる人間の真実を目撃する。文豪による古典エンターテイメント。

フランケンシュタイン
M・シェリー 芹澤 恵訳

若き科学者フランケンシュタインが創造した、人間の心を持つ醜い〝怪物〟。孤独に苦しみ、復讐を誓って科学者を追いかけてくるが――。

美女と野獣
ボーモン夫人 村松 潔訳

愛しい野獣さん、わたしはあなただけのものになります――。時代と国を超えて愛されてきたフランス児童文学の古典13篇を収録。

かもめのジョナサン【完成版】
R・バック 五木寛之創訳

自由を求めたジョナサンが消えた後、彼の神格化が始まるが……。新しく加えられた最終章があなたを変える奇跡のパワーブック。

オンブレ
E・レナード 村上春樹訳

「男《オンブレ》」の異名を持つ荒野の男ジョン・ラッセル。駅馬車強盗との息詰まる死闘を描いた傑作西部《ウエスタン》小説を、村上春樹が痛快に翻訳！

S・アンダーソン 上岡伸雄訳

ワインズバーグ、オハイオ

発展から取り残された街。地元紙の記者のもとに届く、住人たちの奇妙な噂。現代人の孤独をはじめて文学の主題とした画期的名作。

今野敏著

自覚
―隠蔽捜査5.5―

副署長、女性キャリアから、くせ者刑事まで。原理原則を貫く警察官僚・竜崎伸也が、さまざまな困難に直面した七人の警察官を救う！

佐々木譲著

警官の掟

警視庁捜査一課と蒲田署刑事課。二組の捜査の交点に浮かぶ途方もない犯人とは。圧巻の結末に言葉を失う王道にして破格の警察小説。

大沢在昌著

ライアー

美しき妻、優しい母、そして彼女は超一流の暗殺者。夫の怪死の謎を追ううちに神村奈々は想像を絶する死闘に飲み込まれてゆく。

篠田節子著

長女たち

恋人もキャリアも失った。母のせいで――。認知症、介護離職、孤独な世話。我慢強い長女たちの叫びが圧倒的な共感を呼んだ傑作！

江上剛著

特命金融捜査官

欲望にまみれた銀行、失踪した金庫番の男、闇の暴力組織……。金融庁長官の特命を帯びた捜査官が不正を暴く！傑作金融エンタメ。

高杉良著

出世と左遷

会長に疎んじられた秘書室次長の相沢靖夫。左遷にあっても心折れずに働く中間管理職の姿を描き、熱い感動を呼ぶ経済小説の傑作。

早見和真著

イノセント・デイズ

日本推理作家協会賞受賞

放火殺人で死刑を宣告された田中幸乃。彼女が抱え続けた、あまりにも哀しい真実――極限の孤独を描き抜いた慟哭の長篇ミステリー。

中山七里著

月光のスティグマ

十五年ぶりに現れた初恋の人に重なる、兄殺しの疑惑。あまりにも悲しい真実に息もできない、怒濤のサバイバル・サスペンス！

月村了衛著

影の中の影

中国暗殺部隊を迎え撃つのは、元警察キャリアにして格闘技術〈システマ〉を身につけた、景村瞬一。ノンストップ・アクション！

深町秋生著

ドッグ・メーカー

―警視庁人事一課監察係 黒滝誠治―

同僚を殺したのは誰だ？ 正義のためには手段を選ばぬ〝猛毒〟警部補が美しくも苛烈な女性キャリアと共に警察に巣食う巨悪に挑む。

月原渉著

オスプレイ殺人事件

飛行中のオスプレイで、全員着座中に自衛隊員が刺殺された！ 凶器行方不明の絶対空中密室。驚愕の連続、予測不能の傑作ミステリ。

麻見和史著

水葬の迷宮

―警視庁特捜7―

警官はなぜ殺されて両腕を切断されたのか。一課のエースと、変わり者の女性刑事が奇怪な事件に挑む。本格捜査ミステリーの傑作！

嘘《うそ》ばっかり

新潮文庫　ア－5－47

Published 2018 in Japan
by Shinchosha Company

平成三十年九月一日発行

訳者　戸《と》田《だ》裕《ひろ》之《ゆき》
発行者　佐藤隆信
発行所　株式会社 新潮社

郵便番号　一六二―八七一一
東京都新宿区矢来町七一
電話 編集部(〇三)三二六六―五四四〇
　　 読者係(〇三)三二六六―五一一一
http://www.shinchosha.co.jp

価格はカバーに表示してあります。

乱丁・落丁本は、ご面倒ですが小社読者係宛ご送付ください。送料小社負担にてお取替えいたします。

印刷・錦明印刷株式会社　製本・錦明印刷株式会社

ISBN978-4-10-216147-0 C0197